À PROPOS DE L'AUTEUR

Originaire de l'Alabama, Harper St. George se passionne dès le lycée pour la romance historique et rêve de devenir auteur. Son rêve devient réalité avec *La prisonnière du Viking,* son premier roman publié chez Harlequin. Elle vit aujourd'hui à Atlanta avec son mari et ses deux jeunes enfants.

Un Viking pour captif

HARPER ST. GEORGE

Un Viking pour captif

Traduction française de
HÉLÈNE ARNAUD

Les Historiques

HARLEQUIN

Collection : LES HISTORIQUES

Titre original :
FALLING FOR HER VIKING CAPTIVE

HARPERCOLLINS FRANCE
83-85, boulevard Vincent-Auriol, 75646 PARIS CEDEX 13
Service Lectrices — Tél. : 01 45 82 47 47 - www.harlequin.fr
ISBN 978-2-2804-4873-4 — ISSN 1159-5981

Composé et édité par HarperCollins France. Achevé d'imprimer en février 2021.
par CPI Black Print - Barcelone - Espagne
Dépôt légal : mars 2021.

FSC
www.fsc.org
MIXTE
Papier issu de sources responsables
FSC® C159065

Pour limiter l'empreinte environnementale de ses livres, HarperCollins France s'engage à n'utiliser que du papier fabriqué à partir de bois provenant de forêts gérées durablement et de manière responsable.

Pour Michelle Willingham, Michelle Styles, Jenni Fletcher et Terri Brisbin. J'ai adoré créer les personnages des Fils de Sigurd *avec vous !*

Prologue

Royaume de Maerr, Norvège
An 874

Ils venaient célébrer un mariage et furent accueillis par une scène de massacre. L'odeur de la fumée flottait loin, elle avait enveloppé Rurik bien avant que son cheval s'immobilise sur la crête. Il observa, incrédule, le spectacle qui s'offrait à lui dans la vallée. Maerr était plongé dans le chaos. On aurait presque pu croire qu'une *vǫlva* avait jeté un sort funeste sur son foyer, noyant en quelques heures à peine la joie et la beauté sous un voile de mort et de douleur.

Son demi-frère aîné, Brandt, arrêta sa monture près de lui, sous le choc de leur découverte.

— Quelle est cette folie ? demanda-t-il dans un murmure horrifié.

L'air de la vallée était saturé de fumée et de cendres. D'aussi loin, on ne pouvait entendre que des cris et des lamentations. Des corps inanimés étaient étendus sur le sol. Étaient-ils vivants ou morts ? Rurik n'aurait su le dire. La pâle lumière de l'après-midi se reflétait sur les eaux bleu-gris du fjord qui était étrangement vide.

Les assassins s'étaient enfuis après avoir transformé le mariage de son frère Alarr en bain de sang.

Ses autres frères avaient-ils survécu ? Alarr, Sandulf et Danr étaient restés sur place tandis que Rurik et Brandt chevauchaient au nord pour régler un différend dans l'un des villages. Avaient-ils affronté la mort seuls ou bien étaient-ils encore vivants, quelque part ?

Le cœur battant et le sang tambourinant à ses oreilles, Rurik poussa un cri de rage et de peur. Sans hésiter, il suivit Brandt qui s'était élancé vers Maerr. Les quelques soldats qui les accompagnaient leur emboîtèrent le pas. La colère envahissait Rurik et, en l'absence d'ennemis en vue, il la tourna vers son père. Les conseillers de Sigurd l'avaient mis en garde : inviter tant de monde au mariage était imprudent, surtout quand une part des convives était constituée d'anciens adversaires récemment devenus alliés. La présence de tous ces étrangers, de gens que la famille ne connaissait même pas personnellement, était un risque absurde.

Mais le roi n'avait pas écouté. Il avait été trop aveuglé par son insatiable quête de pouvoir pour entendre les conseils avisés de ses hommes. Il avait pensé pouvoir instaurer une coopération entre des clans ennemis et devenir grâce à cela un homme plus influent que le roi Harald aux Beaux Cheveux lui-même. En tout cas, cela avait été son but…

Le père de Rurik n'écoutait que sa propre ambition, ce qui avait peut-être causé sa mort.

L'instinct du combat courait dans les veines de Rurik comme un second rythme cardiaque, le poussant à agir. Il avait hérité son impétuosité de Sigurd, et ce n'était pas un réflexe facile à dompter. Les dents serrées, il talonna son cheval et arriva dans la clairière en même temps que

Brandt. Il se mit immédiatement à chercher des yeux les silhouettes de ses frères au milieu des décombres.

— Où est Ingrid ? Où est ma femme ? rugit Brandt tandis que leur plus jeune frère, Sandulf, accourait.

Le garçon, à peine sorti de l'adolescence, était couvert de sang. Était-ce le sien ? Impossible à dire.

Rurik mit pied à terre et les rejoignit juste à temps pour entendre Sandulf murmurer :

— Brandt, il faut que je te dise quelque chose.

Sa voix tremblait.

Déjà, leur frère aîné n'écoutait plus. Les yeux écarquillés, il observait quelque chose, au loin. Rurik l'imita et vit plusieurs corps alignés à même le sol. Il n'osa pas contempler leurs visages, de peur d'en reconnaître certains. Au bout de la rangée, une cascade de cheveux d'or s'étalait dans la boue, étrangement épargnée par la flaque rouge qui empoissait la robe et le sol alentour. Inutile d'aller voir *ce* visage de près. C'était Ingrid, l'épouse enceinte de son frère. Et elle était morte. Une nausée irrépressible monta à la gorge de Rurik quand il entendit le hurlement de douleur de Brandt. Son cri était si terrifiant que Rurik sentit un frisson glacé le parcourir de la tête aux pieds.

Il revoyait le sourire d'Ingrid, la douceur de son regard quelques heures plus tôt. Brandt l'avait enlacée et plaquée contre un mur pour lui voler un baiser… Leur dernier baiser. Elle avait ri et, de sa voix claire, leur avait dit d'être prudents. Personne n'avait pensé à lui rendre son conseil. Elle restait à la maison, entourée par les guerriers de son beau-père. Elle aurait dû être en sécurité.

Sandulf voulut suivre Brandt qui se précipitait déjà vers son épouse, mais Rurik l'en empêcha.

— Laisse-le, dit-il d'une voix plus affectée qu'il ne l'aurait voulu.

C'était comme si la rage et l'abattement luttaient pour prendre le dessus sur lui.

Sandulf se figea. Heureusement, il n'avait pas l'air gravement blessé lui-même. Certes, il gardait une épaule crispée, et un peu de sang mêlé à de la cendre coulait de son front, mais rien de plus. Il avait beau être jeune, il avait déjà combattu. Comment avait-il pu participer à cette atroce bataille et s'en sortir presque indemne ?

— Que s'est-il passé ?

Sandulf le regarda, pâle et clairement bouleversé.

— Ils sont entrés dans la grande salle et ont verrouillé les portes. J'ai essayé de…

Il s'interrompit, comme si le simple récit de ce qu'il avait vu ravivait sa douleur.

— Père est mort, Rurik.

Rurik se tourna de nouveau vers l'alignement des corps, à l'autre bout de la clairière. Il chercha des yeux la silhouette de son père. Si Sigurd était mort, il n'aurait plus jamais la chance de se réconcilier avec lui. Certes, le roi n'avait pas été un homme facile, et Rurik lui en voulait pour cela, mais jamais il n'aurait cru que le temps allait leur manquer pour effacer leurs rancœurs. À l'opposé d'Ingrid, un corps imposant attira son regard. Il connaissait bien cette silhouette, ces larges épaules. Une pointe de douleur traversa son torse, l'empêchant de respirer.

Sandulf s'agrippa à son bras d'un air désespéré.

— J'ai essayé de les arrêter. J'ai marqué l'un des assassins.

Rurik aurait dû être là. Au lieu de cela, il était dans le Nord pour résoudre un problème. Il aurait pu éviter ce massacre, se battre pour qu'un gamin n'ait pas à défendre Ingrid et les autres. C'était injuste, mais il ne put s'empêcher de crier :

— Marqué ? Tu n'as même pas été capable d'en tuer un ?

Il s'éloigna sans laisser à Sandulf le temps de répondre. Il devait à tout prix retrouver Danr, son jumeau, et Alarr. Ses frères étaient la seule famille qui lui restait à présent. Les seules personnes qui comptaient pour lui. Il trouva Alarr baignant dans son propre sang.

S'agenouillant à ses côtés, il se pencha sur lui.

— Où es-tu touché, mon frère ?

— Gilla…

La voix d'Alarr n'était plus qu'un gémissement étouffé, comme s'il avait la gorge en feu à force d'appeler sa fiancée. Il n'avait pas l'air de se rendre compte de l'horreur qui l'entourait. Son regard perdu passait d'un visage à l'autre sans s'arrêter. Quelqu'un avait déjà bandé ses jambes pour ralentir le flot de sang. S'il survivait à de telles blessures, il ne pourrait sans doute jamais plus marcher.

— Qui t'a fait ça ? Dis-moi, et je te jure de traquer ces lâches jusqu'au bout du monde. Je les démembrerai moi-même !

Rurik ne savait pas si Gilla avait survécu, mais le fait qu'il ne l'ait pas encore aperçue parmi les rescapés laissait supposer le pire.

— Feann, murmura Alarr. Feann et ses hommes.

Il ferma les yeux à l'instant où Hilda, sa mère, s'approchait pour déposer un linge humide sur son front. Elle ignora Rurik, comme à son habitude, répugnant à poser les yeux sur la preuve vivante de l'infidélité de son époux.

Rurik ne fut pas surpris d'apprendre que le roi d'Irlande s'était retourné contre eux. Il s'était toujours méfié des regards rusés et des sourires arrogants de Feann. Bien, s'il était responsable, Rurik se chargerait de lui.

— Je le traquerai n'importe où. Je te le promets, déclara-t-il.

À présent, il devait retrouver Danr et s'assurer qu'il allait bien. Il avait toujours été proche de tous ses frères, mais Danr était son jumeau, le seul vrai parent qu'il ait. Le seul lien avec sa mère. Si Danr était mort... Rurik s'efforça de ravaler son angoisse et leva les yeux sur Hilda.

Elle paraissait étrangement calme, après tout ce qui venait de se passer – elle avait toujours été ainsi. Elle avait affronté toutes les épreuves que sa vie et son époux lui avaient réservées avec une efficacité inébranlable qui aurait pu lui attirer le respect de Rurik, si elle avait été capable de lui offrir un peu de l'affection qu'elle réservait à ses propres enfants. Mais Hilda ne l'avait jamais aimé, pas plus qu'elle n'avait aimé Danr. Leur seule présence lui rappelait l'époque où Sigurd s'était détourné d'elle pour aimer une autre femme.

— Est-ce que vous avez vu Danr ? demanda-t-il. Est-il encore en vie ?

Hilda se raidit et ne leva pas les yeux. Elle répondit néanmoins :

— Je ne sais pas.

Rurik poussa un soupir de frustration et contempla une nouvelle fois le désastre. Les survivants couraient dans tous les sens pour étouffer les dernières flammes et soigner les blessés. Tant de fureur et de tristesse l'emplissaient qu'il aurait voulu hurler. Mais non. Il fallait se contenir. Danr était forcément vivant. Rurik ne pouvait se résoudre à croire le contraire. Finalement, il aperçut un homme seul, debout près des corps et du cadavre de leur père.

Rurik se précipita. Danr le vit approcher et lâcha :

— Il est mort.

Enlaçant son jumeau, Rurik remercia les dieux de l'avoir épargné.

— Tu es blessé ?

Il ne voyait pas de plaie, mais Danr était recouvert de suie comme s'il avait aidé ceux qui éteignaient l'incendie.

Il secoua la tête, puis leva un regard hanté sur Rurik. Ils avaient tous deux la même silhouette large, mais Danr était blond quand Rurik avait les cheveux bruns. Une métaphore appropriée : Danr était la lumière et lui, l'obscurité. Son jumeau plaisantait souvent, même dans les moments les plus graves. Lui-même ruminait en silence, perdu dans ses pensées. Quoi qu'il en soit, leur lien avait toujours été plus fort que tout le reste.

— Je n'étais pas là, déclara Danr avec dégoût.

— Pourquoi ? Où étais-tu ?

— Je… Je voulais rejoindre la fête plus tard.

Il prit une profonde inspiration un peu tremblante.

— Il y avait une femme.

Rurik ravala un soupir d'amertume. Avec Danr, il y avait toujours une femme…

— Alarr dit que c'était le roi Feann.

— Il n'était pas seul. Je ne sais pas qui étaient ces gens, mais d'un seul coup tout le monde s'est mis à se battre.

Rurik trouva enfin le courage de contempler les corps étendus à ses pieds. Leur père, la fiancée d'Alarr et ses parents. Puis, enfin, Ingrid. Tant de violence gratuite… Il aurait pu comprendre qu'un homme veuille assassiner son père, mais pourquoi s'en prendre aux autres ? Pourquoi tuer Ingrid et son enfant à naître ? Rurik regarda le visage de Sigurd. La mort avait un peu adouci ses traits mais n'avait néanmoins pas réussi à le rendre moins sévère.

On lui avait croisé les bras sur le torse, et son froncement de sourcils était toujours aussi intimidant.

Une bouffée de tendresse et de colère prit Rurik à la gorge. En tant que bâtard, il avait toujours ressenti la présence d'un gouffre entre son père et lui. Sigurd avait reconnu les jumeaux, mais cela n'avait pas suffi. Rurik lui en voulait de ne pas avoir offert de vraie place à leur mère dans sa demeure. On l'avait à peine mieux traitée qu'une esclave, durant toute sa vie. À présent, cette rancune ne disparaîtrait jamais.

Rurik se tourna vers le fjord, désert à l'exception de quelques coques de bateaux brûlées. Sandulf et Alarr s'étaient trouvés seuls pour combattre les assassins. En l'absence de Rurik et Brandt, envoyés au nord, et de Danr, dans les bras d'une femme, l'attaque n'aurait pas pu être lancée à un moment plus propice. C'était presque comme si quelqu'un avait su que la noce serait prise par surprise.

— Je n'étais pas là, répéta Danr dans le silence. Et je le regrette plus que n'importe qui.

Son regard s'emplissait d'une solennité que Rurik n'avait encore jamais vue. Cette journée allait sans doute les transformer tous pour le reste de leur vie. Soudain, la colère éclata en lui, étouffant sa tristesse et son deuil.

Comment avait-on osé venir ici et détruire leur famille ? Il regarda encore Sigurd, puis la fiancée d'Alarr. Elle aurait dû se préparer à danser au bras de son époux, à cette heure. Puis il contempla Ingrid. Dans quelques semaines à peine, elle serait devenue mère. Brandt aurait dû se préparer à accueillir son premier enfant. Quoi que Sigurd ait pu faire pour mériter son sort, tous ces innocents n'auraient pas dû souffrir à cause de lui.

Soudain, Rurik comprit que le désir de vengeance allait

devenir plus important que sa propre vie. C'était le seul moyen de venir à bout de la rage qui jaillissait en lui.

— Nous retrouverons les responsables, dit-il à Danr. Sans exception.

Chapitre 1

Glannoventa, Northumbrie
Deux ans plus tard

Les péchés que l'on a commis ne disparaissent jamais. Père Cuthbert s'était évertué à inculquer ce précepte à Annis durant la majeure partie de son enfance. Mais, à sa grande honte, Annis de Glannoventa n'avait jamais vraiment écouté les leçons du vieil homme. Il l'avait sermonnée en l'obligeant à se tenir bien droite au pied du mur de l'abbaye. Ses jambes avaient souffert, et son dos s'était crispé, mais aucun des efforts du prêtre n'avait suffi à lui faire retenir sa leçon. Elle avait joyeusement continué à bouleverser l'ordre établi et les convenances sans se soucier du reste.

Il lui avait fallu attendre cette soirée, cet instant où elle se retrouvait plongée dans les ombres d'une taverne mal famée du port, pour que les enseignements de père Cuthbert prennent enfin tout leur sens. Armée d'une dague qu'elle n'hésiterait pas à tirer de sa ceinture en cas de danger, Annis n'était pas vraiment en position de recevoir les faveurs divines. Elle adressa néanmoins une dernière prière au Seigneur avant de vérifier que sa lame était toujours dissimulée dans les plis de sa cape. Le métal froid rencontra sa main. La garde filigranée faillit entailler la chair sensible de sa paume quand elle la serra plus fort. Cette dague était peut-être l'œuvre délicate d'un maître artisan, mais Annis l'avait emportée avant tout pour se défendre. Elle l'avait déjà sauvée de nombreuses fois, surtout deux ans plus tôt…

Annis ferma les yeux dans l'espoir de chasser l'atroce souvenir de son voyage à Maerr. Jamais encore elle n'avait vu autant de sang versé. Pendant des mois après le drame, la puanteur de tout ce sang l'avait hantée, et elle avait enfermé sa dague dans l'armurerie. Loin des yeux.

Jusqu'à ce soir-là.

Si elle l'avait emportée avec elle, Annis espérait ne pas avoir à s'en servir. Pourvu que sa cible se montre coopérative, songea-t-elle… Le Norrois était assis à l'autre bout de la salle bruyante. Une chope de bière était posée devant lui sur la table. Il observait la foule d'un air absent, pensif. L'épaisse cape de fourrure attachée à ses épaules était rejetée en arrière, dévoilant une paire de lames acérées à sa ceinture. Annis était certaine qu'il cachait aussi une longue épée dans son dos. Cette pensée lui rappela amèrement quelle serait sa destinée si elle échouait.

La taverne était remplie d'hommes fraîchement descendus d'un bateau. Le bateau qui avait amené le Norrois sur leurs côtes. En se frayant un chemin dans la salle, Annis fut obligée d'effleurer certains des clients, ce qui attira sur elle quelques regards surpris. Il devait être évident aux yeux de tous qu'elle n'était pas une servante. Elle se mordilla la lèvre pour garder son calme et poursuivit sa route sans quitter l'homme des yeux.

Il avait un profil déterminé, avec un nez droit et une mâchoire légèrement anguleuse. Il avait les épaules larges et de longs cheveux bruns qui reflétaient la lumière dorée des torches. De près, il était bien plus grand qu'elle ne l'avait d'abord cru. Ses muscles n'étaient pas gonflés, mais façonnés par le combat, affinés, tendus. Cet homme savait se battre, c'était évident ; et cela le rendait d'autant plus dangereux.

Annis n'était plus qu'à quelques pas de lui quand il leva les yeux sur elle. Son regard d'azur la cloua sur place. Il était hanté par une étincelle brûlante et acérée qui semblait vouloir percer le moindre secret d'Annis. C'était comme si le guerrier avait su qui elle était vraiment : un loup déguisé en mouton… Il fronça les sourcils en l'examinant – sans doute n'avait-il pas l'habitude de sourire. Heureusement pour Annis, elle ne perçut pas la moindre cruauté dans ses traits réguliers, juste une solennité qui lui fit comprendre qu'il ne se laisserait pas facilement importuner. Elle songea qu'elle aurait pu apprécier un tel homme… Si elle n'était pas venue pour l'emprisonner.

Sa beauté un peu rude aida Annis à lui lancer un sourire qu'elle espéra sensuel et engageant. C'était la seule stratégie qu'elle avait trouvée pour s'approcher de lui sans éveiller ses soupçons. Elle fit de son mieux pour empêcher ses mains de trembler et repoussa un peu son capuchon – juste assez pour permettre à l'étranger de voir son visage sans trahir son identité. Mieux valait ne pas montrer la riche teinte auburn de ses cheveux, de peur qu'un des clients ne la reconnaisse.

— Bonsoir, dit-elle en se glissant près de lui sur le banc.

Sa hanche effleura la cuisse du Norrois tandis qu'elle s'accoudait sur le plateau usé de la grande table. Il s'écarta un peu, mais pas assez pour creuser un véritable gouffre entre eux.

Son mouvement porta son parfum jusqu'aux narines

d'Annis, et elle fut surprise de le trouver agréable. C'était un mélange léger de sueur masculine, de feu de bois et d'autre chose qu'elle ne put identifier. Un savon, sans doute. Elle l'examina discrètement et vit que les cheveux qui bouclaient sur sa nuque étaient en effet encore humides : il avait dû prendre un bain en s'installant à son auberge. Quand Annis croisa de nouveau son regard, elle lui adressa un autre sourire tout en cherchant quelque chose de brillant à dire.

Maintenant qu'elle était là et que son plan s'était enfin mis en action, elle se sentait faiblir. L'inconnu ne la quittait pas des yeux, à tel point qu'elle *sentait* le poids de son regard sur elle. Elle avait presque l'impression d'être assise près d'un serpent en attendant qu'il frappe. Sa gorge se noua, l'empêchant presque de respirer, et elle fit de son mieux pour reprendre le contrôle. Le Norrois ne savait pas qu'elle était son ennemie, c'était un avantage. Si jamais elle paraissait hésitante, il refuserait de la suivre dans la rue…

Bien décidée à ne pas faillir, Annis s'obligea à poser la main sur le bras du guerrier et à se pencher tout près de son oreille. Le muscle puissant qu'elle sentait sous ses doigts renforça encore un peu son malaise.

— La route était poussiéreuse, et je meurs de soif, murmura-t-elle assez bas pour que lui seul l'entende. Je donnerais cher pour une bière…

Elle réprima une grimace. Son approche avait quelque chose de suppliant. Pas le genre de comportement d'une femme qui se laisse discrètement emmener dans un recoin sombre par le premier venu.

L'homme garda les sourcils froncés, mais il fit signe à la servante d'apporter une seconde chope. La jeune femme les avait observés de loin – attendant le signal sans la moindre subtilité, songea Annis avec amertume – et se précipita pour la servir. Annis la remercia et tira sa bourse de sa poche, mais le Norrois fut plus rapide. Il jeta une pièce sur la table avec nonchalance.

— Merci, dit-elle en lui adressant un grand sourire.

Elle prit la chope, laissant le regard passer des yeux du Norrois à ses lèvres avec une lenteur étudiée. Sa bouche était étonnamment attirante et bien formée, ni trop fine ni trop épaisse au goût d'Annis. Ses lèvres dessinaient un arc délicat. C'était surprenant : jamais encore elle n'avait prêté attention à la forme d'une bouche d'homme. Est-ce que les lèvres de Grim étaient fines ? Charnues ? Annis eut honte de constater qu'elle n'en savait rien. Quelques années ne suffisaient pourtant pas à oublier un époux, si ?

— J'ai un siège confortable pour toi, ma belle, si tu veux ! lança l'un des clients éméchés de la table d'à côté en tapotant ses cuisses.

Le sel cristallisé dans sa barbe sale et ses cheveux rares prouvaient qu'il était marin, mais il était surprenant qu'un homme aussi maigre pût se tenir sur le pont d'un bateau sans être emporté par les vents du large.

— C'est gentil à vous, mais je préfère les sièges qui ont plus de chair sur les os, répondit Annis avant de lui tourner le dos.

Les compagnons de l'homme lâchèrent de gros éclats de rire avinés.

Le Norrois, lui, eut un demi-sourire avant de porter sa chope à ses lèvres. Cette marque d'approbation inattendue apaisa les angoisses d'Annis. Elle lui adressa un regard amusé et déclara :

— Vous comprenez sans doute pourquoi j'ai choisi de m'asseoir près de vous…

Si elle avait été honnête, elle aurait admis que c'était

la seule place encore libre. Si elle avait *réellement* été une voyageuse fatiguée par la route, elle n'aurait pas eu d'autre option. Le guerrier paraissait si menaçant que le vide se faisait instinctivement autour de lui.

— Vous voyagez seule ? demanda-t-il.

Sa voix était grave et douce. Agréable, pour un homme censé être son ennemi.

Annis fit semblant de boire une gorgée de bière, laissant à peine le liquide amer effleurer sa langue. On avait versé une bonne dose de valériane et de pavot dans sa chope, comme dans celle que l'homme avait presque terminée. Elle avait prévu de le pousser à boire son verre en plus de celui qu'il avait commandé pour lui-même. Hélas, la potion ne semblait pas encore faire effet…

— Si vous voulez savoir si je suis avec un homme, eh bien, je suis veuve.

Elle préférait rester au plus près de la vérité ; cela rendait les mensonges plus crédibles.

— Mais des serviteurs m'accompagnent.

Le Norrois jeta un coup d'œil à la porte avant de se concentrer de nouveau sur elle.

— Vous auriez peut-être dû en envoyer un passer commande pour vous.

Un flot d'indignation monta à la gorge d'Annis.

— Je suis tout à fait capable de prendre soin de moi toute seule ! lâcha-t-elle.

Ce n'était pas la bonne chose à dire. Elle était venue pour piéger son ennemi, le séduire et l'entraîner dehors. Pour y parvenir, elle avait prévu de passer pour une veuve sans défense à la recherche d'un protecteur. S'attirer son courroux ne la mènerait nulle part. Elle s'efforça donc de sourire pour adoucir ses paroles.

— Oui, cela me paraît évident, répliqua le guerrier

en jetant un coup d'œil par-dessus son épaule à l'homme qu'Annis avait insulté.

Le marin avait tenté de se lever, mais l'un de ses compagnons l'avait repoussé sur son banc. Qu'il ait voulu se venger de l'humiliation qu'elle lui avait fait subir ou simplement quitter l'auberge, Annis n'en saurait rien.

Reportant son attention sur elle, le Norrois reprit :

— Et vous voyagez souvent seule, en « prenant soin de vous » ?

— Vous êtes bien curieux, pour un homme dont j'ignore jusqu'au nom. Êtes-vous seul aussi ?

Le guerrier l'étudiait toujours, caressant du regard ses sourcils, ses lèvres, puis remontant jusqu'à ses yeux, exactement comme elle-même l'avait fait quelques instants plus tôt pour tenter de le séduire. Cette pensée fit naître une étincelle d'excitation au creux de son ventre.

— Parfois, répondit-il.

Il fallut à Annis quelques secondes pour comprendre qu'il lui parlait.

Comment pouvait-elle être aussi mauvaise à ce jeu ? Sans lui laisser le temps de reprendre le contrôle de ses émotions, le Norrois but d'une traite le reste de sa bière et lâcha :

— Faites attention aux hommes qui vous offrent à boire. Certains pourraient s'attendre à une forme de… remboursement.

Sa chope claqua contre le plateau de la table quand il la reposa.

Annis se crispa. Ça y était : il allait s'en aller, et elle aurait manqué sa chance. Ses hommes et elle avaient tenté de savoir dans quelle auberge l'étranger était descendu, en vain. Sans doute allait-il dormir dans une des chambres de la taverne ; voire pire, dans la salle commune. Elle risquait de ne pas avoir d'autre occasion de l'isoler. Terrifiée à l'idée de le laisser s'échapper, elle posa de nouveau la main sur son bras.

— Est-ce que mes réponses suffisent à vous satisfaire ou bien espériez-vous autre chose ?

Jamais encore Annis n'avait joué ce rôle de séductrice – pas même avec son époux —, mais elle n'avait plus le choix. Elle caressa donc l'intérieur du poignet de l'homme avec le pouce, laissa le regard s'attarder sur le visage du guerrier, comme une femme qui s'attend à des demandes indécentes.

Le Norrois se pencha sur elle, et son souffle caressa la joue d'Annis.

— Terminez votre bière, femme, avant de vous engager sur un chemin trop glissant.

— Vous n'avez pas vraiment répondu à ma question.

Il lui lança un regard surpris, et Annis précisa :

— Êtes-vous seul ?

C'était une interrogation recevable. Mieux valait s'assurer que personne ne se lance à sa recherche. Cedric et ses hommes n'avaient pas pu se renseigner sur ce point.

— Vous voulez savoir s'il y a une femme avec moi ? murmura le Norrois en lui adressant une œillade complice. Non, il n'y a pas de femme.

— Pas même chez vous ?

L'humour qui avait illuminé son regard pendant un instant disparut.

— Je n'ai pas de foyer.

— Vous êtes donc venu vous installer à Glannoventa ?

L'étranger secoua la tête et jeta un coup d'œil à l'autre table, devenue plus bruyante.

— Je ne fais que passer.

Annis voulut répondre, mais quelqu'un tira brutalement le capuchon de sa cape en arrière. Elle se retourna et se retrouva face à un homme qu'elle ne connaissait pas – un pêcheur, sans doute. La puanteur du poisson le précédait, et quelques écailles étaient accrochées à la manche de sa chemise. Au lieu de la lâcher, il referma le poing sur l'étoffe de sa cape. Annis aurait voulu attraper sa dague, mais elle préférait faire croire au Norrois qu'elle était désarmée.

Le pêcheur la toisait avec un sourire lascif.

— Tu es seule, ma jolie ?

— Lâchez ma cape.

Sa voix retrouva d'instinct son autorité naturelle de Lady de Mulcasterhas.

Le pêcheur et le Norrois se figèrent, sous le choc. L'assaillant d'Annis reprit rapidement ses esprits et lui adressa un sourire obscène en comprenant qu'elle devait être seule, puisque aucun homme ne prenait sa défense. Il ouvrit la bouche pour parler, mais n'eut pas le temps de prononcer le moindre mot. Le Norrois bondit de son banc et l'attrapa par la gorge. Annis n'entendit qu'un gargouillis étouffé. Le guerrier avait été si rapide qu'elle fit instinctivement un pas en arrière, renversant sa bière sur les joncs étalés au sol.

À l'autre bout de la salle, Alder, son soldat le plus fiable, se leva, mais Annis lui fit signe de ne pas intervenir. Le Norrois contrôlait la situation. Déjà, le pêcheur l'avait lâchée pour empoigner la main de fer de son adversaire et essayer de lui desserrer les doigts. Le bout de ses orteils s'agitait, à la recherche d'un appui sur le sol – peine perdue.

— Partez d'ici, scanda le Norrois avec un calme déconcertant, surtout pour un homme en train d'en étrangler un autre.

Le pêcheur acquiesça tant bien que mal et fut immédiatement libéré. Il se laissa couler au sol le temps de reprendre son souffle, puis prit ses jambes à son cou pour disparaître dans la foule.

— Nous devrions y aller aussi, déclara le Norrois en embrassant la salle du regard.

S'attendait-il à être attaqué par les amis de sa victime ?

Annis ne protesta pas et enjamba sa chope renversée pour prendre le bras que son sauveur lui tendait. Sans un mot, il l'entraîna dehors. Ce n'était pas ainsi qu'elle avait envisagé les choses mais, si cela lui permettait d'emmener cet homme dans la rue sombre comme prévu, elle n'allait pas s'en plaindre.

— Où êtes-vous descendue pour la nuit ? demanda-t-il quand ils eurent retrouvé l'air frais.

La porte de la taverne se referma dans leur dos, atténuant les bruits de voix des clients. Le Norrois ne semblait pas prêt à abandonner Annis, et elle en était ravie. C'était exactement ce qu'elle voulait : le conduire à l'écart, seul.

La brise nocturne caressa ses joues. C'était agréable, après la chaleur étouffante de la salle. Elle expira, et son souffle relâcha un nuage de buée.

— Je ne sais pas si je devrais vous le dire…

L'étranger se pencha sur elle et la contempla gravement.

— Croyez-vous vraiment que je vous aie sauvée dans cette taverne juste pour avoir une chance de vous agresser dehors ?

— Vous n'aimez peut-être pas partager.

En dépit de ses protestations, elle entraîna le guerrier dans la rue pavée en direction du village, passant devant les quais et les boutiques. Quelques-uns de ses hommes les attendaient là où il faisait le plus sombre, là où personne ne les verrait enlever leur victime. Une pointe de culpabilité fit grimacer Annis. Elle commençait presque à apprécier cet inconnu, et ce n'était pas bon…

— De plus, ajouta-t-elle avec un sourire tandis qu'il la suivait docilement, vous ne m'avez pas sauvée. Je vous l'ai dit : je suis parfaitement capable de prendre soin de moi.

— Oui, j'ai entendu vos sévères protestations. C'était terrifiant…

Annis éclata de rire malgré elle. Cet homme avait l'air amusé par leur petit jeu et ravi de lui donner la réplique.

— C'était à la fois un ordre et une mise en garde. S'il n'avait pas écouté, je lui aurais donné un coup de genou bien placé dans l'entrejambe.

— Et il vous en aurait empêchée.

Tout en parlant, l'homme ne cessait de sonder les ombres, à droite et à gauche. Il ne baissait jamais sa garde. Ce Norrois était décidément un guerrier accompli, et Annis ne devait pas le sous-estimer.

Mieux valait le pousser à parler, le distraire suffisamment pour qu'il ne remarque pas Alder qui devait les suivre à bonne distance. Elle demanda donc :

— Pourquoi pensez-vous qu'il m'en aurait empêchée ?

Le Norrois referma un peu la main sur son bras, sans lui faire de mal, et lui indiqua sa robe d'un signe de tête.

— Le lainage de votre jupe est trop lourd. Cet homme n'aurait pas eu de mal à redresser son genou plus vite que vous. Et, même s'il avait été trop soûl pour réagir, votre coup n'aurait pas été aussi efficace que vous le vouliez.

Annis avait vécu sous le toit de son beau-père depuis l'âge de huit ans. Wilfrid, qui avait perdu son épouse quelques années plus tard et qui n'avait plus qu'un fils encore en vie, n'avait pas su comment élever une petite fille. Mais il n'était pas homme à s'avouer vaincu ou à négliger qui que ce soit. Il avait donc plus ou moins élevé

Annis comme un garçon. Elle avait reçu des leçons en combat à l'épée et à mains nues. Son entraînement lui avait donné confiance en elle et en ses capacités – peut-être un peu trop, finalement, car elle n'avait jamais envisagé que ses lourdes robes d'hiver puissent la gêner.

— Je ne crois vraiment pas que…

L'homme ne la laissa pas finir et l'attrapa soudain par la taille pour la faire reculer. Sans comprendre ce qui lui arrivait, Annis se retrouva plaquée contre le mur d'une boutique fermée pour la nuit, coincée entre la pierre et l'immense silhouette du Norrois. Il la contemplait avec un petit sourire de défi.

— Allez-y. Essayez.

Annis fut soudain ravie de voir la pleine lune illuminer le visage du Norrois. En dépit des fins nuages qui la voilaient, elle déversait assez de lumière pour lui permettre de voir l'expression du guerrier. Et un frisson de plaisir la traversa quand elle remarqua son regard brûlant, hanté par une profonde excitation. Aimait-il ce jeu de séduction ? L'appréciait-il, elle ? Elle n'avait aucun moyen de le savoir, mais cela lui plaisait.

— Je ne peux pas…

— Si. Faites-le.

— Mais je risque de vous faire mal.

Il secoua la tête et se fendit d'un sourire exaspérant.

— Vous ne pourriez jamais me faire mal.

C'était un défi, pur et simple, lancé pour la pousser à céder. Une part d'Annis fut dégoûtée de voir avec quelle vitesse elle mordit à l'hameçon, mais d'un autre côté elle avait tellement envie de lui donner tort ! Elle céda donc, se redressa et leva le genou. Le Norrois bloqua sans peine son attaque et la fit tourner de force pour la plaquer dos à lui, les mains appuyées au mur de peur de la percuter.

— Vous voyez ? lui glissa-t-il à l'oreille.

Le souffle de l'inconnu lui caressa délicieusement le cou.

— Oui, je vois.

Elle acquiesça vigoureusement, tant pour se débarrasser de son trouble que pour souligner sa réponse.

— Croyez-moi, dans ce genre de situation, vous feriez mieux d'utiliser votre arme sans tergiverser.

— Et si je ne suis pas armée ?

Annis ravala un petit cri de surprise quand la main du guerrier se glissa contre sa hanche, puis autour de sa taille.

— Vous l'êtes, dit-il en effleurant du bout des doigts la garde de sa dague.

En dépit de ce que prétendait le Norrois, Annis était toujours convaincue qu'elle aurait pu se défendre contre le pêcheur ivre, si elle y avait été contrainte. Seulement, au lieu de le lui faire remarquer, elle se retourna dans ses bras pour lui faire face. Elle réprima un mouvement de surprise en voyant qu'il ne la lâchait pas.

— Pourquoi vous souciez-vous de moi ? demanda-t-elle d'une voix un peu plus essoufflée qu'elle ne l'aurait voulu.

Le Norrois ne la quittait pas des yeux.

— Je me moque de ce qui pourrait vous arriver.

Annis sourit. Il était clair qu'il mentait.

— C'est faux, et je crois que vous le savez aussi.

Son sourire vacilla quand le guerrier baissa les yeux sur ses lèvres. En un instant, la texture de l'air parut se transformer entre eux, comme si la nuit même était consciente de ce qui se passait et ralentissait sa course pour être témoin de la scène. L'air les enveloppait comme un cocon presque étouffant. La main de l'homme s'était adoucie contre la taille d'Annis, mais il la tenait encore avec une certaine fermeté. Son regard restait vif, mais un nuage commençait à le voiler, comme s'il songeait à l'embrasser.

Elle entrouvrit les lèvres, la tête juste un peu rejetée en arrière. Une part de son esprit entendit vaguement l'écho de solides bottes sur les pavés, mais cela n'avait aucune importance. Le Norrois se penchait lentement sur elle, et l'esprit d'Annis s'embruma. Tout ce qu'elle voulait, c'était contempler cet homme, sentir ses lèvres sur les siennes. Elle désirait ce baiser comme elle n'avait encore jamais rien désiré dans sa vie. Finalement, le bruit des pas et des épées tirées devint trop proche pour qu'elle puisse l'ignorer plus longtemps.

Le Norrois fit volte-face, dressé entre Annis et les hommes armés. Elle faillit soupirer de soulagement en voyant qu'Alder avait placé ses guerriers en demi-cercle autour d'eux. Si seulement ils n'étaient pas arrivés à un si mauvais moment... Un instant plus tôt, et elle n'aurait jamais envisagé d'embrasser cet homme. Un moment plus tard, et elle aurait au moins pu garder le souvenir de ses lèvres pressées contre les siennes.

— Tirez votre dague, ordonna le Norrois sans même un regard sur elle.

Le murmure de ses propres lames jumelles tirées de leurs fourreaux de cuir accompagna ses mots.

Annis obtempéra de mauvaise grâce, assaillie par une nouvelle vague de culpabilité. Il ne savait rien. Il tenait encore à la protéger, sans se douter un instant qu'elle était sur le point de le trahir.

— Ces hommes ne sont pas des amis de l'ivrogne de la taverne, dit-elle.

Le Norrois tourna un peu la tête, sans pour autant perdre les assaillants de vue.

— Des voleurs ? murmura-t-il.

Annis se glissa sur le côté sans lui laisser le temps de réagir et rejoignit ses soldats.

— Non, répondit-elle.

Elle soutint son regard, et il comprit enfin. Juste avant que la furie l'emporte, une lueur blessée traversa les yeux du guerrier.

Alder profita de la distraction de l'étranger et le frappa à l'arrière du crâne avec la garde de son épée. Le Norrois s'écroula immédiatement sur les pavés.

Annis avait beau se répéter qu'elle faisait uniquement cela pour les protéger tous, voir cet homme tomber faillit lui briser le cœur.

Chapitre 2

Rurik ouvrit les yeux. L'obscurité la plus complète l'entourait. Aucune lueur n'était visible, comme s'il s'était soudain réveillé dans les profondeurs humides de la terre. Il cligna des paupières, craignant un instant d'être devenu aveugle. Aucun changement. L'air était lourd, immobile. Rien ne venait briser le silence, si ce n'était le grondement du sang à ses oreilles. Était-il mort ? Était-il condamné à errer dans ce vide pour toute l'éternité ? Cette idée provoqua en lui une vague de panique qui l'étouffa. Pendant quelques secondes, il eut du mal à respirer.

Il serra les poings, et ses ongles courts mordirent la chair de ses paumes. La douleur bienvenue fit refluer sa peur. Non, il n'était pas mort. Capturé mais pas mort. Il se souvenait vaguement d'avoir repris conscience plusieurs fois à l'arrière d'une charrette, mais ses paupières s'étaient systématiquement refermées. Une bouffée de colère lui monta à la gorge, et il la ravala tant bien que mal. Les émotions violentes ne lui seraient d'aucune utilité. Le sang de son père, qui coulait dans ses veines, le poussait souvent à agir sous le coup de la fureur ; mais il s'était entraîné pendant des années à garder ses instincts sous contrôle. S'il le fallait, il le ferait même dans la mort.

Rurik prit plusieurs inspirations profondes, n'osant

pas bouger tant qu'il n'aurait pas compris ce qui lui était arrivé. Peu à peu, des formes et des ombres se dessinèrent dans l'obscurité. L'odeur douce de la paille fraîche flotta jusqu'à ses narines, et il sentit le picotement de quelques brins dans son dos. Néanmoins, ce parfum familier ne suffisait pas à masquer la puanteur humide et stagnante de cet étrange endroit. Rurik ne pouvait pas savoir depuis combien de temps il était là, mais le froid avait déjà pénétré ses vêtements. À présent que la panique et la colère s'étaient apaisées, il perçut le clapotis de quelques gouttes d'eau, près de lui. Il devait être sous terre.

Les Saxons l'avaient-ils enterré vivant dans une crypte oubliée ?

Alors que les yeux de Rurik commençaient à s'accoutumer à la pénombre presque absolue, la silhouette irrégulière d'un mur de pierre se dessina près de lui. Il avait raison : cet endroit n'avait rien à voir avec les bâtisses en torchis qu'il avait vues au village. Il était bel et bien dans un souterrain.

Il se redressa et palpa l'arrière de son crâne, là où une douleur sourde palpitait. Un bruit de chaîne accompagna son mouvement, et il sentit le poids d'un fer à son poignet. Lâchant un juron qui parut résonner dans le silence de la pièce, Rurik poursuivit son examen avec son autre main. L'endroit où on l'avait frappé était sensible mais, heureusement, ses doigts ne rencontrèrent pas de sang coagulé. Il n'aurait pas à soigner une plaie ouverte.

À présent qu'il était certain de survivre, bien qu'il ne sache pas encore pendant combien de temps, Rurik se leva. Ses pieds nus rencontrèrent le sol froid, et une vague de vertige lui monta à la tête. Instinctivement, il s'appuya contre le mur moite le temps de reprendre son équilibre. Il avait la nausée, et un goût amer s'attardait sur sa langue. Quelques instants avant qu'on l'attaque, il s'était senti déséquilibré, presque chancelant. Il s'était même demandé si la femme n'était pas responsable de cela. Maintenant, il savait avec certitude qu'on l'avait empoisonné. La saveur douce-amère de la bière avait dû couvrir celle de la potion qu'on y avait glissée.

Ce stratagème avait si bien fonctionné qu'il avait baissé sa garde et avait failli embrasser la femme contre le mur, sans penser un instant qu'on pourrait l'attaquer par surprise – ce qui était arrivé. Au moins, il pouvait se rassurer en se rappelant qu'il n'était pas responsable de sa négligence. C'était la potion. Bien sûr, cela ne le consolait pas complètement, mais c'était déjà mieux. Il n'était pas Danr. Il ne s'oubliait pas dès qu'une femme croisait son chemin.

Un bruit soudain attira son attention. On aurait dit une pièce métallique traînée sur le sol de pierre, suivie par le son plus discret de bottes. Rurik porta instinctivement la main à sa ceinture, là où il portait son couteau, mais bien sûr on le lui avait pris. Un nouveau juron lui échappa. Cette dague à la poignée de corne était un cadeau de sa mère, le dernier souvenir de son héritage irlandais… Rurik se redressa, désarmé, et attendit l'arrivée de son geôlier. Même ses orteils se crispèrent sur les dalles froides. On l'avait délesté des grosses attaches qui maintenaient sa cape sur ses épaules, mais on ne l'avait pas privé de sa fourrure. Il la laissa couler au sol sans un bruit : s'il devait se défendre, il aurait besoin de ses mains et de ses bras. Mieux valait être libre de ses mouvements.

La lueur tremblante d'une lampe à huile dévoila d'épais barreaux verticaux fermant sa cellule. Au bout de quelques secondes, une femme apparut. Rurik reconnut immédiatement l'étrangère de la taverne. Elle portait la même cape violette, mais avait cette fois repoussé son capuchon sur ses épaules. Dans l'auberge, la lumière était tamisée, mauvaise. Elle avait teinté les cheveux de l'inconnue de cuivre terne. Mais, sous la lueur de la lampe, Rurik vit que sa chevelure était en fait roux sombre. Ses mèches souples s'illuminaient comme un feu brûlant.

Il ne se souvenait pas exactement des dernières secondes avant qu'on l'assomme et, jusqu'à présent, il n'avait pas été certain d'avoir *vraiment* vu la femme rejoindre les rangs de ses assaillants. Jamais il n'avait apprécié la rouerie. Pendant toute sa vie, il avait été entouré de menteurs… Son propre père avait été l'un des meilleurs qu'il eût connus, n'avouant jamais à ses fils jumeaux la vérité au sujet de leur lignée – le fait que le roi Feann était leur oncle. C'était le souverain d'Irlande lui-même qui le lui avait avoué, quand Rurik l'avait accusé du massacre de sa famille. Depuis cette noce sanglante, Rurik avait appris à mépriser les traîtres comme les menteurs. Se présenter en ami dans la demeure de quelqu'un tout en complotant pour la détruire était un acte de lâcheté !

Cette femme était à la fois traîtresse et menteuse. Elle avait fait semblant de le séduire pour l'attirer dans une ruelle sombre et le capturer. Elle connaissait les hommes qui les avaient suivis. Elle avait rejoint leurs rangs juste avant que leur chef attaque Rurik par-derrière et lui fasse perdre connaissance.

— Je suis ravie de voir que vous êtes réveillé, déclara l'inconnue d'une voix étrangement froide, après la complicité dont elle avait fait preuve à la taverne.

— Si vous ne vouliez pas me voir inconscient, il fallait peut-être ordonner à vos hommes de ne pas m'assommer.

Il cracha ces mots à mi-voix, incapable de contrôler

sa colère. La femme parut tressaillir – à moins que ce ne fût un effet de la lumière tremblante.

— C'était nécessaire pour vous amener ici, répondit-elle.

Rurik jeta un rapide coup d'œil autour de lui. Il était entouré sur trois côtés d'épais murs de pierre. La cellule était à peine assez large pour lui permettre de s'allonger. Les barreaux fermaient le quatrième côté et étaient assez serrés pour empêcher qui que ce soit de se faufiler au travers. Le plafond était si bas qu'un captif à peine plus grand que Rurik aurait dû se tenir courbé pour ne pas se cogner. C'était une cage destinée à retenir un animal sauvage. Et *il* était l'animal piégé dedans.

— Depuis combien de temps est-ce que je suis ici ?

La fureur donnait à sa voix un accent grave et tremblant qu'il n'arrivait pas à contrôler.

— Pas très longtemps. Ce n'est pas encore le matin.

La jeune femme ne paraissait pas intimidée et soutint le regard de Rurik sans la moindre hésitation. Sa colère ne semblait pas l'impressionner.

La bonne nouvelle, c'était qu'il sentait son énergie revenir. Sa blessure ne devait donc pas être bien grave.

— Vous feriez mieux de me relâcher, lança-t-il.

— Si vous répondez sincèrement à toutes mes questions, je n'aurai peut-être pas besoin de vous garder ici.

Rurik s'approcha des barreaux dans l'espoir d'intimider sa geôlière par sa taille.

— Vous ne pensez tout de même pas que je suis venu seul ? Mes hommes sauront que vous m'avez enlevé. Ils vont venir me chercher.

Ce n'était absolument pas vrai, hélas… L'orgueil de Rurik l'avait poussé à entreprendre cette quête seul, et voilà qu'il payait son erreur au prix fort. Le roi Feann lui avait proposé de lui confier des hommes, afin de se racheter pour le rôle qu'il avait lui-même joué dans le massacre de Maerr. Mais Rurik avait refusé son aide. L'impulsivité de Sigurd coulait encore dans ses veines, et il en sentait l'amertume plus que jamais.

La femme haussa les épaules, comme si ses menaces la laissaient de glace.

— Vos hommes ne sont pas un problème.

Préférant changer de tactique, Rurik demanda :

— Où suis-je ?

— Mulcasterhas.

Se fendant d'un petit sourire froid, elle ajouta :

— N'est-ce pas ici que vous veniez ? On m'a dit que vous posiez beaucoup de questions sur ma maison.

Mulcasterhas était la demeure de Wilfrid, le seigneur de Glannoventa. Rurik et Alarr avaient passé plusieurs mois en Irlande, jusqu'à s'approcher de Feann et l'interroger enfin sur le massacre de leur famille. Le roi avait admis être allé à Maerr dans le but de venger sa sœur, enlevée des années plus tôt par Sigurd, mais il n'avait pas tué leur père. En discutant avec lui, les deux frères avaient compris qu'un homme du nom de Wilfrid était impliqué. Alarr était resté en Irlande avec sa nouvelle femme, la fille adoptive de Feann, pendant que Rurik partait à la recherche de Wilfrid. Il ne le connaissait pas, mais cela ne l'empêchait pas de le mépriser…

— Vous êtes Annis.

Dès son arrivée au village, Rurik avait rassemblé toutes les informations qu'il pouvait. On lui avait expliqué que Wilfrid avait eu un fils unique mort depuis longtemps, mais qu'il lui restait une fille.

— *Lady* Annis, corrigea la jeune femme.

Cela n'avait sans doute pas été volontaire, mais Rurik vit son menton se redresser imperceptiblement. Ses yeux, sombres sur sa peau claire, luisaient d'indignation. Ses pommettes saillantes et son menton délicat mettaient sa beauté en valeur. Rurik avait été séduit dès l'instant où il l'avait vue dans la taverne. À présent, il percevait sa volonté de fer, bien éloignée de ses sourires conciliants de la veille. Sa douceur n'avait-elle été qu'une ruse ? Un moyen de l'attirer dans ses filets ? La femme qui le dévisageait à présent n'avait rien de doux…

Son regard glacial réveilla la rage de Rurik. Comment osait-elle se montrer aussi arrogante, quand son propre père avait tué Sigurd de sang-froid ?

— Il n'y a aucun conflit entre nous, *Lady* Annis. C'est votre père que je suis venu voir. Envoyez-le-moi !

Cette fois, Rurik ne parvint pas à contrôler l'éclat autoritaire de sa voix, et son ordre résonna sous le plafond.

— Wilfrid est mon beau-père, et je refuse de vous le livrer. Vous êtes mon prisonnier. Vous n'êtes pas en position d'exiger quoi que ce soit, Norrois.

Ces derniers mots claquèrent comme un fouet.

La chaîne passée au poignet droit de Rurik l'empêcha d'atteindre les barreaux mais, en tirant un peu, il pouvait les toucher de la main gauche. Et il le fit. Son poing se referma sur le métal froid, et il se pencha le plus possible sur Annis. À sa grande surprise, elle ne recula pas. Avait-elle déjà affronté la colère d'autres prisonniers ? Ou bien savait-elle simplement qu'il n'avait aucune chance de l'atteindre tant qu'il serait enchaîné ? Quoi que ce fût, Rurik sentit son respect pour elle augmenter un peu malgré lui. De nombreux hommes avaient déjà tremblé devant sa fureur. Il avait hérité ce talent de son père et l'avait souvent trouvé utile.

— Un homme qui envoie une femme se battre à sa place n'est pas un homme. J'exige de voir Wilfrid.

Envoyez-le-moi ou tuez-moi maintenant, car je refuse de confier des messages à une femme.

La flamme qui hantait déjà le regard sombre d'Annis brûla plus encore.

— Dans ce cas, vous êtes libre de pourrir ici le temps de revoir vos exigences à la baisse et d'accepter de me parler. Il y a un seau d'eau fraîche et un autre, pour vos besoins. Passez une bonne journée.

Abasourdi, Rurik la vit poser sa lampe sur le sol et tourner les talons. Ses pas résonnèrent pendant quelques instants dans le couloir. Il compta dix pas jusqu'à l'escalier, puis douze marches avant que la porte s'ouvre en grinçant et claque derrière elle.

Il jura de nouveau et frappa violemment le barreau, appréciant la douleur qui remonta le long de son bras. Son regard tomba sur les deux seaux qu'Annis avait mentionnés. Il ne les avait pas encore remarqués. L'un était bien rempli d'eau, et l'autre était vide. Rurik se saisit du seau d'eau et traversa la cellule pour s'asseoir sur la paillasse. Il but une longue gorgée pour apaiser sa gorge en feu. L'eau avait un goût de chêne, mais elle était propre.

La seule bonne chose que Rurik retirait de sa conversation avec sa geôlière était la confirmation que Wilfrid était bien chez lui. Les villageois de Glannoventa ne lui avaient pas fourni de réponse très claire sur ce point. Apparemment, personne ne l'avait vu depuis un certain temps. Un boutiquier lui avait dit que le seigneur voyageait beaucoup et passait le plus clair de son temps à la cour du roi de Northumbrie. Un autre avait prétendu qu'il rendait visite au Jarl Eirik, seigneur danois, dans l'est du pays. Une femme de pêcheur avait entendu et éclaté de rire. Elle avait assuré à Rurik qu'il pourchassait un fantôme : Wilfrid n'avait pas été vu depuis le début de l'été, et des rumeurs le prétendaient mort. Bref, personne ne semblait savoir précisément où trouver le seigneur.

À présent, au moins, Rurik savait qu'il approchait du but. Annis n'avait pas dit que son beau-père était absent, seulement qu'elle était censée se charger de tous les messages. D'un autre côté, elle n'avait pas non plus confirmé la présence de Wilfrid. Rurik avait laissé sa colère le dominer, alors qu'il était évident que cela ne le mènerait à rien. Peut-être avait-il choisi la mauvaise stratégie avec cette femme... Elle était fière, cédant facilement à l'indignation. Mieux aurait valu tenter de la charmer et lui rappeler à quel point les choses avaient été faciles, à la taverne. L'attaque frontale n'était pas la solution.

Le problème, c'était qu'il ne savait pas faire autrement. Jamais encore il n'avait eu besoin de charmer une femme. Par le passé, ses amantes avaient su lui faire comprendre qu'elles étaient intéressées, et il avait été ravi de les satisfaire. Comme il n'avait pas l'intention de se marier pour le moment, les belles paroles ne lui étaient d'aucune utilité... Jusqu'à présent. Un grognement de frustration lui échappa, et il se laissa retomber sur son lit de fortune. Si seulement Danr avait été là, il aurait déjà trouvé un moyen de convaincre Annis d'ouvrir la porte...

Le grincement de la porte, au sommet de l'escalier, le réveilla. Rurik se redressa, surpris d'avoir dormi. La potion qu'on lui avait fait boire avait sans doute eu plus d'effet qu'il ne le croyait. Dès qu'il s'était allongé sur sa paillasse pour réfléchir à un moyen de fuir, les brumes du sommeil étaient venues l'envelopper. Heureusement, il se sentait mieux maintenant. Il avait toujours mal à la tête, mais moins que la veille. Il n'était plus sous l'influence de ce que l'on avait versé dans sa bière et se sentait de nouveau lui-même. Le pas assuré qui descendait l'escalier lui apprit qu'Annis était de retour avant même qu'il aperçoive sa silhouette illuminée par la lampe qu'elle portait.

Elle se campa devant lui dans une belle robe de laine bleue rehaussée au bout des manches de broderies couleur ambre. Une cape d'un bleu plus sombre, sans capuchon cette fois, recouvrait ses épaules. Dans cette tenue, elle portait fièrement son rang de Lady de Glannoventa. Comment Rurik avait-il pu la prendre pour une simple fille de taverne ? Sa noblesse ne résidait pas simplement dans ses vêtements ou dans sa manière de se tenir. Il y avait aussi quelque chose dans son visage, au fond de ses yeux quand elle le regardait de haut avec froideur comme maintenant. Tout son être trahissait sa haute naissance.

Un sentiment proche de l'attirance s'éveilla au creux de l'estomac de Rurik. Proche parce que, si cela avait été aussi simple que de l'attirance, il l'aurait identifié sans problème. La veille encore, il se serait contenté de l'appeler désir. Mais ce n'était plus uniquement cela. C'était un mélange d'admiration et de respect teinté de tentation. L'effet était troublant. Rurik voyait à présent à quel point il avait été stupide, lors de leur dernière entrevue. S'opposer à cette femme ne lui permettrait pas d'obtenir ce qu'il voulait d'elle.

— Lady Annis, dit-il d'une voix posée, sans trahir la fureur qui bouillonnait encore dans ses veines.

Elle haussa un sourcil, furtivement, mais ne parut pas beaucoup plus surprise par sa transformation.

— Norrois.

Espérant parvenir à cacher sa colère le plus longtemps possible, Rurik reprit :

— Êtes-vous descendue parce que vous envisagez

enfin de me libérer ? Si c'est le cas, sachez que j'accepte votre offre de paix.

C'était un pari très risqué, mais il eut l'air de fonctionner. Annis lui adressa un semblant de sourire, et il respira déjà mieux. Les choses iraient beaucoup plus vite s'il parvenait à raviver leur ancienne familiarité.

— Je suis navrée, mais c'est impossible, répondit-elle finalement.

Elle baissa les yeux sur le bol de ragoût qu'elle avait apporté et ajouta :

— Tenez. Je n'ai pas l'intention de vous laisser mourir de faim.

Le bol avait tout juste la bonne taille pour être glissé entre les barreaux. Annis n'eut pas l'air de craindre que Rurik saisisse son poignet ou lui fasse du mal. Était-ce de l'arrogance ou la voix de l'expérience ? Impossible à savoir. De toute manière, l'agresser alors qu'il était lui-même encore enfermé ne lui apporterait rien de bon. Peut-être que sa geôlière le savait et avait simplement foi en son bon sens.

Un souvenir lui revint soudain. Cela s'était passé plusieurs années avant le massacre de Maerr. Son frère jumeau et lui avaient été envoyés en mission dans un royaume du Sud, sur ordre de leur père. Le but du voyage était si peu important que Rurik ne s'en souvenait plus, mais en chemin ils avaient passé la nuit dans une ferme. Plusieurs familles vivaient sous le même toit, et certaines des filles avaient tout de suite été charmées par les deux frères. Danr n'avait voulu que la plus hautaine – qui était aussi la plus belle. Sans doute parce qu'elle semblait désintéressée, on l'avait chargée de servir leur repas, et Danr avait entrepris de la séduire. La fille n'avait pas eu la moindre chance : avant la fin de la nuit, elle avait déjà trouvé un moyen de s'éclipser de son lit pour le rejoindre dehors.

Rurik soutint le regard d'Annis et, quand il tendit la main pour attraper son repas, il effleura l'intérieur du poignet de la jeune femme du bout des doigts. C'était une caresse furtive, discrète mais suffisante. Tout comme la fille hautaine avait cédé aux avances de Danr, Annis s'adoucit sous les doigts de Rurik. Ses lèvres s'entrouvrirent un instant, et elle baissa les yeux sur leurs mains. Plus flagrant encore : elle recula dès qu'il lui eut pris le bol. Rurik ravala la petite flamme de désir qui réchauffa ses propres doigts. Cette femme lui plaisait, et il se méprisait pour cela. Comment ne pas perdre pied, au milieu de toutes ces émotions ?

— J'aimerais savoir pourquoi vous tenez tant à voir Wilfrid, lâcha soudain Annis comme si rien ne s'était passé.

Rurik campa sur ses positions.

— Je dois lui parler en personne. Je me suis mal exprimé, hier soir : cela n'a rien à voir avec le fait que vous soyez une femme. Il s'agit juste d'une affaire très personnelle. Je tiens à m'assurer d'avoir trouvé l'homme que je cherche avant de proférer des accusations publiques.

Il voulait surtout être certain que Wilfrid avait été présent au mariage avant de le tuer. Dès le début de sa quête de vengeance, il s'était promis de ne pas impliquer d'innocents tant qu'il pourrait l'éviter.

— Je suis sa seule parente et sa conseillère. Vous pouvez tout me dire. Je vous promets que rien ne sortira de cette pièce.

Rurik secoua obstinément la tête.

— Je ne parlerai qu'à Wilfrid lui-même.

Si jamais il mentionnait le massacre à qui que ce soit

d'autre, il serait sans doute assassiné sur-le-champ. Son seul espoir était de trouver très vite un moyen de sortir indemne de ce cachot.

— Comme vous voulez, répondit Annis. Bonne journée à vous.

Elle fit volte-face et partit sans un regard en arrière, comme la veille.

Rurik resta un instant appuyé aux barreaux de sa cage, heureux de constater que sa caresse avait eu de l'effet. Ce serait sans doute comme creuser un tunnel à flanc de montagne, mais elle finirait par lui céder – tôt ou tard… Il n'avait même pas besoin de la séduire. Tout ce qu'il devait faire, c'était la convaincre qu'il n'était pas son ennemi. Cela devrait suffire à assurer sa survie, du moins pour un temps.

La partie la plus difficile de son plan allait être de ne pas céder lui-même au charme de la jeune femme. Elle était belle, et une lueur inconnue brillait au fond de ses yeux. Elle le poussait à l'affronter, à la provoquer ; mais c'était un jeu dangereux. Sans doute ne savait-elle rien des événements de Maerr ou de l'implication de Wilfrid – c'était à espérer, en tout cas – mais elle était liée à son ennemi, et cela seul aurait dû le rendre plus prudent. Il pouvait tenter de la charmer pour gagner sa liberté, rien de plus.

Lâchant un juron qui fut vite étouffé par les épais murs de pierre, Rurik passa ses options en revue. Malheureusement, il dut se rendre à l'évidence : une seule solution s'offrait à lui, la même depuis le début. Il devait s'attirer la sympathie de cette femme. Elle était la seule à pouvoir lui ouvrir la porte de sa prison, mais ses liens avec Wilfrid lui répugnaient. Ce lâche avait conduit des hommes à Maerr pour assassiner Sigurd – en tout cas, c'était ce que Rurik supposait. Seulement, Ingrid, Gilla et d'autres innocents étaient morts aussi. Ils n'avaient rien fait pour mériter cela… Pourtant, Wilfrid les avait massacrés sans remords.

Peu de gens en voudraient à Rurik, s'il se vengeait de la même manière. À sa place, Sigurd aurait conduit une armée sur les côtes de Glannoventa et aurait brûlé le village entier, égorgeant tous ceux qui se seraient dressés sur son chemin. Mais Rurik ne supportait pas l'idée de voir des innocents mourir. Il se servirait donc d'Annis ou de n'importe qui d'autre pour atteindre les véritables responsables de ce crime.

Chapitre 3

— Annis ?

L'écho de son nom la prit par surprise à l'instant où elle refermait la porte du cellier derrière elle. Elle laissa la clé retomber à sa place sur l'anneau qui pendait à sa ceinture, prit une profonde inspiration et fit face à Cedric, le chef des guerriers de Wilfrid. Son cher vieux visage était marqué par le souci.

Les parents d'Annis l'avaient envoyée vivre chez Wilfrid quand elle avait huit ans, après l'attaque de sa maison natale par les Danois. On avait jugé qu'elle serait plus en sécurité dans l'Ouest et, comme elle avait été promise très jeune au fils de Wilfrid, Grim, il avait été logique de l'installer sous son toit. Cedric avait donc été à ses côtés pendant une bonne moitié de sa vie, et il avait été une grande source de soutien et de réconfort pour elle. D'autant plus depuis que la santé de Wilfrid avait commencé à décliner, après la mort de Grim. Incapable de s'occuper de son domaine, le vieil homme avait laissé Annis en charge de Glannoventa…

Cedric était devenu son ami et son conseiller. Aujourd'hui, plus que jamais, elle avait besoin de ses avis. Hélas, elle avait beau lui faire confiance, mieux valait le tenir éloigné du Norrois. Cedric était le seul à être parfaitement innocent, dans cette tragique histoire, et elle voulait qu'il le reste aussi longtemps que possible.

— C'est donc vrai ? Vous avez capturé le Norrois ?

Il fronçait les sourcils, à la fois en colère et inquiet.

— Alder vous l'a dit ?

Bien sûr, Annis n'avait pas pensé pouvoir garder le secret bien longtemps, mais elle avait au moins espéré être en mesure d'annoncer la nouvelle à Cedric elle-même.

— Est-ce vrai ?

Elle acquiesça.

— Je viens de lui apporter son déjeuner. Il va bien.

Le Norrois était tellement en colère que du feu semblait sur le point de jaillir de lui à chaque instant. Néanmoins, il se portait bien.

— Vous devriez laisser quelqu'un d'autre s'occuper de lui…

Annis aurait préféré que personne ne se doute de la présence du Norrois, hélas c'était impossible. Certes, personne ne les avait vus s'emparer de lui, et ils l'avaient caché dans la charrette en le ramenant du village, mais un serviteur vigilant les avait sans doute surpris en train de le porter au sous-sol, et elle ne pourrait pas cacher le fait qu'elle le nourrissait. Tôt ou tard, tout le château allait découvrir la vérité.

— Il est sous ma responsabilité, répliqua-t-elle.

Perdre le bébé qu'elle portait si peu de temps après la mort de son époux avait empli Annis de tant de douleur qu'elle avait cru pendant un temps ne pas survivre à son deuil. La soif de vengeance avait rempli le gouffre qui s'était creusé dans son cœur. C'était *sa* mission, et elle ne voulait pas impliquer ses proches dans sa quête.

Cedric fronça les sourcils de plus belle. Il l'avait toujours fait penser à un faucon au profil noble. Son nez aquilin était bien dessiné. Combiné à son visage creusé et à ses pommettes saillantes, il aurait suffi à justifier la comparaison. Mais il y avait aussi ses yeux, sombres et observateurs, auxquels rien n'échappait jamais... Pendant l'enfance d'Annis, il avait toujours été le seul à deviner les sottises qu'elle avait en tête avant même qu'elle les commette.

— C'est trop dangereux. Je ne peux pas permettre...

Il s'interrompit soudain en entendant des pas approcher. Prenant le bras d'Annis avec douceur, il l'entraîna dans le large couloir de la demeure.

La maison occupait les ruines de l'ancien prétoire du fort romain transformé en château. Wilfrid et ses ancêtres avaient toujours pris soin de l'ancienne bâtisse. C'était leur fierté. La plupart des vieux murs avaient été entretenus au fil des siècles, grâce à l'ajout de pierre neuve et de stuc, ainsi que le toit. Ancienne demeure de commandant romain, la maison était bâtie selon un plan impérial classique avec une rangée de chambres surplombant l'atrium et la cour. Ce fut là que Cedric l'emmena – le seul endroit où ils ne seraient pas dérangés. C'était dans cette même cour que s'étaient déroulées la plupart des leçons d'Annis. Lorsqu'elle était venue vivre avec Wilfrid, Cedric s'était empressé de reprendre son éducation là où le père Cuthbert s'était arrêté. Comme autrefois, Annis le suivit docilement, non sans lever les yeux au ciel.

Après avoir soigneusement refermé les grandes portes de chêne derrière eux, Cedric se campa devant elle.

— Vous ne devez pas voir ce prisonnier, Annis. Laissez donc quelqu'un d'autre le surveiller.

— Vous ne comprenez pas : je *dois* le faire moi-même.

— *Je* ne comprends pas ?

Il cala les poings sur ses hanches, visiblement exaspéré.

— Si jamais il parvenait à s'échapper, vous seriez la première à être attaquée !

Annis baissa la tête, consciente qu'il s'inquiétait pour elle.

— Je vous en prie, ayez confiance. Grim et vous m'avez appris à me défendre. Je sais me servir de ma dague et je suis rapide quand il le faut.

Cedric jeta un coup d'œil à la lame passée à sa ceinture.

— Ce n'est pas votre talent que je remets en cause, mon enfant, mais votre manque d'expérience face à ces sauvages. Vous n'avez encore jamais affronté d'ennemi qui n'ait rien à perdre. Il est piégé dans le cellier et, croyez-moi, il n'hésitera pas à s'attaquer à tous ceux qui l'empêcheront de s'échapper.

Tout à coup, la situation parut beaucoup plus compliquée à Annis. Mais, même si ces paroles sonnaient douloureusement juste, elle répliqua :

— C'est un peu exagéré. Cet homme n'est pas un sauvage.

— Il l'est, répondit Cedric sans la moindre hésitation. Certes, c'est un homme, mais il est enchaîné et gardé en cage. Bientôt, son instinct animal va prendre le dessus, et il n'écoutera plus que lui. C'est un Norrois, un païen. On ne peut pas s'attendre à ce que ces gens fassent preuve de raffinement.

— Quel raffinement ?

— L'égard dû à une femme, par exemple. Il se moque que vous soyez la maîtresse de cette maison.

Le cœur d'Annis s'emballa soudain, face à cette menace, et elle plaqua une main sur sa poitrine dans l'espoir de le calmer. Elle n'aimait pas l'idée d'être responsable d'une telle transformation chez son captif. De toute manière,

Norrois ou non, n'importe quel homme essayerait de s'enfuir à sa place sans hésiter à piétiner une femme sur son passage. Elle avait appris à se battre parce qu'elle avait conscience qu'on la traiterait en guerrière toute sa vie.

Elle préféra donc ignorer les craintes du maître d'armes.

— On prend soin de lui. Il est peut-être enchaîné, mais on ne l'empêche pas de bouger. Il reçoit de l'eau et de la nourriture.

— Il ne souffrira pas de la faim, mais cela ne compensera jamais la menace de mort qui plane sur lui.

De nouveau, l'angoisse saisit Annis. Cedric avait raison. Ce qu'il décrivait était bien réel : elle avait enfermé un homme et, tôt ou tard, il se transformerait en bête. La culpabilité et la honte la dévorèrent de l'intérieur. Elle s'était emparée d'une situation explosive – le fait que cet homme ait accosté sur leurs terres pour se venger – et l'avait rendue encore plus instable. Si des personnes devaient être enfermées, c'étaient elle et le tueur gaël qui s'étaient rendus à Maerr pour assassiner un homme grâce à l'argent de Wilfrid.

Mais qu'aurait-elle pu faire d'autre ? Elle ne pouvait tout de même pas laisser ce Norrois vagabonder librement dans le village alors qu'il voulait tous les tuer. Pas quand la douleur de son propre deuil lui brisait encore le cœur...

— Annis ?

Elle ne s'était pas rendu compte qu'elle faisait les cent pas dans la cour. Il fallut que Cedric pose une main sur son épaule pour qu'elle s'arrête. Son regard était empreint de bonté et d'inquiétude.

— Dites-moi qui est cet homme.

— Je... Je n'en suis pas certaine.

Annis regretta immédiatement son mensonge qui pesa comme une pelletée de cendres sur sa langue.

Les yeux perçants de Cedric et sa propre mauvaise conscience étouffèrent presque sa réticence.

— Dans ce cas, dites-moi au moins qui vous pensez qu'il est. Je ne peux pas vous aider si je ne comprends pas les forces en puissance, ici.

Il avait raison. Encore. Il avait presque toujours raison, et pourtant Annis ne pouvait se résoudre à lui révéler la vérité. À moins qu'elle eût honte de lui avouer ce qu'elle avait fait. Depuis deux ans, elle osait à peine affronter la réalité elle-même, alors confesser son crime…

Ravalant une protestation, Annis se détourna et s'assit sur l'un des nombreux bancs de la cour. Ici, au printemps et en été, elle prenait soin de garnir les plates-bandes de fleurs ; mais la terre était nue, à présent, dans le froid de l'hiver. Elle avait été trop obnubilée par sa terreur pour remarquer la morsure de l'air jusqu'à maintenant, mais elle sentit soudain le bois glacé à travers ses vêtements. Elle resserra sa cape autour de ses épaules, comme un bandage qui aurait eu le don d'apaiser sa douleur.

Cedric s'assit près d'elle en silence. Comme toujours, sa présence forte et calme la rassura. Il fallait qu'elle lui avoue ce qu'elle avait fait. Si ce Norrois venait bien de Maerr, comme elle le suspectait, d'autres hommes finiraient par suivre. Cedric méritait de savoir ce qui se tramait.

Annis s'était toujours enorgueillie de son courage mais, quand le drame frappait, elle sentait une faiblesse poindre en elle. Après l'enlèvement de sa tante Merewyn par les Danois, ses parents avaient craint un autre raid. Ils l'avaient donc envoyée chez Wilfrid. Sans Merewyn pour veiller sur elle, Annis n'aurait de toute manière pas voulu rester chez elle. Son père était tellement occupé qu'elle doutait parfois qu'il se souvienne de son prénom ; et sa mère ne s'était jamais vraiment intéressée à elle. Il avait été plus facile pour elle de se convaincre que son déménagement était une bonne chose que de perdre son temps en songeant au soulagement de ses parents quand ils avaient enfin pu se débarrasser d'elle. Cela n'avait pas effacé sa douleur, mais lui avait au moins évité de l'affronter.

Aujourd'hui encore, Annis recourait au même stratagème. On l'avait envoyée vivre chez Wilfrid en prévoyant de lui faire épouser Grim dès qu'il serait en âge. Elle ne l'avait pas choisi, mais elle l'avait aimé ; tout d'abord comme un cousin distant plus âgé qu'elle, puis davantage après leur mariage. Elle avait souffert de sa mort, et plus encore, peu de temps après, de la perte du bébé qu'elle portait. Face à ce double deuil, la planification de sa vengeance l'avait aidée à survivre. Wilfrid lui-même était empli de rage, et il avait été facile de voir cette colère grandir, consumer leur douleur et leur sentiment de vulnérabilité petit à petit.

Au fond, Annis n'était pas forte du tout. La souffrance était sa compagne depuis trop longtemps. Si elle avait été plus solide, la perte de son époux ne l'aurait pas autant touchée. Et, si elle n'avait pas consacré toute son énergie à lutter contre son cœur, elle aurait sans doute pris de meilleures décisions.

— Annis…

Cedric lui prit la main et la serra doucement, pour l'encourager à rompre le silence.

Elle parla, alors, mais n'osa pas croiser son regard. Elle se contenta d'examiner les cheveux déjà poivre et sel de ses tempes.

— Est-ce que vous vous souvenez du voyage que j'ai entrepris il y a deux ans pour rendre visite à Merewyn ?

Sa tante avait fini par revenir des royaumes danois

avec son époux des années plus tôt pour s'installer sur la côte Est. Son mari, le Jarl Eirik, supervisait les relations entre Danois et Anglais sur les terres de naissance d'Annis. Elle avait toujours aimé sa tante et avait passé beaucoup de temps avec elle après son retour, en dépit de la présence de son époux et de ses hommes.

— Elle était alitée pendant les derniers mois de sa grossesse.

Cedric acquiesça.

— Je m'en souviens.

— Aller la voir n'était qu'un prétexte pour partir d'ici. En fait, je ne suis pas allée là-bas. Je me suis rendue à Maerr.

— Où diable est Maerr ?

— C'est un royaume norrois, dans l'Est. La demeure de Sigurd, roi de Maerr.

Tout à coup, Cedric comprit. Il connaissait ce nom. Des années avant le massacre de Maerr, Wilfrid avait tenté d'assassiner Sigurd. Puisque les Danois ne dominaient pas la région, les Norrois avaient tenté de l'envahir. Eirik représentait déjà une menace à l'est, et Wilfrid n'avait pas eu envie de voir d'autres étrangers franchir ses frontières. Il avait donc décidé de couper le mal à la racine, et Grim l'avait accompagné. Hélas, non seulement ils n'avaient pas réussi à tuer Sigurd, mais en plus ils avaient été tous les deux gravement blessés dans l'attaque. Grim avait agonisé pendant des semaines avant de rendre l'âme dans des souffrances atroces. Annis avait passé chaque instant à son chevet sans pour autant être capable de le sauver. Peu de temps après la mort de son époux, elle avait aussi perdu l'enfant qu'elle portait – le petit garçon qui aurait dû être leur premier héritier.

— Sigurd, murmura Cedric. L'homme qui a voulu s'emparer de Glannoventa…

Annis acquiesça.

— C'est bien lui. Après la mort de Grim, Wilfrid était aveuglé par son désir de vengeance. Il y a deux ans, les mercenaires qu'ils avaient employés pour mener la première attaque sont revenus ici. Ils avaient entendu parler du mariage de l'un des fils de Sigurd, qui devait avoir lieu en présence de nombreux invités : c'était l'occasion idéale d'approcher enfin le roi. Ils voulaient savoir si Wilfrid était prêt à financer une nouvelle tentative d'assassinat.

— Et bien sûr, Wilfrid a accepté.

Cedric ne cacha pas son amertume. Son maître n'avait pas jugé bon de l'informer de ce projet, malgré leur confiance mutuelle.

Annis serra sa main entre les siennes.

— Oui, dit-elle, mais il était trop malade pour y aller en personne.

Ces mots lui arrachèrent un soupir douloureux, et Annis effleura son épaule pour le consoler.

— Wilfrid ne voulait pas que vous sachiez parce qu'il était certain que vous n'approuveriez pas. Il ne voulait pas vous impliquer dans l'affaire au cas où une nouvelle catastrophe en découlerait.

— Mais vous y étiez ? Vous avez pris la place de Wilfrid ? balbutia-t-il d'un air incrédule.

Annis secoua la tête.

— Il ne sait pas que je suis partie là-bas. J'ai entendu une partie de sa conversation avec les mercenaires et j'ai compris qu'il les avait payés. Je suis donc allée les voir en secret pour exiger qu'ils me prennent avec eux. Je ne leur faisais pas confiance, vous comprenez. J'avais peur qu'ils s'enfuient avec l'argent sans jamais mettre les pieds à Maerr.

Elle baissa le regard et ajouta à mi-voix :

— La vérité, c'est que je voulais venger Grim et notre enfant. Je voulais voir Sigurd mort de mes propres yeux pour être sûre qu'il ait payé ses crimes.

En perdant son bébé, Annis avait aussi eu l'impression d'avoir échoué à offrir à Wilfrid la dernière part encore vivante de son fils. Il était donc normal qu'elle s'engage dans la quête de justice de sa famille.

Cedric se leva brusquement, comprenant ce qu'elle essayait de lui dire.

— Dans ce cas, ce Norrois… Celui que vous avez capturé hier… Il venait de Maerr ?

— Je le crois, oui.

— Est-ce que vous l'avez reconnu ? Et lui, sait-il qui vous êtes ?

Annis secoua la tête avant de se camper devant Cedric pour tout lui expliquer.

— Nous avons appris qu'il se nomme Rurik et qu'il est arrivé hier à bord d'un bateau. Il a posé des questions sur Wilfrid, au village. Je pense qu'il s'agit d'un des nombreux fils de Sigurd… Pendant que nous attendions le début de la cérémonie du mariage, j'ai pris soin de retenir tous leurs noms, au cas où quelque chose comme cela arriverait un jour. Seulement, je n'ai pas vu celui qu'ils appelaient Rurik. Il était absent.

Elle avait néanmoins rencontré l'un des frères. Sandulf. Un garçon à peine sorti de l'adolescence, qui avait néanmoins réussi à la marquer pendant le combat. Sous le coup de la culpabilité, elle sentit la cicatrice qu'il avait laissée au bas de son dos se mettre à pulser.

— Et votre mission a été couronnée de succès. Sigurd a été tué, conclut Cedric.

L'annonce de la mort du roi norrois avait atteint Glannoventa des mois plus tard.

— Oui, il est mort. Mais ce n'est ni grâce à moi ni grâce aux mercenaires.

Annis ferma les yeux et revit le spectacle horrible de la grande salle plongée dans le chaos. Une bataille générale s'était déclenchée sans prévenir.

— Nous ne le savions pas, mais d'autres hommes étaient venus avec les mêmes intentions que nous. C'est quelqu'un d'autre qui a tué Sigurd.

Et tant d'innocents... Sigurd aurait pourtant dû être le seul à mourir. Les hommes engagés par Wilfrid avaient sauvagement défendu leurs propres vies. Leur chef, un Gaël, s'était éloigné du plan de départ. Il avait attaqué une femme norroise enceinte, l'épouse d'un des fils du roi, et l'avait tuée sans le moindre remords. Annis avait essayé de l'en empêcher, mais elle était arrivée trop tard...

— Dans ce cas, pourquoi Rurik est-il ici ? demanda Cedric.

Arrachée à ses souvenirs, Annis haussa les épaules.

— Tout est allé si vite. Peut-être que personne n'a réellement vu l'assassin de Sigurd. Et il y a eu d'autres morts... Il est possible qu'il veuille les venger aussi.

La femme blonde, avec son ventre déjà rond, avait souffert de la rage sadique du Gaël. Sa mort atroce était gravée dans la mémoire d'Annis ; elle l'avait revécue tant de fois qu'elle aurait pu décrire avec précision le cri aigu de la femme ou ses battements de bras dans le vide quand elle avait essayé de se défendre.

Mais c'étaient des images trop douloureuses pour qu'elle les partage. Elle se contenta donc d'ajouter :

— Rurik est peut-être venu pour se venger de toutes les personnes impliquées. Sans doute pense-t-il que Wilfrid était là parce que cet idiot de Gaël a insisté pour m'appeler par ce nom. Quelqu'un a pu l'entendre et faire le lien.

Elle s'était déguisée en homme et s'était inventé un prénom, mais le mercenaire l'avait surprise en l'appelant Wilfrid. Il avait eu l'air de s'amuser à le clamer au milieu de la foule. Avait-il voulu que ce qui se passait maintenant arrive ? Si quelqu'un partait en quête du groupe d'assassins, il chercherait un homme nommé Wilfrid en pensant qu'il serait facile à trouver. Si Annis avait été plus maligne, elle se serait arrangée pour que tout le monde apprenne le nom du Gaël. Mais elle n'était pas intelligente. Pas même courageuse.

— Pensez-vous que les assassins aient pu être retrouvés ? Qu'ils aient pu vous trahir ?

— Tout est possible, bien sûr. Mais le Norrois a insisté pour parler à *Wilfrid*.

Cedric acquiesça, pensif et l'air défait. Son expression brisa le cœur d'Annis.

— Je suis vraiment navrée, Cedric. C'est moi qui ai créé tous ces problèmes, et j'assumerai mes responsabilités. Wilfrid ne doit jamais apprendre que le Norrois est ici.

Son maître d'armes la contempla un instant, sans la moindre bonté, cette fois. Néanmoins, ses paroles ne furent pas dures.

— Wilfrid a payé ces mercenaires. Il a accepté de participer à la première tentative d'assassinat. Lui aussi est responsable de ce qui nous arrive.

— C'est gentil à vous de le dire. Dans ce cas, disons que les torts sont partagés. Le Norrois ne nous aurait jamais retrouvés si je n'étais pas allée à Maerr.

— Votre beau-père a engagé des hommes pour tuer

Sigurd. Le Gaël aurait tout à fait pu utiliser le nom de Wilfrid, même sans vous.

Annis acquiesça gravement. C'était vrai. Nul ne pouvait savoir si le mercenaire avait eu l'intention de les trahir dès le départ. Seulement, cela ne l'innocentait pas de ses propres actions. Elle avait choisi d'y aller, et l'heure était venue d'affronter les conséquences de ce voyage.

— Nous devons le tuer !

Les mots de Cedric furent si brutaux qu'Annis sursauta.

— Hors de question !

— Nous n'avons pas le choix. On ne peut pas le laisser libre de dire à sa famille qui nous sommes.

Paniquée, Annis tenta désespérément de trouver un argument pour le convaincre qu'il avait tort. Tuer leur captif ne leur apporterait rien. Ce ne serait pas moral, et elle refusait d'avoir le sang d'une autre personne sur les mains.

— Ils savent sans doute déjà où nous habitons. Rurik a prétendu que ses hommes l'avaient accompagné jusqu'ici. Il a dit qu'ils se mettraient bientôt à sa recherche. Peut-être que la nouvelle de sa capture est déjà arrivée jusqu'à eux...

— Et vous pensez qu'il dit la vérité ?

— J'ai des doutes. J'ai placé des hommes en sentinelle au village toute la nuit. Ils n'ont vu personne de suspect.

— Tant mieux. Cela veut dire que le Norrois a menti. De toute manière, même si quelqu'un venait frapper à notre porte, on ne pourrait rien prouver sans son corps.

En tant que maître d'armes du château, Cedric était chargé de prévoir et d'évaluer les menaces potentielles. Peut-être qu'il avait raison une fois de plus et que tuer Rurik était la meilleure chose à faire, mais Annis ne pouvait l'autoriser.

— Cedric, je refuse d'avoir une autre mort sur la

conscience. Et puis, je suis certaine que cet homme a prévenu quelqu'un de son projet, ses frères probablement. On doit savoir qu'il venait ici.

Cedric, qui s'était mis à faire les cent pas en réfléchissant sans doute à un moyen de se débarrasser discrètement de leur prisonnier, se figea tout à coup.

— Une *autre* mort ? demanda-t-il après un court instant de silence.

Annis sentit son cœur s'arrêter. Elle avait été tellement obnubilée par le destin du Norrois qu'elle n'avait pas pris garde à ses paroles.

Elle acquiesça, les dents serrées, incapable de parler à Cedric de la pauvre femme enceinte qu'elle n'avait pu sauver. Cela avait été si horrible, si douloureux… Jamais elle n'aurait la force de revivre ce drame.

— C'était le chaos. Nous avons dû combattre pour nous enfuir.

Cedric ne parut pas convaincu, mais il n'insista pas.

— Quoi que nous fassions, reprit-il, nous ne pouvons pas garder éternellement cet homme dans le cellier.

— Je sais.

Ces deux mots lui échappèrent dans un murmure. Elle n'était même pas sûre que Cedric l'ait entendue avant de sentir la main chaude du maître d'armes dans son dos.

— Je regrette que vous ne m'ayez pas parlé de tout cela plus tôt. Je vous aurais interdit d'aller à Maerr, et rien ne serait arrivé.

Annis s'efforça de sourire, faisant de son mieux pour ravaler son trouble.

— Vous me l'auriez interdit, mais je n'aurais pas obéi.

Elle avait été tellement décidée à venger Grim et son pauvre enfant privé d'existence que rien au monde n'aurait pu la retenir.

Cedric eut un petit rire amer et passa un bras autour de ses épaules. Une vague de chaleur la traversa. En dépit de ses nombreuses blessures, elle avait beaucoup de chance de vivre aux côtés de Wilfrid et de son maître d'armes. Tous deux avaient été des pères d'adoption pour elle, chacun à sa manière. Cedric l'écoutait et la guidait, tandis que Wilfrid avait toujours été le plus joueur. Celui qui lui avait appris à se battre et à manier une dague.

— La mort est la seule conclusion possible à cette affaire. Mais, comme l'erreur initiale était la vôtre, je vous laisse décider. Seulement, faites votre choix rapidement, murmura Cedric. Nous n'avons pas beaucoup de temps devant nous.

Cette pensée s'abattit sur les épaules d'Annis comme une douche froide. Elle refusait de penser au meurtre, mais quelle solution alternative lui restait-il ? Rurik était là, et elle ne le voyait pas partir docilement sans s'être vengé. Que pourrait-elle lui offrir pour le convaincre de renoncer à sa quête ?

Chapitre 4

Cela faisait presque une journée entière que Rurik était enfermé dans cette cage. Sa découverte la plus importante, depuis qu'il avait repris ses esprits, avait été le faible rai de lumière qu'il pouvait apercevoir entre deux pierres en se penchant au maximum vers le bout du couloir. Le soleil devait se coucher à présent, car la lumière faiblissait ; et il n'avait toujours pas trouvé un moyen de recouvrer la liberté. Au moins, il avait l'esprit clair, maintenant, et sa capture brutale ne lui avait laissé aucune séquelle physique. C'était peut-être un détail, mais Rurik en était heureux : dans de telles circonstances, cela pouvait faire la différence entre la vie et la mort.

Il avait passé le plus clair de sa journée à explorer chaque recoin de sa cage, suivant du doigt la moindre crevasse ou fissure à la recherche d'une faiblesse à exploiter. Hélas, il n'en avait pas décelé. Certes, les pierres se détachaient des murs par endroits, et il avait pu arracher quelques fragments de mortier à l'aide de sa chaîne mais, derrière, la terre formait une barrière infranchissable. Bien sûr, il pourrait toujours creuser un tunnel vers la liberté – ce cachot ne le retiendrait pas toute sa vie —, mais il ne pouvait pas se permettre de travailler pendant des semaines pour se faufiler dehors. Chaque journée supplémentaire qu'il passerait ici le rapprocherait de son éventuelle exécution. Rurik ne comprenait d'ailleurs pas qu'on l'ait épargné aussi longtemps. Peut-être que ces gens voulaient exiger une rançon en échange de sa libération ; mais, très vite, ils comprendraient que le plus simple serait de le tuer et de faire comme s'il n'avait jamais atteint la côte.

Il se mit à aller et venir dans sa cellule minuscule pour se concentrer. Il *ne pouvait pas* avoir échoué. Il ne l'admettrait pas. Ceci n'était pas la fin. Rurik refusait de trahir la confiance de ses frères en laissant l'assassin s'en tirer. Il rentrerait chez lui triomphant, comme il l'avait juré, et prouverait à tout le monde qu'il avait sa place dans la famille. Il allait juste devoir trouver un moyen plus simple et plus rapide de s'échapper. Puisque la femme était la seule à descendre le voir, elle serait l'outil de sa délivrance.

Pour cela, Rurik devait la convaincre d'entrer dans la cage avec lui. S'il parvenait à l'immobiliser, à l'attacher, il pourrait lui prendre la clé. À partir de là, il ne lui resterait plus qu'à l'enfermer à sa place – l'idée de tuer une femme, même sa geôlière, lui répugnait – et à trouver la cachette au fond de laquelle le lâche Wilfrid se terrait. Il envisagea un instant d'emmener la femme pour avoir un moyen de pression, mais ce serait trop compliqué. Annis avait du caractère et ne se laissait pas contrôler facilement. Un enlèvement ne risquerait pas d'améliorer son humeur.

Les gonds rouillés, au sommet de l'escalier, grincèrent et protestèrent soudain. On venait. Rurik se redressa, pressé de voir arriver la femme et de l'attirer dans son cachot. Il lui restait à inventer une stratégie crédible, quelque chose qui la pousserait à oublier sa propre sécurité et à ouvrir la grille. Ses pas réguliers descendirent les marches. Une… Deux… Trois…

Rurik bougea le plus silencieusement possible, en prenant soin de ne pas faire cliqueter la chaîne attachée à son poignet. Maintenant son entrave contre le mur, il envisagea de prétendre l'avoir coincée entre deux pierres. Si jamais sa geôlière lui apportait de la nourriture, elle serait obligée d'entrer, non ? Absurde. N'importe quel être doté de bon sens sentirait la ruse – et cette Annis avait l'air intelligente. Elle irait sans doute chercher de l'aide avant d'ouvrir, et Rurik risquait de gâcher son unique chance d'être en tête à tête avec elle.

La seule chose qui lui restait à faire était de la convaincre qu'il était blessé. Elle l'avait peut-être capturé, mais elle n'avait pas l'air de lui vouloir de mal. S'il parvenait à lui faire croire que le coup qu'il avait reçu lui avait laissé des séquelles graves, elle viendrait sans doute l'examiner. Et, si elle allait d'abord prévenir quelqu'un, cette tentative ne coûterait rien à Rurik : en effet, comment le punir, s'ils ne pouvaient pas prouver son mensonge ? Oui, c'était son seul espoir.

Au moment où les bottes atteignirent le sol, Rurik plongea sur sa couchette, tressaillant quand la chaîne tinta sur les dalles. Il ferma les yeux à l'instant où la lueur de la lanterne apparut entre les barreaux.

— Norrois !

La voix claire de sa geôlière résonna dans le silence du sous-sol.

Rurik fit de son mieux pour respirer le plus bas possible, dos à la grille. Un délicieux parfum de viande rôtie flotta jusqu'à lui, provoquant un gargouillis incontrôlable au creux de son estomac. Pourvu qu'elle ne l'ait pas entendu ! Son cœur tambourinait dans sa poitrine.

Il sentait la présence hésitante de la femme derrière lui. Elle ne bougeait pas. Son regard pesait sur la nuque de Rurik, presque palpable, tandis qu'elle devait se demander s'il était réellement malade ou non.

Finalement, elle soupira, et Rurik entendit le bruit discret du bol et de la lanterne quand elle les posa par terre – la bougie qu'elle lui avait laissée la fois précédente avait fini par s'éteindre. Quelques secondes plus tard, il perçut un bruit de clé dans la serrure. Le mécanisme devait être rouillé, car sa geôlière s'y reprit à plusieurs fois avant de repousser le verrou. Un grincement récalcitrant indiqua à Rurik que la grille s'ouvrait, mais il l'aurait deviné même sans cela. L'air changea autour de lui, plus chaud et plus dense en présence de la femme.

— Norrois ?

Une pointe de botte poussa doucement sa hanche. Apparemment convaincue qu'il ne faisait pas semblant, Annis s'accroupit et plaqua deux doigts dans son cou pour vérifier son pouls.

D'un seul coup, Rurik cessa de réfléchir, et son instinct prit le dessus. Il attrapa le poignet de la jeune femme d'une main et sa taille de l'autre. D'un geste vif, il se retourna et tenta de la faire rouler sous lui avant qu'elle ait pu crier, mais il ne s'était pas attendu à une réaction aussi féroce de sa part. Elle lutta de toutes ses forces. Elle se cambra pour lui échapper tout en remontant le genou dans une tentative désespérée de l'atteindre au point le plus sensible. Elle le frappa sur le côté de la tête, et Rurik vit des lueurs danser devant ses yeux. Mais il tint bon. La situation s'était inversée : cette fois, c'était elle qui se battait pour se libérer.

Rurik pesa de tout son poids sur elle et la plaqua enfin sur la couchette. Quand il parvint à se caler sur elle, penché au-dessus de son corps pour maintenir ses poignets contre la paille, tous deux respiraient fort et vite. Le regard d'Annis s'embrasait, furieux. Si ses yeux avaient été des armes, Rurik aurait été réduit en miettes.

— Vous venez de commettre une grave erreur, dit-elle d'une voix de reine victime d'un coup d'État.

Rurik s'était attendu à des cris, mais il n'obtint que cette menace dangereuse. Annis semblait convaincue qu'elle allait sortir de ce cachot pour se venger. Rurik fut tellement surpris qu'il hésita un instant avant de retrouver toute sa détermination. Il devait s'enfuir, et cette femme était le seul obstacle dressé sur son chemin.

— C'est vous qui avez fait une erreur, Lady Annis. Vous avez cru pouvoir m'enfermer sans en payer le prix. Vous aviez tort.

Elle secoua vivement la tête et répliqua :

— Je n'ai jamais pensé cela. Vous ne m'avez pas laissé le choix ! À quoi vous attendiez-vous, en venant ici pour poser des questions au sujet de Wilfrid ? Je ne peux pas vous laisser lui faire du mal.

Ce n'était pas la première fois qu'elle parlait de Wilfrid comme si elle était responsable de lui alors que cela aurait dû être l'inverse. Les soupçons qui avaient effleuré Rurik la veille se confirmèrent peu à peu.

— Ne voulez-vous pas dire qu'*il* ne peut pas me laisser vous faire de mal ? Ne devrait-il pas se trouver ici, à votre place ?

Lorsqu'une braise de bravade mutine illumina le regard d'Annis, il ajouta :

— Non pas que vous soyez incapable de vous défendre, bien sûr, comme nous le constatons à présent.

Rurik ne put réprimer un sourire en voyant la rage déformer un instant le visage de la jeune femme.

Maintenant qu'elle était piégée sous lui, impuissante, sa colère si digne l'amusait.

— Est-ce que nous allons sans cesse revenir à cela, Norrois ? Prenez-vous vraiment tant de plaisir à vous moquer des femmes parce que vous êtes plus grand et plus fort qu'elles ? lâcha-t-elle avec mépris. Je suis déçue : je vous croyais au-dessus de ce genre de choses.

Le sourire de Rurik s'était élargi avant même qu'il en prenne conscience. Ce n'était pas le moment de réfléchir à la situation mais, plus tard, quand il aurait échappé à Glannoventa et ses dangers, il prendrait le temps de se demander pourquoi cette femme le troublait tant. Préférant se réfugier dans leur petit jeu de pouvoir, il répondit :

— Comme vous le voyez, je suis plus fruste que vous le pensiez. Mais c'est bien moi qui ai le dessus, pour l'instant, et je compte en profiter.

— Vous êtes abject.

Elle tenta une nouvelle fois de se libérer, en vain. La seule chose qu'elle parvint à accomplir fut de rappeler au corps de Rurik qu'elle était bel et bien *sous* lui…

Il fut surpris de sentir une vague de chaleur monter de ses reins pour envahir tout son corps tendu. Les cuisses piégées entre les siennes étaient fines et fermes mais, à chaque fois qu'Annis se cambrait pour se dégager, il sentait la courbe de ses hanches et la douceur de son ventre. Elle était forte et musclée, mais aussi souple. Sa beauté dépassait celle des femmes les plus séduisantes que Rurik avait connues – mais elle était aussi différente d'une manière qu'il n'aurait pu décrire. Qu'il se contentait d'apprécier…

Puissante. Féminine. Déterminée. Étrangement, ce mélange inattendu lui plaisait au moins autant que son apparence. Même enchaîné au mur d'une prison, sur une paillasse froide, il avait envie d'elle. Tellement envie !

Le soir de leur rencontre, ils s'étaient presque retrouvés dans la même position ; elle, plaquée contre une maison, lui, la maintenant en place et essayant de lui montrer comment se défendre. Rurik avait entendu son souffle s'accélérer quand il lui avait parlé à l'oreille. Dans cet instant qui avait précédé l'arrivée des assaillants, il avait compris qu'elle était attirée par lui. Sur le moment, cette certitude l'avait enivré. Tout comme elle l'enivrait encore, dans la pénombre de la cage. Il songea un instant à la séduire. Si jamais il parvenait à l'attirer dans ses bras, à la faire frémir de plaisir, Annis se laisserait peut-être plus facilement convaincre de lui rendre la liberté, voire de lui donner toutes les informations dont il avait besoin. Bien sûr, Rurik pressentait que l'entreprise le ferait sans doute jouir plus que jamais, mais ce ne serait qu'un bénéfice secondaire… N'est-ce pas ?

Comme si elle avait lu dans ses pensées, Annis cessa de se débattre. Rurik l'interrogea du regard et comprit qu'elle avait senti la chaleur du désir qui les attirait l'un vers l'autre, elle aussi. Ses pupilles étaient dilatées, pas uniquement à cause de la faible lumière qui baignait le sous-sol mais parce que l'air était devenu plus dense autour d'eux. Elle contempla les lèvres de Rurik pendant une seconde ou deux et, qu'elle s'en soit rendu compte ou non, sa bouche s'entrouvrit. Le bout rose de sa langue passa sur sa lèvre charnue. Puis elle leva les yeux. Son regard était à la fois fiévreux et un peu inquiet.

Il pouvait comprendre sa peur. Lui aussi la ressentait. Jamais il n'aurait dû éprouver le moindre désir pour cette femme… Et pourtant, il ne pouvait ignorer ce qui se passait en lui. Sans prendre le temps de se rappeler que ce n'était qu'une stratégie pour prendre enfin le dessus sur sa geôlière, Rurik suivit son instinct et se pencha pour l'embrasser.

Pendant un instant, Annis perdit la tête. Les intentions de Rurik étaient clairement gravées sur son visage. Ses yeux brûlaient de désir charnel. Au lieu de se révolter, de se servir de la dague qu'elle portait à la ceinture pour repousser son ennemi, elle s'abandonna avec délice à la promesse de son baiser.

Des années s'étaient écoulées depuis le dernier baiser de Grim, et son mari ne l'avait toujours embrassée que dans le noir. Ses yeux n'avaient jamais brillé comme ceux de Rurik. Jamais il ne lui avait donné l'impression que l'embrasser était la chose la plus importante au monde. Elle n'avait pas souvenir du moindre baiser hors de son lit – et certainement pas à un moment aussi inapproprié. L'ardeur qui flambait dans les pupilles sombres de Rurik… La manière dont il la dévorait du regard… C'était la première fois qu'Annis se sentait aussi *désirée*. Cette sensation était entêtante, plus enivrante que le vin. Elle lui donnait le vertige et rendait ses membres plus lourds. Elle se serait sans doute mise à trembler s'il ne l'avait pas tenue fermement… *Oh ! si fermement.*

Alors que Rurik se penchait sur elle, la tête un peu inclinée sur le côté, elle se surprit à s'humecter les lèvres, impatiente. Quand le souffle du Norrois effleura sa joue, elle sentit son cœur s'emballer. Un frisson la parcourut. Elle eut à peine le temps de songer aux conséquences de ce baiser inopportun… L'instant d'avant, ils s'étaient battus, et voilà qu'il l'embrassait.

Ses lèvres étaient incroyablement douces. Annis s'était attendue à un baiser fiévreux, aussi grossier et brutal que l'homme qui la maintenait sous lui. Mais ce fut l'opposé. Si différent… Il prit son temps et, bien qu'ils fussent allongés sur la paille d'un cachot, il l'embrassa comme s'ils étaient dans un lit moelleux, avec une matinée entière de plaisirs devant eux. Ses lèvres effleurèrent les siennes une fois, puis deux, dans une danse sensuelle et lente. Il se redressa un instant, puis inclina la tête de l'autre côté, comme s'il cherchait à savourer les lèvres d'Annis de toutes les manières possibles.

Elle aurait dû y mettre fin tant qu'elle le pouvait. Elle le voulait, mais son instinct la poussa à profiter de ce qui serait sans doute son dernier baiser avant des années. Elle se laissa donc aller à caresser la lèvre du Norrois du bout de la langue. Juste un peu. Il fallait tout arrêter. Maintenant ! Annis s'apprêtait à se faire violence pour se détourner quand un gémissement de plaisir la pétrifia.

Le grognement de Rurik fit vibrer son corps entier, envoyant une boule de feu au creux de son estomac. Elle eut à peine le temps de comprendre ce qui lui arrivait avant que Rurik fonde de nouveau sur ses lèvres avec fièvre, comme si elles lui appartenaient. C'était peut-être vrai, songea Annis en sentant ses propres hanches se cambrer pour se coller à lui. Jamais aucun baiser de Grim ne lui avait fait cet effet-là. Le Norrois la perçait à jour, lui volait son âme, et elle le laissait faire. Pire encore, elle lui rendait ses baisers. Elle ne se contentait pas d'accepter passivement, mais dardait sa langue entre les lèvres de Rurik, comme s'il était un amant perdu revenu à elle.

Il s'écarta enfin, pour reprendre son souffle. Sa main rugueuse remonta avec douceur le long du bras d'Annis, se dirigeant sans doute vers sa poitrine. Du moins, une partie d'elle semblait l'espérer, à en croire la manière dont son corps se cambra de plus belle. Elle entrouvrit les yeux et vit, dans un brouillard de désir, Rurik lui adresser un petit sourire. Une expression de triomphe. La fierté du conquérant.

En un éclair, l'excitation qui montait en elle depuis quelques minutes s'évanouit. Ce sourire brisa le sortilège qu'il avait jeté sur elle. Il se servait d'elle – et comment l'en blâmer ? Elle était la geôlière de cet homme, et céder à sa curiosité avait été une erreur stupide. Jamais elle ne lui laisserait la moindre chance de se vanter de son succès !

Profitant du fait qu'il soit déconcentré, elle remua pour se dégager de lui et se caler contre la paillasse. Il ne se douta de rien avant qu'elle redresse vivement la tête et lui percute le nez de plein fouet. Rurik poussa un cri et la lâcha le temps de porter les mains à son visage. Annis ne perdit pas une seconde pour lui asséner un coup de genou dans le ventre. Le Norrois gémit, relâchant tout l'air de ses poumons d'un seul coup, et s'écroula sur le sol. Il tenta d'attraper sa cheville tandis qu'elle se relevait – trop tard. Il ne parvint qu'à refermer les doigts sur sa jupe. D'un mouvement brusque, Annis se libéra et se précipita sur la grille qu'elle referma derrière elle.

Ses mains tremblaient quand elle s'empara du trousseau pendu à sa ceinture et glissa maladroitement la clé dans la serrure. Le vieux verrou était rouillé, entêté, mais il finit par céder sous ses efforts. Déjà, Rurik se relevait, mais Annis ne voulut pas perdre son temps à l'invectiver. Elle courut dans le couloir, monta les marches quatre à quatre, suivie par les échos des cris rageurs de son prisonnier.

Cedric l'attendait dehors, au sommet des marches. Il avait insisté pour faire le guet quand elle avait refusé de le laisser descendre avec elle. Elle aurait pu l'appeler à n'importe quel moment, et il aurait volé à son secours. Mais elle n'en avait rien fait, trop confiante. Elle avait été certaine de pouvoir s'occuper seule du Norrois. Ce qu'elle n'avait pas anticipé, c'était ce baiser. Si jamais Cedric les avait surpris ensemble… Cette simple pensée suffit à la faire rougir de honte.

À quoi avait-elle pensé ? Comment avait-elle pu laisser cet homme plaquer ses lèvres sur les siennes ? Annis s'attendit à une vague de dégoût, mais rien n'arriva. Encore maintenant, le souvenir de ce baiser faisait bouillonner un reste d'excitation au fond d'elle.

— Que s'est-il passé ?

L'œil de faucon de Cedric remarquait tout…

Seigneur, ses lèvres étaient-elles gonflées ? Annis les effleura du bout des doigts, puis secoua fermement la tête et verrouilla la porte derrière elle.

— Il va bien. Il ne veut toujours pas confirmer qui il est ni expliquer ce qu'il fait ici.

— Mais nous savons déjà ce qu'il veut, n'est-ce pas ?

Cedric la dévisagea, les bras croisés d'un air obstiné.

— Oui, nous le savons.

Il était inutile de le lui rappeler ! Était-elle trop sensible ? Perturbée parce qu'elle ne savait pas comment réagir ? Cette incapacité à prendre une décision était nouvelle pour Annis, et elle n'appréciait pas le fait de se sentir si vulnérable. Faisant de son mieux pour avoir l'air occupée à ranger son trousseau de clés, elle évita soigneusement le regard pesant de Cedric et reprit d'un ton léger :

— Je vais aller voir comment se porte Wilfrid avant de me coucher.

Cedric lâcha un reniflement dédaigneux tandis qu'elle s'éloignait. Avait-elle vraiment cru qu'il abandonnerait si facilement ? Jamais il ne s'était montré malléable depuis qu'elle le connaissait. Annis s'arrêta donc à mi-chemin et lança par-dessus son épaule :

— Je sais que nous ne pourrons pas garder ce Norrois prisonnier pour toujours. Je statuerai sur son sort dès demain.

Qu'allait-elle faire ? Elle n'en savait rien. Elle n'avait pas le courage de le condamner à mort, et pourtant c'était la seule solution envisageable…

Elle jeta un coup d'œil à Cedric et vit ses traits se détendre. Il acquiesça.

— Sage décision, milady. Plus vite nous en aurons fini avec toute cette histoire, mieux cela vaudra.

Annis sourit vaguement et s'éloigna aussi vite qu'elle l'osa. Elle entra dans la chambre de son beau-père et constata qu'il était déjà couché, ronflant doucement sous ses draps. Encore troublée par son face-à-face avec le Norrois, elle se réfugia dans sa propre chambre, prête à supporter tant bien que mal les attentions de sa servante. Goda n'était avec elle que depuis un an, remplaçant sa mère qui avait servi Annis pendant des années. Elle appréciait sa compagnie, mais regrettait parfois les sages conseils de son ancienne suivante. Pouvait-elle se confier à Goda ? Non, elle renonça presque immédiatement à ce projet. Elle était seule. Elle ne pouvait pas mettre qui que ce soit d'autre en danger en dévoilant la vérité.

Une fois sa chemise de nuit enfilée et ses cheveux soigneusement tressés, Annis renvoya la jeune fille et posa sa bougie près de son lit. Grimpant sur l'épais matelas de plumes, elle s'allongea et tira la couverture sur elle, songeuse. Qu'allait-elle faire ? Cedric avait raison : il fallait mettre le Norrois à mort. C'était le seul moyen de protéger Glannoventa. Mais c'était aussi une solution si extrême qu'Annis ne pouvait se résoudre à en donner l'ordre. Le drame de Maerr avait déjà laissé trop de marques sombres sur son âme. Elle ne voulait pas ajouter Rurik à la liste des victimes. D'un autre côté, il était impensable de le relâcher. Cet homme était capable de les assassiner tous sans la moindre hésitation. Rien ne l'empêcherait de conduire tous les guerriers de Maerr à leurs portes pour se venger…

Et puis, il y avait ce baiser. Le souvenir des lèvres du Norrois sur les siennes la troublait toujours autant. Comment avait-elle pu céder aussi complètement ? Maintenant encore, dès qu'elle fermait les yeux, elle sentait le poids du corps de Rurik sur elle, la chaleur de son souffle.

Que devait-elle faire ?

La question hanta Annis jusqu'à ce que le sommeil s'empare d'elle et l'emporte dans des rêves délicieux de baisers volés.

Rurik aurait pu hurler de joie et de gratitude quand son pied avait rencontré la masse métallique de la dague, sur le sol de sa cellule. La lame fine attendait là, encore tiède après avoir été pressée contre le corps d'Annis. Elle avait dû la perdre en luttant contre lui sur la paillasse. Au lieu de crier et d'attirer l'attention, Rurik fit vœu d'adresser aux dieux un sacrifice dès sa libération. Il passa les heures suivantes à forcer la fermeture des fers qui lui enserraient le poignet. Pour un objet aussi vieux, le verrou se montra particulièrement difficile à briser. Une fois débarrassé de ses chaînes, Rurik entreprit d'ouvrir la grille de sa cage, puis la porte au sommet de l'escalier.

Ce travail de patience lui avait pris presque toute la nuit, mais cela n'avait aucune importance. Son unique objectif était de trouver Wilfrid. La demeure était silencieuse, et il faisait tellement noir que Rurik dut s'arrêter de dangereuses minutes sur le palier le temps que ses yeux s'habituent au manque de lumière. Une série de portes donnait sur le vaste atrium, dissimulant sans aucun doute autant de chambres plongées dans l'obscurité. La seule lueur que Rurik perçut provenait d'une fissure entre les battants d'une grande porte double. Le bois était froid, presque gelé. Sans doute cette ouverture donnait-elle sur l'extérieur.

Rurik prit une profonde inspiration et l'ouvrit précautionneusement, sa dague à la main. Il se retrouva dans un jardin illuminé par une unique torche. Deux des côtés étaient bordés de nouvelles portes. Rien ne semblait bouger, néanmoins, une petite lumière dansait sous l'une des portes. Après être entré lentement dans la pièce, Rurik découvrit avec stupéfaction un vieil homme en train de marmonner tout seul devant un jeu de plateau.

C'était Wilfrid. Il n'y avait pas de doute possible. Son âge et la richesse de ses vêtements l'indiquaient clairement. Que Rurik survive ou non à cette journée, il avait au moins trouvé l'homme partiellement responsable de la mort de son père, de Gilla et d'Ingrid. Tant de meurtres...

— Wilfrid ?

L'homme leva les yeux. Ses longs cheveux blancs retombaient sans ordre autour de son visage. Les années marquées en creux sur ses joues et son front choquèrent Rurik. Il s'était attendu à rencontrer un homme de l'âge de Sigurd, mais celui-ci paraissait beaucoup plus vieux. Rurik avait pourtant toujours pensé que la cruauté nécessaire pour ordonner la mort d'innocents se retrouvait plus souvent chez les jeunes.

Si le regard de Wilfrid était vif, intelligent, toute sa personne dégageait une sorte d'innocence enfantine qui mit Rurik sur ses gardes. Malgré sa soif de vengeance, il refusait d'assassiner qui que ce soit qui n'ait pas été prouvé coupable. S'était-il trompé sur l'identité de cet homme ? Il s'approcha avec prudence, espérant presque que ce fût le cas. La mort de ce vieillard étrange ne lui apporterait aucune satisfaction.

— Êtes-vous Wilfrid ? demanda-t-il encore, les doigts serrés sur la garde de sa dague.

Il devait être absolument sûr de lui.

L'homme acquiesça dans un hochement de tête un peu brusque, maladroit. Rurik l'examina, à la recherche d'une blessure qui aurait pu expliquer ses mouvements, mais il ne vit rien.

— Soyez le bienvenu, répondit Wilfrid en le saluant de la main, comme lorsqu'on retrouve un vieil ami.

Ne voyait-il pas l'arme que Rurik pointait sur lui ? Ou bien s'en moquait-il ?

— Approchez.

L'homme bafouillait un peu. Rurik avait appris quelques mots de saxon pendant son enfance, grâce à la servante de sa mère. Il pouvait comprendre un peu la langue, mais eut du mal à détacher les mots embrouillés que l'homme prononçait. S'il approcha, ce fut surtout en réponse à la main tendue de Wilfrid – et parce que le vieillard n'était pas armé.

— Asseyez-vous, reprit son ennemi en lui indiquant la chaise d'en face.

Rurik se laissa lourdement tomber dessus et cacha momentanément sa dague dans les plis de sa cape de fourrure. Il avait bien souvent imaginé sa rencontre avec l'homme responsable du massacre et jamais il n'avait envisagé qu'elle puisse ressembler à cela. La rage qui l'habitait faisait presque trembler ses doigts.

— Est-ce que vous savez qui je suis ? demanda-t-il.

Il sut immédiatement que Wilfrid ignorait tout de lui.

Le vieil homme se pencha de nouveau sur son jeu, sans paraître entendre la question. Il choisit avec soin une figurine de bois et la déplaça sur une case du plateau. Ce vieillard n'était pas un guerrier… En fait, malgré ses cheveux blancs et ses rides, il avait tout d'un enfant, d'un simple d'esprit.

Depuis près de deux ans, la colère et l'attente de la vengeance avaient nourri chaque décision prise par Rurik ; tout cela pour en arriver là. Dans l'éventualité où Wilfrid se souviendrait des meurtres de Maerr, il serait sans doute dans l'incapacité d'en parler ou de répondre aux questions de Rurik. De nouveau, sa main se crispa sur la dague. Quelle importance, s'il était simple d'esprit ? Il était impliqué dans le massacre. Il méritait de mourir.

Alors que l'homme contemplait son jeu, sans se rendre compte que la mort l'attendait, Rurik examina ses cheveux fins et le crâne rose, enfantin, qu'on devinait dessous. Il leva son arme, mais fut incapable de la planter dans le cou de son ennemi. Ce n'était pas juste. Il était venu se battre, et voilà ce qui l'attendait au bout du voyage. Il baissa de nouveau la dague et laissa un long silence s'installer. Alors qu'il essayait de prendre une décision rationnelle, la porte de la chambre s'ouvrit, et la destinée lui apporta un nouveau présent.

Chapitre 5

Dans le rêve d'Annis, le Norrois était penché sur elle, tantôt amant affectueux, tantôt ennemi assoiffé de sang. Il lui souriait, comme il l'avait fait après l'avoir embrassée, mais cette fois elle n'était pas offensée. Les doigts de Rurik suivirent le contour de ses lèvres, et il les goba avec gourmandise. Elle retira sa main dans un petit cri. Rurik rit et s'agenouilla près d'elle pour l'embrasser de nouveau. Quand elle leva les yeux, elle se rendit compte qu'ils étaient installés dans son lit et que Rurik s'était calé entre ses cuisses nues.

Le choc fit se réveiller Annis en sursaut, et elle se redressa au milieu du matelas, s'attendant presque à découvrir son prisonnier à ses côtés. Son cœur tambourinait contre sa cage thoracique et, bien qu'elle sût qu'elle était uniquement couverte de sa chemise de nuit, que la vision n'était qu'un rêve, elle porta machinalement la main à sa taille à la recherche de sa dague. Pas la fine lame effilée qu'elle dissimulait dans les plis de ses vêtements quand elle était descendue voir le Norrois, mais l'autre, plus courte et presque émoussée, qu'elle utilisait tous les jours.

Elle n'était pas là. Évidemment. Annis était couchée, et c'était le milieu de la nuit. La bougie s'était éteinte depuis longtemps. Son arme était rangée à sa place dans le coffre, comme d'habitude. Annis fit de son mieux pour chasser ses inquiétudes, mais n'y arriva pas. Quelque chose la tourmentait. Une chose importante. Un doute flou, hors d'atteinte, qui flottait dans un recoin de son esprit et l'empêchait de se rendormir.

La dague était-elle bien dans son coffre ? Annis se repassa mentalement chaque geste de la soirée. En fait, elle ne se souvenait pas d'avoir rangé son arme – pas même de l'avoir retirée de sa ceinture. Est-ce que Goda l'avait fait pour elle ? Elle ne se souvenait pas de cela non plus. Elle avait été tellement obnubilée par le baiser du Norrois qu'elle avait presque oublié les quelques paroles échangées avec sa servante.

Elle repoussa alors les couvertures, se leva et s'agenouilla devant le coffre posé par terre. Elle gardait trois dagues à l'intérieur et les utilisait indifféremment, suivant son humeur. Soulevant le couvercle, Annis jeta un coup d'œil à l'intérieur. Il faisait trop sombre pour bien voir, et elle tâtonna à l'aveuglette. Un soupir de soulagement lui échappa quand elle trouva le linge qui enveloppait ses lames. Une, deux… Où était la troisième ?

Le cœur d'Annis manqua un battement, et une terreur sombre l'envahit. Le Norrois l'avait plaquée au sol, mais il n'avait pas pris la dague à sa ceinture. Elle en était certaine : elle s'en serait forcément rendu compte ! D'un autre côté, le baiser avait occulté tout le reste… Une rapide fouille de sa chambre ne donna aucun résultat.

L'avait-il volée ? Annis ferma les yeux et fit de son mieux pour se souvenir de tout ce qui s'était passé dans le cachot. Rurik aurait pu s'emparer de la dague à n'importe quel moment de la lutte qui avait précédé leur baiser. Quand elle s'était enfuie, elle avait été beaucoup trop troublée pour penser à quoi que ce soit – et encore plus pour fouiller son prisonnier.

Le traître !

Elle passa rapidement une cape sur ses épaules et attrapa son autre lame, plus imposante, exposée au mur. Si le Norrois avait bien sa dague, il pourrait se libérer sans problème. Et, si c'était le cas, Annis ne prendrait pas le risque de l'enfermer à nouveau, elle serait obligée de le tuer. Elle n'avait pas le choix. Cette décision la hanterait sans doute pour le reste de sa vie, mais quelle autre option avait-elle ? Cet homme représentait un danger bien trop grand pour tous les habitants du château. Elle ne pouvait pas le laisser s'enfuir. Elle ne pouvait pas le laisser s'attaquer à Wilfrid ou à qui que ce soit d'autre à Mulcasterhas. Le fait qu'il était le premier homme à réveiller son cœur depuis Grim n'entrait pas en ligne de compte.

Annis ouvrit la porte de sa chambre, ignorant l'air froid qui l'enveloppa, et examina la cour. Il n'y avait aucun garde ici, parce qu'elle les avait tous postés sur les remparts. Il faisait encore sombre. Une torche unique illuminait vaguement le jardin. La chambre de Wilfrid était juste en face de la sienne. La porte était close, mais une lueur vacillante passait dessous. Son beau-père avait souvent du mal à dormir, et Cedric ou son serviteur s'occupait alors de lui pendant la nuit. Néanmoins, l'instinct d'Annis la poussa à s'approcher.

Elle remonta en silence l'allée pavée, sans quitter la porte des yeux. Des voix d'hommes provenaient de la chambre, et elle reconnut celle de Wilfrid. Une série d'attaques cérébrales l'avait affaibli sur un côté du corps. Il pouvait encore parler, mais ses mots sortaient indistincts, comme s'il s'exprimait avec une balle de laine dans la bouche.

L'autre voix, en revanche, était trop basse pour être celle de Cedric et pas aussi grave que celle d'Irwin, le solide serviteur qui s'occupait de Wilfrid la plupart du temps.

Serrant les dents pour se préparer à toute éventualité, Annis ouvrit la porte et entra dans la chambre, sa courte épée pointée devant elle. Wilfrid, assis à table, leva les yeux et lui adressa son habituel sourire en biais. Il lâcha un petit cri de joie en la reconnaissant. Son précieux jeu de *hnefatafl* était installé devant lui.

Et le Norrois était assis en face de lui.

Annis apparut comme si la volonté de Rurik l'avait convoquée par magie. Ses yeux écarquillés étaient remplis d'une froide terreur. Rurik fut traversé par un étrange désir de lui parler, d'apaiser cette peur, mais cela n'aurait eu aucun sens. Surtout dans une telle situation. Elle avait raison de le craindre. S'il y était contraint, il la tuerait sans hésiter, non ?

Toujours perturbé par le tour étrange qu'avait pris sa quête de vengeance, il dit à mi-voix :

— Fermez la porte, Lady Annis. Nous devons parler.

Il fit de son mieux pour dissimuler la colère qui bouillonnait encore sous la surface, mais sa voix tremblait un peu malgré tout.

La jeune femme contempla un instant Wilfrid, puis la dague. Rurik la serra un peu plus dans sa main, prêt à s'en servir si elle tentait quoi que ce soit. La lame était un peu émoussée, mais il connaissait sa force. Un simple mouvement rapide et la lame s'enfoncerait dans le cou vulnérable de Wilfrid. Déjà, Rurik voyait la scène se dérouler devant lui, et son corps se tendit. Tous ses muscles se préparaient à l'assaut.

Seulement, quelque part au fond de lui, une voix le mit

en garde. Son estomac se noua ; la petite voix refusait de le laisser sombrer aussi bas pour obtenir enfin justice. Jamais encore il n'avait envisagé de blesser une femme ou un invalide. Les deux années écoulées depuis le massacre l'avaient beaucoup changé, et pas toujours en bien. Il avait enlevé des gens, menacé des innocents et fait beaucoup d'autres choses qu'il aurait préféré éviter. Était-il réellement prêt à ajouter de nouvelles atrocités à la liste ?

Mieux valait ne pas répondre à cette question. Rurik serra donc les dents, hésitant. La respiration qu'il retenait depuis quelques instants se libéra dans un long soupir de soulagement quand Annis obtempéra, refermant doucement la porte derrière elle. Il tenait toujours fermement la dague de la jeune femme, mais ses muscles se relâchèrent un peu, et son corps lui parut soudain plus engourdi.

— Venez vous asseoir, dit-il en lui montrant le lit. Wilfrid et moi étions au milieu d'une conversation très intéressante.

Elle fit ce qu'il lui demandait, avec prudence. Rurik se laissa aller à admirer pendant quelques secondes son port de tête orgueilleux, les quelques cheveux flamboyants qui s'échappaient de sa tresse et l'éclat déterminé de ses yeux. Elle était stupéfiante. Il y avait quelque chose chez elle – sa force, sa profonde intégrité – qui, mêlé à sa beauté, la rendait unique.

Dans d'autres circonstances, il aurait facilement pu s'attacher à elle. Peut-être même ses sentiments allaient-ils s'éveiller, *en dépit* des circonstances. Non, impossible. Il devait confondre le respect avec l'affection sincère. Cela aurait été plus logique… Il pouvait très bien respecter un ennemi, après tout.

Instinctivement, il contempla les lèvres d'Annis, et le

souvenir de leur baiser enflamma de nouveau les braises dormantes de son désir. La jeune femme se redressa en remarquant son regard et pointa une nouvelle fois son arme sur lui, prête à se défendre.

Dès qu'elle fut assez près, Rurik tenta de lui arracher sa courte épée, mais elle s'écarta. Il ne lui en voulut pas : lui-même n'hésiterait pas à attaquer, au besoin. Son respect pour elle augmenta encore un peu. Il ne voulait pas se battre pour lui enlever son arme, ni laisser Wilfrid penser qu'il y avait un problème. La maison dormait, et Rurik tenait à ne réveiller personne tant qu'il n'aurait pas obtenu de réponses à ses questions.

— Que vous a-t-il dit ?

Annis le dévisageait sans ciller, ne se détournant même pas de lui pour se percher au bord du lit. Elle était clairement prête à lui sauter à la gorge, pour se protéger et protéger Wilfrid.

— Depuis combien de temps est-il comme cela ? demanda Rurik avec un petit signe de tête en direction du vieillard.

Wilfrid, qui s'était replongé dans son jeu, leva un instant la tête.

— Annis, lâcha-t-il.

Les deux syllabes se mélangèrent en un bafouillement hésitant. Manifestement agacé de ne pas réussir à s'exprimer comme il le voulait, Wilfrid frappa violemment la table du plat de la main et secoua la tête.

Rurik les observait tour à tour. Le vieil homme avait l'air fatigué. Le temps et la douleur avaient creusé de profondes rides autour de ses yeux et sur son front. Ses cheveux étaient presque entièrement blancs et, bien que fins, ils se dressaient sans ordre sur sa tête. Remarquant sans doute le regard dur dont Rurik l'enveloppait, Annis tenta de rendre son beau-père plus présentable en lissant sa chevelure sur son crâne. L'homme lui adressa un sourire tordu rempli d'une profonde affection.

Ce simple geste – toucher son beau-père avec tendresse et en être récompensée d'une manière aussi touchante – émut Rurik plus qu'il ne l'aurait cru. Il aurait dû se détourner de ces effusions, mais il n'osa pas. Pas quand Annis tenait encore une arme mortelle à la main. Il avait commis l'erreur de la sous-estimer une fois, déjà. La douleur qui pulsait encore dans son nez le prouvait. Cela ne se reproduirait pas. De nouveau, la vieille fureur familière vint remplacer l'attendrissement de Rurik. Cet homme avait détruit des vies, à Maerr. Il ne méritait pas sa pitié.

Il croisa de nouveau le regard d'Annis et répéta, plus froidement :

— Depuis combien de temps ?

La jeune femme ravala sa salive et baissa les yeux, réticente. Elle répondit enfin :

— Plusieurs attaques cérébrales l'ont affaibli ces dernières années.

— Mais depuis combien de temps est-il simple d'esprit ?

Annis sursauta comme s'il venait de la gifler. Une sombre rage déforma ses traits, et ses yeux se firent aussi durs que des silex.

— Il n'est *pas* simple d'esprit ! C'est un excellent joueur de *hnefatafl,* et il continue à nous battre tous, à chaque fois qu'il joue !

Elle indiqua d'un geste le plateau de jeu. Se rendant soudain compte qu'elle avait haussé la voix, elle s'interrompit et jeta un rapide coup d'œil à Wilfrid qui les écoutait d'un air perplexe. Contrôlant sa colère avec force, Annis lui adressa un petit signe de tête, comme pour lui dire que tout allait bien, et se pencha vers le plateau.

— Tenez, dit-elle en plaçant une pièce devant Rurik. Votre objectif, en tant qu'adversaire, est de piéger le roi – cette pièce – dans l'un des coins opposés.

Ses doigts fins déposèrent une autre pièce sur une case, et Wilfrid lâcha un grommellement appréciateur. Apparemment, elle avait bien joué.

Wilfrid ne bougea pas tout de suite son roi, ni aucune autre pièce. Au lieu de cela, il observa pendant un moment sa belle-fille et Rurik. Finalement, il murmura quelque chose qui aurait pu ressembler à :

— Dis-lui.

Rurik ne cacha pas sa surprise. Devait-il réellement considérer cet homme comme un « simple d'esprit » ? En deux mots, il venait de prouver que ses pouvoirs de réflexion étaient encore intacts, même si son corps l'abandonnait.

— Oui, dites-moi, Lady Annis.

Elle lâcha une respiration bruyante et frustrée par le nez. L'épée était posée en travers de ses cuisses, et ses doigts nerveux ne cessaient d'y revenir.

— Il y a déjà des années, il a eu une attaque. D'autres ont suivi depuis. Elles surviennent sans prévenir, comme si elles arrivaient de nulle part. À chaque fois, il perd un peu plus de sa force et il devient incapable de vivre sans aide.

Elle interrogea rapidement son beau-père du regard, comme si elle avait peur d'en avoir trop dit. Il répondit par un hochement de tête maladroit et se replongea dans l'étude du jeu. Les épaules d'Annis se détendirent un peu, et elle se tourna de nouveau vers Rurik.

— Que lui avez-vous dit ? Je vous préviens, si jamais…

Elle s'interrompit de nouveau, se tourna vers son beau-père, puis baissa la voix, penchée près de l'oreille de Rurik :

— Je ne peux pas vous laisser le perturber. Le moindre changement de routine peut le troubler et provoquer une nouvelle attaque.

Elle n'eut pas besoin d'ajouter que la prochaine risquait de le tuer. Il paraissait déjà si frêle, comme s'il avait un pied dans l'autre monde. Si Wilfrid entendit sa belle-fille, il n'en montra rien. Rurik avait déjà remarqué qu'il semblait un peu sourd, mais il préférait en être sûr.

— Il n'entend pas quand nous murmurons ?

Annis haussa les épaules.

— Je crois que son oreille, du côté affaibli de son corps, ne fonctionne plus.

Et elle était assise du bon côté.

C'était une situation tellement étrange… On demandait à Rurik de ne pas perturber l'homme responsable de la mort de son père. L'homme qu'il était venu tuer. Il crispa de nouveau les doigts sur la garde de la dague. Il pourrait en finir d'un simple geste, déversant le sang du vieillard sur son précieux jeu. Hélas, l'idée d'en finir ne l'attirait plus autant que les semaines précédentes.

Quelle satisfaction tirer de la mort d'un homme qui n'avait plus toute sa tête et qui paraissait à l'article de la mort ? Les dieux n'avaient-ils pas déjà rendu justice eux-mêmes ? Il *devait* y avoir quelqu'un d'autre. Wilfrid n'avait pas pu agir seul.

Annis remarqua la tension de ses muscles et parut comprendre ses intentions. Sa propre main se porta sur son épée.

— Si vous faites ça… Je vous tuerai.

Elle avait prononcé ces derniers mots dans un souffle, mais son regard était plus dur que jamais.

— Peut-être que je suis prêt à mourir pour accomplir ma vengeance.

Le regard de Rurik passa du vieil homme, l'homme qu'il aurait dû haïr, à Annis. Elle paraissait étrangement réservée, et Rurik reconnut immédiatement cette trompeuse sérénité. C'était le repos du guerrier. Le calme avant la tempête du combat. Il aurait été facile pour lui de plonger sa dague dans le cou du vieillard, mais cela l'aurait obligé à l'affronter, *elle*. Si elle ne le tuait pas, le bruit attirerait tous les guerriers du château. Rurik ne survivrait pas une heure… On ne le ferait pas redescendre au cachot s'il n'y avait plus la moindre raison de le garder en vie. La vengeance embraserait tous les hommes de Mulcasterhas, comme elle embrasait à présent le cœur de Rurik.

Était-il prêt à tuer cette femme ? S'il voulait sortir d'ici, il allait être obligé de lui faire face. Cette perspective le poussa à relâcher la dague.

— Je ne l'ai pas encore interrogé, si c'est ce qui vous inquiète, reprit-il calmement. Je lui ai dit que nous étions amants.

Annis sursauta si violemment que Rurik ne put réprimer un sourire.

— Quoi ?

La rage empourpra ses joues. Elle le dévisagea comme s'il venait de lui parler en norrois ; pourtant, Rurik était certain d'avoir prononcé très clairement les mots saxons.

Refoulant son sourire, il soutint le regard d'Annis. Provoquer cette femme était un vrai plaisir…

— Wilfrid voulait connaître les raisons de ma présence et savoir qui je suis. Ce sont des questions légitimes, quand on voit entrer un inconnu dans sa chambre. Je lui ai dit que je m'appelle Rurik et que je suis votre amant.

Annis ne le quittait pas des yeux, comme si ses explications n'avaient aucun sens pour elle.

— Vous auriez préféré que je lui dise que je suis votre pris…

— Ne prononcez pas ce mot.

Elle l'avait interrompu très vite, pour l'empêcher de révéler la vérité en présence de Wilfrid. Intéressant… Il n'aurait pas cru qu'elle voulût cacher la capture de leur ennemi à son beau-père. C'était de plus en plus surprenant. Hélas pour eux, ils avaient lentement haussé la voix, et le vieillard avait entendu leurs derniers mots. Il acquiesça et se contorsionna pour poser sa main valide sur le bras d'Annis.

C'était étrange. Rurik s'était attendu à un geste de colère, mais l'homme paraissait heureux de savoir qu'elle avait pris un amant. Qui étaient donc ces gens si étranges ? Personne, dans cette maison, ne réagissait avec logique. Toujours avec la même douceur étonnante, Wilfrid porta la main de sa belle-fille à son visage et murmura quelques mots que Rurik ne comprit pas.

Les yeux d'Annis se mouillèrent, mais elle ravala bien vite ses larmes. Wilfrid la relâcha et se repencha sur son jeu comme s'il avait été seul. Il bougea son roi ainsi que l'une des pièces que Rurik était censé contrôler.

— Il réagit comme un enfant, murmura-t-il en faisant de son mieux pour ne pas attirer l'attention du vieillard. Il peut être alerte pendant un instant, puis s'absorber sans prévenir dans ses pensées en oubliant notre présence…

Annis acquiesça avec une moue douloureuse.

— Je ne sais pas si c'est à cause des attaques. Par

moments, il ne me reconnaît même plus puis, sans prévenir, m'appelle par mon nom.

— Cela arrive souvent ?

Elle secoua la tête.

— Non, rarement, et toujours tard dans la nuit comme maintenant.

Elle observait Wilfrid, la table, la dague… Tout sauf Rurik lui-même. À croire qu'elle ne voulait pas croiser son regard et lui laisser voir l'étendue de sa peine. Il était clair qu'elle aimait ce vieil homme. Rurik essaya d'imaginer son propre père dans le même état de faiblesse. Sigurd avait été un homme si puissant qu'il ne pouvait même pas visualiser une telle chose. Aurait-il pu rester assis comme cela et s'amuser avec un jeu ? Aurait-il enfin accueilli Rurik comme un fils ?

S'éclaircissant la voix, il demanda :

— Pourquoi est-ce que l'idée que nous soyons amants ne le dérange pas ?

Sa question effaça en un instant la tristesse qui se peignait sur le visage d'Annis. Elle lui lança un regard noir.

— Comment avez-vous pu lui dire une chose pareille ? Ce n'est pas vrai !

— Nous nous sommes pourtant *embrassés*.

Elle redressa la tête d'un air de défi.

— Vous m'avez volé un baiser, ce n'est pas la même chose.

— Allez-vous nier m'avoir rendu ce baiser ?

Rurik se souvenait encore de cet instant magique où elle s'était offerte à lui, leurs lèvres jointes et leurs langues dansant ensemble.

— Cette conversation n'est pas appropriée.

La jeune femme avait retrouvé sa dignité de reine et,

avec le même mépris qu'une souveraine s'adressant à un serviteur, elle reprit :

— Que faites-vous vraiment ici, Norrois ? Qu'attendez-vous de nous ? Expliquez-vous.

Elle avait raison. Ce petit jeu entre eux avait assez duré. Il était temps de dire la vérité. Si cela devait s'achever en combat, Rurik était prêt à lutter jusqu'à la mort, mais il n'abandonnerait pas avant d'obtenir des réponses.

— Je veux savoir pourquoi Wilfrid voulait assassiner mon père.

Une étincelle de compréhension traversa le regard du vieil homme. Elle disparut presque aussi vite, mais Rurik eut tout de même le temps de l'apercevoir.

— Qui est votre père ? demanda Annis.

En l'entendant parler, il sut qu'elle connaissait déjà la réponse.

— Le roi Sigurd de Maerr. Wilfrid a participé à son assassinat il y a deux ans, et je veux savoir pourquoi.

Chapitre 6

Annis avait su dès le départ que Rurik était venu à cause du massacre de Maerr. Elle avait espéré se tromper, mais au fond d'elle, là où l'ancienne cicatrice déchirait encore son âme, elle avait su. La plaie s'était réveillée dès qu'elle avait entendu dire qu'un homme était arrivé au village et posait des questions au sujet de Wilfrid. Rurik était là pour venger son père – et pas uniquement son père. Il y avait eu d'autres morts, sans doute des membres de sa famille. Annis songea au visage horrifié de la femme enceinte quand elle avait compris que la mort fondait sur elle…

Un mélange de colère et de tristesse lui monta à la gorge si vite qu'elle ne sut pas quelle émotion aurait dû prendre le dessus. Les choses avaient toujours été ainsi depuis cette journée tragique à Maerr – même avant, si elle était parfaitement honnête. Perdre à la fois Grim et le bébé avait été une terrible épreuve. Son deuil avait semé des graines de rage et de douleur au fond de son cœur… Maerr n'avait fait que renforcer ces émotions, comme une pierre à aiguiser renforce le fil d'une lame émoussée. Annis sentit sa gorge se nouer et dut attendre quelques instants avant de retrouver sa voix.

Elle ne pouvait pas changer le passé – ni ses actions —,

mais elle pouvait au moins donner à Rurik les réponses qu'il cherchait. Il méritait de savoir.

— Je veux bien parler de tout cela avec vous, mais pas ici, dit-elle avec un petit signe de tête en direction de Wilfrid.

Malheureusement, son beau-père avait déjà entendu une partie de leur conversation. Il se redressa, le regard plus vif que jamais.

— Sigurd ? Est-il revenu ? demanda-t-il de cette voix pâteuse qu'Annis avait appris à comprendre.

Il posa sa vieille main sur le bras d'Annis et les examina tour à tour de ses yeux fatigués d'un air inquiet, comme s'il craignait d'apprendre que son ennemi attaquait. Rurik n'avait sans doute pas compris tout ce que Wilfrid venait de dire, mais il avait au moins reconnu le nom de son père, et ses yeux se firent plus noirs.

— Père…

Annis se leva, posa sa lame sur le couvre-lit et s'approcha de Wilfrid pour l'enlacer et le rassurer. Tout en faisant cela, elle garda un œil sur le Norrois, craignant sa réaction.

— Je vous l'ai déjà dit, murmura-t-elle. Sigurd est mort.

Wilfrid lui caressa la main et baissa les yeux. Le souvenir de Sigurd allait sans doute réveiller celui de Grim. Jamais il n'avait pleuré son fils devant elle, mais Annis savait que sa tristesse n'avait pas disparu. La mort de son seul fils à avoir atteint l'âge adulte pesait toujours sur son cœur…

— Tu en es sûre ? insista-t-il.

Elle le rassura en lui répétant que Sigurd était vraiment mort. Wilfrid secoua la tête et soupira.

— Je ne me souviens pas de tout. J'ai du mal à me rappeler.

— Vous devriez peut-être vous coucher. Le soleil va bientôt se lever.

Il n'était jamais aussi perdu que lors de ces longues nuits sans sommeil. Pourvu que son insomnie ne le trouble pas pour la journée, songea Annis. Elle ne supportait plus de le voir lutter pour se souvenir des moindres choses. Ce spectacle douloureux lui rappelait sans cesse qu'elle était en train de le perdre.

Wilfrid accepta sa suggestion, et elle l'aida à se lever. Ses forces aussi semblaient le quitter quand il ne dormait pas, et Annis ne fut pas surprise de sentir les genoux du vieillard se dérober sous lui. Tous deux se seraient écroulés par terre si Rurik n'avait pas attrapé Annis par la taille pour la retenir. La surprise – ainsi qu'une étrange sensation de plaisir – la poussa à lever les yeux sur lui. Son visage était aussi froid et impassible qu'à son habitude. Elle le remercia d'un signe de tête et raffermit sa prise pour aider Wilfrid à monter dans son lit.

Avant de tirer les couvertures sur lui, le vieil homme jeta un coup d'œil à Rurik.

— Bonne nuit. J'ai hâte de pouvoir de nouveau discuter avec vous.

Il prononça ces paroles avec soin pour les rendre compréhensibles, ce qui prouvait leur importance à ses yeux. Hélas, les syllabes se mélangèrent tout de même sur sa langue.

Annis baissa les yeux sur son épée courte, qui était tombée par terre, puis sur la dague que Rurik tenait toujours. Elle remarqua soudain que les jointures de ses doigts avaient rougi, comme s'il les avait traînées contre les pierres de sa cage. Cette vision suffit à lui rappeler que le Norrois était son ennemi, qu'il pouvait à tout moment décider de les tuer. Elle ne pouvait pas lui faire confiance, et pourtant elle ne se sentait plus menacée en sa présence. Il aurait déjà pu les assassiner, s'il l'avait voulu. Quoi qu'il en soit, la discipline et l'instinct de survie que Wilfrid et Cedric avaient instillés en elle dès son plus jeune âge la poussèrent à ramasser son arme avec prudence.

Rurik remarqua son geste. Il avait l'air de *tout* remarquer ; mais il n'eut d'autre réaction qu'un pincement de lèvres.

— À bientôt, dit-il à Wilfrid.

Décidément, cette nuit était la plus étrange qu'Annis ait vécue. Elle était entrée dans la chambre de son beau-père pour le trouver en pleine conversation avec son ennemi juré, puis elle avait dû s'occuper de lui pendant que Rurik attendait de pouvoir discuter avec elle du meurtre de son père… Jamais elle n'aurait cru vivre cela un jour. Et pourtant, depuis deux ans, elle songeait souvent à la manière dont les fils de Sigurd pourraient un jour venir se venger.

— Venez, murmura-t-elle.

Elle osa à peine lever la voix et fut soulagée quand Rurik acquiesça et la suivit. L'air froid qui s'engouffra dans la chambre lorsqu'elle ouvrit la porte lui fit du bien. Il raviva son énergie – et elle allait en avoir bien besoin pour affronter le Norrois. La tâche qui l'attendait n'allait pas être facile…

Elle resta un instant immobile sur le palier. Où pourrait-elle bien l'emmener ? Une heure plus tôt, elle était certaine de devoir le tuer ; et maintenant il allait falloir lui expliquer pourquoi Wilfrid avait tant haï Sigurd. La paix était-elle encore possible entre leurs deux familles ? Une part d'elle aurait voulu raccompagner Rurik dans les cachots, mais il ne se serait jamais laissé faire – et Cedric le tuerait sans attendre les ordres s'il le surprenait en train de se promener librement dans la maison. Il ne restait plus qu'une solution : s'installer dans un endroit fermé, privé, où ils ne seraient pas dérangés.

— Est-ce que vous accepteriez de faire une courte trêve ? demanda-t-elle. Nous devons parler.

Il s'était campé devant elle, grand et fort mais calme. Sous contrôle. Peut-être Annis était-elle rassurée par la noblesse dont il avait fait preuve quand il avait tenté de la sauver de ses propres hommes ou quand il l'avait aidée à coucher Wilfrid. Ou bien n'avait-elle pas peur parce qu'elle méritait de subir sa colère et savait qu'elle était capable de se défendre en cas de besoin. Quoi qu'il en soit, elle décida de faire confiance au Norrois, pour le moment.

Il jeta un regard soupçonneux au jardin plongé dans l'obscurité, à la recherche du moindre signe de danger. Quand il fut satisfait, il se tourna de nouveau vers elle.

— D'accord. Vous avez ma parole et vous n'aurez rien à craindre de moi. Pour le moment.

Annis ne pouvait en demander plus. Sur une profonde inspiration, elle prit le chemin de sa chambre.

— Suivez-moi.

Un nouveau frisson la parcourut quand elle ouvrit la porte pour laisser passer Rurik. Il entra dans la pièce d'un pas prudent, serrant toujours la dague dans son poing, comme s'il s'attendait à être attaqué par un garde. Bien sûr, il n'y avait personne, et ses épaules se détendirent un peu.

Annis referma la porte derrière eux et, guidée par les quelques braises orange qui luisaient encore dans le brasero, elle alluma la rangée de bougies posées sur sa commode. Ensuite, elle fit signe au Norrois d'approcher. Sa chambre était plus petite que celle de Wilfrid et, comme elle n'y prenait presque jamais ses repas, elle n'avait ni table ni chaises. Les meubles se limitaient au lit et à deux tabourets installés près de la commode.

Rurik examina le décor en traversant la pièce, comme s'il cherchait encore des menaces cachées. Quand elle était petite, Annis avait été installée dans une des antichambres des appartements de l'épouse de Wilfrid. La pauvre femme était morte en couches l'année des douze ans d'Annis. Longtemps après, lorsqu'elle avait épousé Grim, elle aurait pu choisir d'emménager dans la chambre de sa belle-mère, mais elle avait préféré celle-ci, juste parce qu'elle aimait son sol en mosaïque. Datant de l'occupation romaine, il était abîmé à certains endroits et avait été restauré à d'autres, mais l'antique motif restait visible : des oliviers encadrant une silhouette de femme. Si elle représentait une déesse, Annis n'aurait pas su la nommer. On lui avait également laissé le choix quant aux tapisseries qui allaient décorer les murs, et elle avait sélectionné des panneaux représentant des scènes forestières baignées de vert pâle et d'or. C'était très agréable en été, quand on pouvait ouvrir les volets et laisser entrer le soleil. En hiver, cela rappelait à Annis que le monde ne se limitait pas à sa propre existence grise.

Elle resserra sa cape autour de ses épaules et s'assit sur l'un des tabourets, en face de Rurik. Il se laissa tomber sur le second siège, mais ne lâcha pas la dague pour autant. Cela n'avait aucune importance. Il aurait tout aussi facilement pu s'emparer de n'importe quelle arme dans la pièce… Annis prenait un grand risque en lui faisant confiance, mais elle n'avait pas le choix. Si elle ne voulait pas le tuer – et elle y tenait – elle allait devoir trouver un moyen de le convaincre de faire la paix. Et, pour y parvenir, il lui fallait prouver au Norrois que sa vengeance vis-à-vis de Sigurd était justifiée.

Annis faillit éclater de rire à cette idée. Comment expliquer à un fils que son père avait mérité de mourir ? Le simple fait d'y penser était pure folie ! Peut-être pourrait-elle au moins faire comprendre à Rurik *pourquoi* elle avait voulu agir ainsi…

— Je ne le savais pas à l'époque, mais il semblerait que votre père, Sigurd, soit venu dans la région il y a plusieurs années, commença-t-elle.

— Combien d'années ?

Sa voix était cinglante, ne laissant aucune place au mensonge ou à l'omission.

— Quatre.

Grim était-il mort depuis si longtemps, déjà ? Parfois, Annis avait l'impression de ne l'avoir perdu que depuis quelques mois et, à d'autres moments, sa solitude lui semblait durer depuis une éternité.

Le Norrois acquiesça d'un air sévère. Était-ce une risible forme d'encouragement ? Non, cela ressemblait plus à un ordre de poursuivre. Annis ne put s'empêcher de remarquer les reflets dansants des bougies sur son visage. La lumière tamisée plongeait ses yeux vifs dans l'obscurité, dissimulant leur expression tout en mettant en valeur la ligne agréable de sa mâchoire et ses pommettes hautes. Ses cheveux, tirés en arrière et maintenus avec un lacet, lui parurent soudain plus foncés. De tout son corps se dégageait une aura de masculinité brute qui emplissait toute la chambre.

Elle se détourna, sans vraiment le quitter des yeux, et reprit :

— Avant l'arrivée de Sigurd, nous n'avions jamais vu de Norrois au large de nos côtes. Les Danois s'étaient installés bien plus à l'est et, craignant une tentative d'invasion de leur part, Wilfrid avait réussi à négocier une sorte de paix avec eux. Il payait ses taxes, et nul ne le menaçait.

Annis prit une profonde inspiration et fit de son mieux pour rassembler les bribes d'informations qu'elle avait collectées au fil des ans.

— Sigurd était un rebelle. Il n'avait pas fait vœu d'allégeance aux Danois et aurait sans doute refusé de traiter avec Wilfrid. Il y a quatre ans, nous avons appris qu'il se préparait à monter un camp au nord d'ici. Wilfrid a immédiatement envoyé un message aux Danois pour demander de l'aide, mais il était tellement pressé de chasser les envahisseurs qu'il n'a pas attendu la réponse. C'est alors que Grim et lui…

Elle s'interrompit soudain. Le Norrois connaissait-il le nom de Grim ? Puis une autre question bien plus angoissante la traversa : Rurik avait-il accompagné Sigurd, à ce moment-là ? Avait-il combattu à ses côtés ? Avait-il participé à la capture et à la torture de Grim ? Le cauchemar n'en finirait donc jamais ! Avait-elle embrassé l'homme responsable de la mort de son époux ?

— Grim ? demanda Rurik.

La gorge d'Annis se noua. Elle était trop horrifiée par ses soupçons pour trouver la force de parler. Finalement, elle parvint à expliquer :

— C'était le fils unique de Wilfrid. Mon époux.

Rurik avait jusque-là contemplé la flamme des bougies, mais il leva soudain les yeux. Il paraissait sincèrement surpris. Si Annis était soulagée de voir qu'il n'avait pas l'air de connaître Grim, elle avait néanmoins besoin d'en être sûre.

— Est-ce que vous étiez… dans le Nord quand Wilfrid et Grim sont allés parler à Sigurd ?

— J'étais chez moi, à Maerr.

Il secoua vaguement la tête, mais n'en dit pas plus.

Annis n'avait pas le choix : elle était obligée de le croire sur parole…

— Mon époux et son père sont partis vers le nord pour parler à Sigurd. Je ne connais pas le détail de ce qui a pu se passer, mais je sais que les pourparlers se sont très mal terminés.

— Très mal ? C'est-à-dire ?

Par la mort.

— Il y a eu une bataille. Déclenchée par Sigurd.

En tout cas, c'était ce que prétendait Wilfrid. Hélas, contrairement à Cedric, il s'emportait facilement. Annis n'aurait eu aucun mal à l'imaginer insultant Sigurd et provoquant lui-même le début des combats. Cedric était resté à Mulcasterhas pour défendre le château au cas où des Norrois auraient profité de l'absence de Wilfrid pour attaquer. Mais il ne s'était rien passé. Les choses auraient-elles été différentes, si Cedric avait accompagné son maître pour lui donner des conseils sensés ? Annis se posait la question tous les jours…

— Wilfrid a été blessé, poursuivit-elle. Il a été touché à la tête et, peu de temps après, il a eu sa première attaque cérébrale. Il y en a eu d'autres, jusqu'à ce qu'il se retrouve dans son état actuel. Chaque rechute l'a affaibli davantage.

Elle soupira, les yeux baissés. C'était si douloureux à raconter.

— Grim aussi a été gravement blessé. À la tête… Sous les côtes… Ses jambes ont été… brisées.

Écrasées aurait été une description plus appropriée. S'il avait survécu, il n'aurait plus jamais marché. Annis s'obligea à ravaler la boule de tristesse qui l'étouffait et à continuer son récit.

— Ses hommes l'ont ramené au château, et il est mort dans les jours qui ont suivi.

Rurik la contemplait comme s'il parvenait sans peine à identifier chacune de ses émotions. Gênée par son regard, Annis se concentra sur le volet, par-dessus son épaule.

— Qu'est-ce que vous ne me dites pas ? demanda-t-il finalement.

Elle avait prévu de lui raconter le reste, mais certaines choses étaient encore trop pénibles pour qu'elle arrive à en parler. Au fil des ans, elle avait tout fait pour ne pas penser à ce que Sigurd avait fait subir à Grim. Elle avait enfermé ses angoisses dans un coffre, enfoui au plus profond de son esprit parce que c'était plus simple pour elle. À présent, alors que tous ses souvenirs refaisaient surface, Annis se figea, terrifiée par ce qu'ils allaient réveiller. La dernière fois qu'elle avait laissé parler son cœur brisé, des femmes innocentes étaient mortes. Que se passerait-il, si elle ouvrait le coffre et se retrouvait incapable de le fermer à nouveau ? Et si elle n'arrivait pas à cacher ses émotions, sa tristesse, le Norrois allait-il la voir comme une femme faible ?

Le simple fait de s'en inquiéter était signe de faiblesse. Annis prit donc une profonde inspiration, ignorant la brûlure de l'air dans ses poumons. Même les tâches les plus pénibles doivent être accomplies, se rappela-t-elle en serrant les poings jusqu'à ce que ses ongles s'enfoncent dans ses paumes. Cette douleur physique la distrayait au moins de celle, plus insidieuse, qui prenait possession de son cœur.

La gorge nouée, elle poursuivit son atroce récit.

— On m'a dit plus tard que, après l'échec des premières négociations avec Sigurd, Grim s'est glissé dans le camp ennemi en évitant les sentinelles.

Voyant l'éclat interrogateur des yeux de Rurik, Annis s'empressa de préciser :

— Je ne sais pas pourquoi, et cela n'a aucune importance puisqu'il a été découvert. Lorsque Wilfrid et ses hommes ont enfin réussi à le sauver, il avait déjà été torturé pendant plusieurs heures. Ses jambes avaient été écrasées. Et ses entrailles…

Cette fois, la boule qui pesait dans sa gorge l'empêcha d'aller plus loin. Elle prit une nouvelle inspiration, plongeant un peu plus profondément dans l'horreur.

— Ses tortionnaires avaient commencé à lui arracher les…

— Je comprends, coupa Rurik. Ils essayaient d'obtenir des informations. Mais dans quel but, puisque mon père avait déjà parlé avec eux ?

Il la dévisageait sans ciller, comme s'il essayait lui-même de lui soutirer tous les détails qu'elle connaissait. Cela suffit à transformer la douleur d'Annis en colère – beaucoup plus facile à maîtriser, heureusement.

— Parce que c'étaient des barbares ! Ils voulaient juste le faire souffrir !

Lorsqu'elle avait entendu le récit de ce drame, elle avait pu sans peine peindre Sigurd sous les traits d'un monstre, un démon libéré des boyaux de l'enfer et incapable d'aimer qui que ce soit. Se retrouver assise en face de son fils, un homme qui n'avait clairement *rien* d'un monstre, était presque incompréhensible.

Rurik ne cilla pas.

— Il s'est passé autre chose.

— Non. C'est *tout* ce qui est arrivé. Grim est rentré au château pour mourir des blessures infligées sur ordre de votre père. Il a été torturé et a agonisé dans des souffrances inhumaines.

Annis porta une main à sa bouche pour étouffer la nausée qui l'envahit soudain. Pendant les quelques jours qui avaient suivi le retour de Grim, elle avait prié pour qu'il meure vite, car c'était le seul moyen d'abréger son calvaire. Sa prière avait finalement été exaucée, mais il était trop tard, et Grim avait souffert plus qu'elle ne pouvait l'imaginer.

— Est-ce que vous vous voyez en train de prier pour la mort d'un être aimé, uniquement parce que vous ne supportez plus de le voir souffrir ? Si vous n'avez jamais vécu cela, alors vous ne pourrez pas comprendre ce que j'ai enduré.

Et, comme si Dieu n'avait pas encore été satisfait de la punition qu'il avait infligée à leur famille, il avait aussi pris le bébé qu'elle portait. Le seul réconfort d'Annis, au milieu de toute cette horreur, avait été que Grim survivrait à travers son enfant… mais on le lui avait arraché aussi. Elle les avait perdus tous les deux, à cause de Sigurd.

Annis l'avait haï depuis ce jour. Sa haine avait presque fini par donner à Sigurd une aura mystique et effrayante ; tant et si bien que lorsqu'elle avait enfin posé les yeux sur lui, à Maerr, elle avait été surprise de constater qu'il n'était qu'un homme. Il était grand et large d'épaules, comme Rurik, mais ses cheveux étaient plus clairs et teintés de gris. Bien que musclé, son corps s'était un peu amolli, comme chez tous les hommes vieillissants. Bref, il ne ressemblait pas au diable rageur de ses cauchemars. Ce jour-là, il n'avait été rien de plus qu'un père fier sur le point de marier l'un de ses fils.

Heureusement, Rurik ne fit aucune réflexion, alors que ses yeux semblaient tout voir. Quand Annis pensa qu'il allait enfin passer à un autre sujet – lui demander quel rôle Wilfrid avait joué dans le massacre de Maerr, par exemple —, il lâcha :

— Il y a autre chose.

Il se pencha, comme pour mieux la voir dans la faible lumière, et elle put enfin sonder son regard. Ses iris d'un bleu pur luisaient dans le halo doré des flammes. Le regard du Norrois la mettait à nu, corps et âme. Il était conscient de sa tristesse et exigeait néanmoins qu'elle lui dise tout. De nouveau, une vague de colère monta en elle. Comment osait-il se montrer aussi cruel ? Quoi qu'il en soit, Annis se surprit à poursuivre son récit.

— J'étais enceinte quand on a ramené Grim à la maison.

Si Rurik pouvait comprendre l'étendue de sa douleur, alors peut-être verrait-il enfin que leurs deux familles avaient assez souffert. Si seulement la paix pouvait émerger de tous ces drames…

— Je me suis occupée de mon époux jour et nuit, espérant… Il s'est battu, accroché à la vie. Peut-être que je suis restée trop longtemps à son chevet. Je ne sais pas. Toujours est-il que j'ai perdu le bébé… Un garçon.

Cette perte la réveillait encore en sursaut la nuit. Elle se rappelait à elle chaque printemps, quand son fils aurait fêté un anniversaire de plus.

— Je suis désolé pour vous, soupira Rurik.

Il passa l'une de ses grandes mains dans ses cheveux et se massa la nuque. Sa compassion avait l'air sincère, et Annis le remercia d'un petit signe de tête. Elle ne s'était pas attendue à ce qu'il reconnaisse l'importance de son deuil.

— Je suppose que c'est pour toutes ces raisons que Wilfrid haïssait mon père. Mais comment s'y est-il pris pour se glisser parmi les invités du mariage ? Comment a-t-il pu si bien organiser l'attaque ?

Rurik joignit les doigts sous son menton et contempla pensivement la flamme des bougies, dans laquelle il semblait chercher ses réponses.

Il avait posé ces questions comme si Annis devait savoir que Sigurd était mort pendant un mariage. Pensait-il que Wilfrid lui avait parlé de tout cela ? Elle le laissa croire ce qu'il voulait, se gardant bien de le détromper.

— Certains des hommes qui avaient accompagné Wilfrid la première fois jusqu'au camp de votre père n'appartenaient pas à ce château. C'étaient des mercenaires. Après la défaite, ils se sont enfuis. Peut-être avaient-ils peur d'être pris dans les combats si Sigurd décidait de poursuivre Grim et Wilfrid jusqu'ici. Je ne sais pas ce qu'ils voulaient – ou pensaient. En fait, je croyais ne jamais les revoir. J'étais certaine qu'ils n'oseraient plus mettre les pieds à Glannoventa. Mais j'avais tort.

Elle s'interrompit un instant, le temps de remettre de l'ordre dans ses pensées.

— Il y a deux ans, ils sont revenus et ont demandé à voir Wilfrid. Ils disaient qu'ils savaient comment atteindre Sigurd. Apparemment, son fils se mariait, et tout le continent semblait invité. La surveillance de Maerr serait moins importante que d'habitude, et il serait facile de s'approcher du roi.

Annis n'avait pas assisté à cette conversation parce que Wilfrid avait tenu à parler seul avec les mercenaires. Même Cedric avait dû quitter la pièce. Bien que déjà malade, Wilfrid n'avait pas encore perdu la moindre autorité sur ses hommes. Pas comme maintenant. Au lieu d'obéir, Annis avait écouté à la porte. Les germes de la vengeance avaient déjà pris racine en elle, et cette conversation les avait fait éclore.

Wilfrid était à l'époque déjà trop atteint physiquement

pour se rendre à Maerr, mais pas elle. Elle avait décidé ce jour-là de voir le monstre mort de ses propres yeux avant de rentrer chez elle et d'apporter la bonne nouvelle à son beau-père. Naïvement, elle avait cru que la disparition de Sigurd et le triomphe qui suivrait allaient rendre à Wilfrid sa vivacité d'antan. Une partie d'elle avait pensé que cela apaiserait son chagrin, guérirait les blessures de son âme et l'aiderait à redevenir lui-même.

Mais les choses ne s'étaient pas passées ainsi. Ce ne fut qu'après le retour d'Annis, encore bouleversée par l'effroyable massacre, que l'annonce de la mort de Sigurd arriva au château. L'un des assassins avait envoyé un message qui fut ensuite confirmé par de nombreuses rumeurs colportées par les voyageurs venus d'autres régions de Northumbrie. La mort d'un roi, même mineur, fait toujours une bonne histoire à raconter pendant les veillées.

L'euphorie qu'Annis avait tant attendue ne s'était jamais produite. Jamais elle n'avait eu l'impression que justice avait été rendue. Grim était toujours mort. Leur bébé avait toujours disparu. Des centaines d'hommes – et de femmes – pouvaient bien être tués, cela n'y changerait rien.

Qu'elle avait été stupide de ne pas comprendre cela avant de quitter le château. Non seulement son voyage à Maerr n'avait pas su effacer l'amertume de sa douleur, mais l'esprit de vengeance était venu leur rendre visite lui-même, en la personne du fils de Sigurd.

— Lady Annis ?

Elle sursauta, surprise par la voix de Rurik. Emportée par ses souvenirs, elle n'avait pas entendu ce qu'il lui avait demandé. Il était penché vers elle, les mains posées sur les genoux, comme s'il se préparait à une mauvaise nouvelle.

— Qui sont ces hommes ? répéta-t-il.

Son regard brillait d'impatience, et Annis comprit qu'il avait l'intention de les pourchasser. Elle secoua vivement la tête.

— Je refuse de vous donner leurs noms. Je ne veux plus avoir de sang sur les mains.

Le Norrois redressa imperceptiblement la tête, saisissant la nuance de ses paroles. *Plus de sang*, ce qui sous-entendait qu'elle avait *déjà* du sang sur les mains… Se maudissant pour sa bêtise, Annis se tint très droite, s'en remettant à ce calme qui lui avait déjà été utile tant de fois.

Rurik la dévisagea, comme s'il essayait de lire sa culpabilité dans ses yeux. Parfois, elle-même était surprise que nul ne puisse deviner ce qu'elle avait fait simplement en la regardant.

— Que voulez-vous dire ? En quoi avez-*vous* du sang sur les mains ?

Au même instant, la porte s'ouvrit à la volée, évitant à Annis de devoir répondre. Ils sursautèrent tous les deux. Plus rapide qu'elle à recouvrer ses esprits, le Norrois se leva d'un bond et fit face à Cedric, qui était entré armé. Son épée brillait dans la lumière pâle de l'aube, qui se déversait du dehors. Il était déjà beaucoup plus tard qu'Annis ne l'avait cru.

— La cellule était ouverte. Heureusement, je suis arrivé à temps, lança Cedric à Annis, sans pour autant quitter le Norrois des yeux.

Rurik pointait sa dague émoussée devant lui – une lame bien dérisoire, comparée à celle du maître d'armes.

— Voici Rurik, du royaume de Maerr, expliqua Annis. Apparemment, il est venu chercher des réponses concernant la mort de son père.

Ces quelques mots lui attirèrent un regard surpris de la part de Cedric.

— Je ne suis pas venu en quête de réponses, marmonna Rurik. Je suis venu pour assouvir ma vengeance et réclamer justice.

Il fit soudain un mouvement vers elle, si rapide qu'Annis n'aurait sans doute pas pu l'éviter sans ses années d'entraînement. Elle bondit en arrière, hors de sa portée, percuta le tabouret et manqua de perdre l'équilibre. Leur trêve fragile semblait terminée. Annis s'empara de sa courte épée, la serrant à deux mains, et se campa devant le Norrois. Leurs regards se croisèrent un instant. Elle ne *pensait* pas qu'il était prêt à lui faire du mal, mais un homme pris au piège est toujours dangereux. Alors que Rurik semblait réfléchir à ce qu'il allait faire – accomplir sa quête de justice ou non – trois autres hommes pénétrèrent dans la chambre.

Chapitre 7

Rurik se débattit comme une bête sauvage que l'on essayait de mettre en cage. C'était d'ailleurs exactement le cas, et la comparaison ne le gênait pas. Avec une arme correcte, il aurait facilement pu terrasser deux de ces hommes – voire les quatre. Hélas, la dague émoussée ne lui servait à rien, et il finit par l'abandonner au profit de ses poings. Il leur asséna quelques coups puissants, venant sans peine à bout des deux premiers hommes, mais le plus âgé resta en retrait. Ses années d'expérience devaient le rendre plus sage…

Lady Annis gardait aussi ses distances, les membres en alerte et les yeux vifs. Sans doute soupçonnait-elle déjà l'inévitable issue de ce combat. Rurik pouvait se défendre autant qu'il le voulait, tôt ou tard on le traînerait de nouveau dans sa cellule comme un chien errant. La résignation calme et assurée qu'il lisait sur le visage de la jeune femme éveilla une nouvelle vague de rage en lui. Il se battit avec une énergie décuplée.

D'autres hommes apparurent, et la chambre fut bientôt remplie. Rurik se noyait. Dès qu'il assommait un de ses assaillants, un autre prenait sa place. C'était comme lutter contre un raz-de-marée en pleine tempête… Le talon d'une botte le frappa soudain derrière les genoux et lui fit perdre l'équilibre. Ce fut assez pour que les autres prennent le dessus. Rurik tenta de protéger son nez déjà douloureux en dressant un bras devant lui, mais on lui attrapa le poignet et on le tordit violemment dans son dos. Un second homme s'empara de son autre main. Rurik se débattit encore, mais il était fatigué et dépassé par le nombre.

— Ça suffit !

La voix autoritaire d'Annis s'éleva par-dessus le chaos. Les hommes cessèrent de frapper, mais serraient toujours les bras de Rurik à les rompre.

— Conduisez-le en bas.

— Adieu, la trêve, remarqua Rurik avec un sourire amer.

Ce n'était sans doute pas sage de la provoquer, mais il ne put s'en empêcher.

— Une trêve ? Vous avez essayé de vous emparer de moi ! répliqua Lady Annis.

— Emmenez-le dans le cellier, intervint celui qui semblait diriger la garde. Il a brisé les serrures de la chaîne et de la porte, mais celle de la cellule a encore l'air de fonctionner.

— Pas pour longtemps, promit Rurik tandis qu'ils le traînaient dehors.

Il résista de son mieux, mais n'avait plus aucune chance de s'échapper. On lui fit descendre l'escalier sans ménagement et on le jeta au fond de la cellule. Au moins, cette fois, il n'y eut pas de chaîne passée à son poignet. Il se précipita vers la grille, mais ne put empêcher les hommes de la verrouiller.

— Vous ne me garderez pas ici pour toujours ! cria-t-il, conscient que sa voix devait atteindre le rez-de-chaussée.

Lady Annis ! Descendez ! Nous avons encore des choses à nous dire !

La porte du cellier claqua, mais Rurik ne se laissa pas décourager. Il hurla sans s'arrêter toute la journée dans l'espoir qu'on l'entende.

La lumière qui filtrait à travers les fissures du mur avait déjà commencé à baisser quand Rurik perçut enfin le grincement de la porte. Le pas familier d'Annis résonna dans l'escalier. Ainsi sa geôlière daignait enfin lui rendre visite… Lorsqu'elle apparut devant la grille, il put constater qu'elle avait revêtu une tenue élégante, adaptée à son rang. Sa robe était taillée dans un lainage fin jaune d'or. Elle ne portait pas de cape en cette fin de journée. Ses cheveux flamboyants étaient rassemblés en une série de tresses fines enroulées sur sa tête comme une tiare et retombant en cascade cuivrée sur son épaule.

Si Rurik ne l'avait pas méprisée à ce point, il l'aurait sans doute trouvée charmante. Non, c'était faux : il la trouvait charmante *en dépit* de sa trahison et de la cellule étroite dans laquelle elle l'avait de nouveau enfermé. Et il ne la méprisait pas *vraiment* ; ce qui l'exaspérait au plus haut point. Il détestait cette prison dans laquelle elle l'avait fait jeter. Il détestait l'idée qu'elle fasse partie de la famille qui avait comploté pour assassiner son père. Mais il ne la détestait pas, *elle*… Durant les heures les plus sombres, il aurait voulu la haïr. Cela aurait été plus facile. Cela aurait mieux valu que ce respect réticent qu'il ressentait à chaque fois qu'il la voyait. Tentant de camoufler ses émotions et souffrant d'avoir crié toute la journée, il parla d'une voix plus dure qu'il ne l'aurait voulu.

— Qui étaient les hommes que Wilfrid a payés pour

qu'ils tuent mon père ? demanda-t-il, reprenant leur conversation là où ils l'avaient laissée.

Annis tressaillit devant son agressivité, et Rurik en fut secrètement ravi. Au fil de la journée, il avait ruminé les rares informations qu'il possédait au sujet de ces meurtriers comme un homme à demi noyé s'accroche à une épave. Le destin lui refusait la satisfaction de tuer un Wilfrid en bonne santé, mais il savait à présent que d'autres hommes avaient participé à ce crime méprisable. Tout comme sa quête de justice l'avait entraîné de la cour du roi Feann de Killcobar à Glannoventa, elle allait apparemment l'entraîner jusqu'à ces mercenaires. Ces autres guerriers qui avaient voulu abréger la vie de son père. Tout cela ne s'achèverait donc jamais ? Tous les coupables allaient-ils être punis un jour ?

Annis secoua la tête sans répondre, et Rurik s'agrippa aux barreaux, plus frustré que jamais. Allait-on vraiment lui refuser une vengeance juste ? Cette fois, devant la violence de son geste, la jeune femme recula d'un pas. Tout à coup, Rurik se souvint des dernières paroles qu'elle avait prononcées avant que ses hommes fassent irruption dans la chambre.

— Que vouliez-vous dire, ce matin ? Comment pouvez-vous avoir du sang sur les mains ?

Elle pinça les lèvres et secoua la tête de plus belle.

— Il y a eu trop de morts autour de Wilfrid et Sigurd. Cette dispute a causé trop de peine, et je ne veux pas en rajouter. Laissez votre père reposer en paix et oubliez les hommes que Wilfrid a engagés.

Rurik ne put réprimer une grimace méprisante.

— Oublier ? C'est facile à dire, pour vous ! Votre famille a porté le dernier coup !

Annis se redressa, figée comme une statue.

— Rien n'est facile à dire, Norrois. J'ai essuyé autant de pertes que vous. Je sais ce que cela fait de voir sa vie transformée par la mort d'un être cher.

Le remords saisit Rurik à la gorge. Bien sûr qu'elle avait souffert. Il était hors de question de comparer leurs deuils ; mais, si cela avait été le cas, Annis aurait de toute manière « gagné » en ayant perdu son époux, son fils à naître et quasiment son beau-père. Rurik n'avait vu partir que son père, un homme avec qui il n'avait jamais eu de vrai lien. Gilla et Ingrid étaient gentilles, mais il ne les avait pas très bien connues. C'étaient leurs familles qui avaient le plus souffert de la mort de ces deux jeunes femmes. Rurik, lui, avait pleuré Ingrid parce que sa disparition avait failli détruire son frère Brandt. Son autre frère, Alarr, avait presque perdu l'usage de ses jambes. C'était cela, le deuil de Rurik : le deuil d'une famille qui avait failli disparaître.

Mais Annis avait dû souffrir davantage. Sa famille *avait été* détruite, et elle avait perdu beaucoup d'êtres chers.

— Sigurd n'a pas été le seul à mourir. Des innocents ont été tués aussi.

Annis fronça les sourcils, pas par colère, lui sembla-t-il, mais avec empathie.

— Je sais. Cela a été terrible pour votre famille. Si je pouvais revenir en arrière et changer ce qui s'est passé, je le ferais. Je n'ai plus soif de vengeance… Plus maintenant.

Elle prit une profonde inspiration, et Rurik ne put s'empêcher de remarquer que sa lèvre tremblait un peu.

— Je suis venue parce que j'ai une proposition à vous faire, reprit-elle.

— Vous n'êtes pas descendue parce que vous en aviez assez de m'entendre crier ?

Sa geôlière pinça les lèvres et le dévisagea froidement.

Rurik fut étrangement satisfait de voir que son plan avait fonctionné. Elle l'avait bel et bien entendu crier, et cela l'avait agacée… Au point où il en était, la moindre entaille qu'il arriverait à faire dans l'armure de cette femme était une victoire.

— Wilfrid vous demande, dit-elle sans répondre à sa question.

— Je suis surpris qu'il se souvienne de moi.

— Pour être honnête, moi aussi. La plupart du temps, son esprit reste vif, et il se souvient de tout ; mais parfois il oublie même le visage de ses proches. Apparemment, c'est l'un de ses bons jours, et – hélas – il se souvient aussi de ce que vous lui avez dit au sujet de… nous.

Elle rosit et baissa les yeux. Rurik se rappela soudain qu'il avait expliqué sa présence en prétendant être l'amant de la jeune femme – avec toute cette agitation, il l'avait presque oublié… Cela avait été une idée brillante, destinée à déstabiliser Annis, et il avait pris plaisir à la voir protester. Son regard se posa un instant sur les lèvres de sa geôlière, qui avaient été si douces et chaudes sous les siennes. Même en sachant qui elle était, il aurait adoré la coucher dans son lit, ne serait-ce qu'une fois. À sa grande surprise, il remarqua soudain qu'Annis aussi regardait ses lèvres et devait se souvenir de leur baiser. Elle n'avait pas l'air dégoûtée. Quand elle releva les yeux, un frisson de désir circula entre eux, et elle se détourna précipitamment.

— Est-ce que Wilfrid est en colère ? demanda Rurik pour dissiper la gêne.

— Il… Il veut que vous dîniez avec nous. Il veut vous revoir et discuter de choses avec vous, d'après ce qu'il dit.

Annis prononça ces mots en redressant le menton,

comme si on l'avait surprise en train de faire une sottise. Comme si elle était prête à affronter sa sanction.

— Il n'est pas fâché de nous croire amants ?

Rurik avait beaucoup de mal à l'imaginer.

— Inquiet, peut-être, mais il ne ressemble pas aux hommes que vous avez pu rencontrer avant. Il sait ce que la mort de Grim a fait peser sur moi. Il a l'air soulagé de voir que j'ai trouvé un peu de bonheur malgré tout.

Si c'était vrai, alors Wilfrid était en effet un homme bien différent de ceux que Rurik avait rencontrés. S'accoudant aux barreaux de sa cage, il savoura la gêne qui faisait rosir Annis.

— Et votre proposition… ?

— J'aimerais que vous dîniez avec nous. Faites semblant d'être mon… Ce que vous avez dit. Nous devons faire attention à ne pas contrarier Wilfrid. Si jamais il se met en colère, une autre attaque pourrait frapper. Les émotions fortes en ont déjà provoqué. Vous devez donc me promettre de ne pas mentionner votre famille. Nous lui dirons que vous êtes un envoyé du Jarl Eirik et…

— Vous voulez que je me fasse passer pour un Danois ?

Annis fronça les sourcils, clairement contrariée d'avoir été interrompue.

— Un Danois envoyé par le Jarl Eirik pour garder un œil sur nos affaires. Cela fait des années que nous arrivons à éviter son intervention sur nos terres. Wilfrid va penser que nous avons finalement dû nous résigner à accepter un visiteur.

— Vous voulez que je prétende être quelqu'un d'autre, juste pour apaiser l'homme qui a voulu tuer mon père ?

La jeune femme accusa le coup et recula.

— Vous avez raison. C'était absurde. Je ne sais pas à quoi je pensais.

Elle tourna les talons et serait sans doute remontée si Rurik ne l'avait pas rappelée.

— Attendez !

Cette opportunité était sans doute sa dernière chance de quitter ce cachot vivant et de négocier avec Annis.

Elle eut la décence de paraître gênée quand elle se retourna vers lui. Les yeux d'abord baissés, elle s'obligea à relever la tête.

— Vous avez parlé d'une proposition, reprit Rurik. Qu'aviez-vous l'intention de m'offrir en échange de ma coopération ?

Cette fois, Annis le regarda bien en face.

— Vous pouvez vous installer dans une chambre de la maison. Ce sera plus confortable que cette paillasse.

— Vous espérez que je vais faire semblant d'être quelqu'un d'autre… pour un lit ?

— Après ce soir, nous pourrons réfléchir à un moyen de vous rendre la liberté. Je n'y suis pas opposée, à condition d'être sûre que vous partirez et que vous ne nous ferez aucun mal.

Rurik songea à ce que son départ pourrait signifier et coula un regard en direction de l'escalier qui devait l'entraîner loin de sa cage. Oui, il pouvait accepter, mais après ? Il n'avait nulle part où aller. Il était hors de question qu'il rentre à Maerr. Le royaume dont son frère Brandt aurait dû hériter avait été donné à un autre. Peut-être pourrait-il retourner en Irlande.

Non. Rurik repoussa bien vite cette idée. Sa mère avait peut-être été irlandaise, mais ce n'était pas son foyer. Il était Norrois, seulement il n'avait plus sa place dans son pays natal tout comme il n'avait plus sa place à Maerr. Au fil des ans, il avait compris que les bâtards n'ont jamais de vrai foyer.

Tout ce qui lui restait, c'était sa soif de justice. Il devait prouver l'innocence de sa famille, alors même que ses frères et lui avaient été déclarés coupables d'avoir comploté contre leur père après le massacre. Des rumeurs odieuses n'avaient pas tardé à circuler, les accusant d'avoir voulu assassiner Sigurd pour servir leurs propres intérêts. Rurik *devait* trouver les véritables responsables et leur faire payer leurs crimes. Il ne pouvait pas quitter ce château sans connaître le nom des mercenaires.

— J'ai besoin de savoir quels hommes Wilfrid a engagés.

Annis baissa les yeux.

— Je vous l'ai déjà dit : je ne peux pas vous donner cette information.

Rurik s'agrippa aux barreaux et s'approcha d'elle autant qu'il le put.

— Je dois m'assurer que justice soit rendue pour ma famille. Je dois venger tous ces innocents, morts à cause des actions de Sigurd. Ils n'avaient rien à voir avec les crimes de mon père, mais ils en ont payé le prix. S'il vous plaît…

C'était la première fois qu'il la suppliait. Annis prit une inspiration un peu tremblante et sembla abandonner pendant un instant le masque de reine derrière lequel elle se cachait si facilement. Était-elle réellement aussi hautaine et autoritaire ?

Finalement, elle acquiesça et dit :

— Nous en parlerons plus tard, si vous le voulez bien.

C'était tout ce que Rurik tirerait de sa geôlière pour le moment, et il allait devoir s'en contenter. Il se rapprochait au moins du moment où on le libérerait… Pour l'instant, ce dont il avait le plus besoin était un bon repas chaud – après ses prouesses de la nuit précédente, on n'avait pas encore daigné le nourrir. Il était prêt à accepter n'importe quelle condition pour manger mais, avant toute chose, il souhaitait retrouver sa dague.

— Promettez-moi que mes armes me seront rendues.

— Peut-être. Quand vous partirez d'ici.

— La dague à garde d'os m'est très précieuse…

Il aurait préféré ne pas lui avouer cela, de peur qu'elle ne se serve de cette information contre lui, mais il lui faisait instinctivement un peu plus confiance à chaque fois qu'il la voyait. Et il fallait qu'elle prenne soin de cette dague !

— Jurez-moi que personne n'y touchera tant qu'on ne me l'aura pas rendue, insista-t-il.

Annis acquiesça. Rurik eut presque l'impression de voir ses épaules se détendre.

— Elle est à l'armurerie. Rien ne lui arrivera.

— Pensez-vous que Wilfrid s'étonnera de voir l'émissaire du Jarl avec des plaies sur le visage ?

Il toucha son nez du bout des doigts. Heureusement la plupart de ses ecchymoses étaient cachées sous ses vêtements.

— Nous n'aurons qu'à dire que vous avez été attaqué en chemin.

Rurik obtempéra. Lady Annis lui offrait une chance de sortir, et mieux valait ne pas la gâcher.

— Dans ce cas, je crois que j'aimerais prendre un bain avant le repas.

Chapitre 8

Une heure plus tard, Annis se retrouva assise à table avec Cedric en face d'elle et Wilfrid en tête de table, sur sa gauche. L'estomac noué, elle attendait que Rurik fasse son apparition. Elle l'avait fait sortir du cachot et l'avait conduit jusqu'à la salle d'eau. Deux hommes avaient été chargés de le surveiller, mais elle n'était pas certaine qu'ils puissent le contenir en cas de problème. D'autres gardes avaient été placés dans la maison, en renfort. Après le combat qu'il avait mené dans sa chambre, Annis avait de plus en plus de respect pour l'entraînement des guerriers norrois. Rurik s'était défendu avec une énergie farouche qui avait éveillé en elle autant d'admiration que de crainte.

Venait-elle de lâcher un animal sauvage dans sa propre maison ? Ou bien avait-elle fait la seule chose acceptable, moralement, pour racheter ses propres crimes : offrir à cet homme une chance de liberté ? Annis n'en savait rien. Son seul réconfort était qu'il n'avait pas tué Wilfrid la nuit précédente, quand il l'avait trouvé seul et sans défense. Le temps lui dirait si cette miséricorde perdurerait.

Cedric l'interrogea du regard en silence. Ils s'étaient disputés, avant qu'elle descende au cellier. Le maître d'armes insistait pour mettre le prisonnier à mort tandis qu'elle avançait des arguments en faveur de sa libération. Le regard qu'il lui lançait maintenant semblait vouloir dire qu'il avait eu raison dès le départ. Si Rurik ne se montrait pas, le fracas des armes n'allait pas tarder à résonner dans tous les couloirs du château…

Soudain, un bruit de grosses bottes attira l'attention d'Annis. Rurik apparut dans l'encadrement de la porte, portant des vêtements empruntés et chaussé de ses propres bottes fraîchement brossées. Annis se demanda un instant d'où venait sa tunique vert sombre et bien taillée. Le pantalon semblait avoir été cousu à ses mesures, embrassant juste assez les muscles de ses cuisses pour souligner leur puissance. Ses cheveux bruns étaient propres, encore humides. Il les avait coiffés en arrière et laissés retomber sur ses épaules. Sa barbe courte avait été taillée pour mettre en valeur la ligne carrée de sa mâchoire. En pénétrant dans la pièce, le dos très droit et ses yeux bleus fixés sur ses ennemis, Rurik avait tout d'un fils de roi. Seule une marque sur l'arête du nez trahissait le coup de tête qu'Annis lui avait asséné, et un bleu sur sa tempe était l'unique trace visible du combat de la nuit.

— Bonsoir, lança-t-il tandis que Cedric se levait.

Wilfrid tenta de se redresser aussi, avec l'aide de son serviteur Irwin. Il souriait paisiblement, sans remarquer la posture défensive de son maître d'armes et la main qu'il portait à sa hanche – où il avait sans aucun doute caché une dague.

— Soyez le bienvenu, déclara Wilfrid avant de se rasseoir avec un grognement.

D'un geste, il fit signe à Irwin de se retirer.

Rurik salua le vieil homme avant de se tourner vers

Annis. Les yeux plissés, il la contempla un instant, et son regard lui brûla la peau. Elle sentit son estomac se nouer. Il était venu livrer bataille…

— Bonsoir, Lady Annis.

Elle répondit par un signe de tête, incapable de parler, tandis que Rurik s'approchait de la place qu'on lui avait réservée, en bout de table. Effarée, Annis le vit attraper ses couverts, son verre et son assiette pour les poser délibérément à côté d'elle. Un regard victorieux accompagna le mouvement. Enfin, sans un mot, il s'assit près d'elle.

Cet homme était dangereux, indomptable. Leur idée de le faire dîner avec eux était très mauvaise ! Il suffit à Annis de jeter un coup d'œil à Cedric, qui se rasseyait, pour comprendre qu'il partageait ses craintes. Il dévisageait Rurik, les dents serrées, comme si un simple regard avait le pouvoir d'empêcher son ennemi de frapper. Hélas, les dés étaient lancés. Impossible d'arrêter le temps. Annis se demanda une nouvelle fois s'il avait été sage de sa part de protéger Wilfrid à ce point. D'un autre côté, il avait tellement insisté pour revoir Rurik… Il était difficile de le contrarier quand il lui restait aussi peu d'intérêts dans la vie.

Elle se rassit donc et fit signe à Loefe de commencer le service. La jeune fille apporta un plat de viande rôtie et de légumes tandis qu'une autre servante remplit les verres de vin. À une époque, quand Annis était encore petite fille, la table avait été chargée de plats. Wilfrid et son épouse avaient aimé recevoir. D'autres tables étaient régulièrement ajoutées dans la salle pour y accueillir les guerriers du château et leurs femmes. Par moments, on avait aussi reçu la visite de seigneurs voisins et de leurs familles. La salle avait souvent résonné du bruit des banquets pendant les longues soirées d'hiver. Après la mort de la maîtresse de maison, les grands soupers s'étaient faits plus rares – jusqu'à prendre fin à cause de la maladie de Wilfrid. Pour lui permettre de garder son statut en tant que seigneur de Glannoventa, Annis l'avait coupé du monde. Au fil des ans, les repas simples s'étaient déroulés dans un silence de plus en plus lourd, avec Cedric et elle pour seuls témoins du lent déclin…

Ce soir-là, en voyant le regard de son beau-père s'illuminer en présence de Rurik, Annis se demanda soudain si leur stratégie d'isolement avait été sage. Était-ce une autre erreur à ajouter à sa longue liste de fautes ? Elle avala une gorgée de vin, sentant son amertume couler sur sa langue.

— Rurik, lança Wilfrid de sa voix pâteuse mais plus claire que la veille.

La paralysie d'un côté de son visage l'empêchait de parler correctement, mais son excitation restait palpable.

— C'est gentil à vous d'être venu. Avez-vous fait bon voyage ?

Rurik contempla le vieil homme, puis Annis. Elle répéta la question à mi-voix, priant pour que le Norrois s'en tienne à l'histoire qu'ils avaient inventée.

— Assez bon, oui.

Il ne la quittait pas des yeux. Son regard semblait lui rappeler que, si son voyage s'était bien déroulé, son arrivée, elle, n'avait pas été aussi paisible.

Finalement, Rurik se retourna vers Wilfrid et prit le gigot de mouton que Loefe lui tendait pour mordre dedans. Ses longues dents blanches s'enfoncèrent dans la chair et l'arrachèrent à l'os. Une goutte de jus perla au coin de ses lèvres pendant qu'il mâchait.

— Merci pour votre accueil et votre générosité,

dit-il, la bouche pleine, en coulant un regard malicieux en direction d'Annis.

Que Dieu la protège ! Le Norrois avait l'intention de jouer les barbares devant eux. Le cœur battant, elle but une autre gorgée de vin pour se calmer.

— Nous ne recevons pas souvent de Danois à notre table, reprit Wilfrid.

— Et vous n'en recevez pas un ce soir : je ne suis pas danois.

Il reposa son gigot et prononça ces mots d'une voix forte, pour que son hôte les entende bien. Sa voix resta néanmoins posée, comme s'il s'était contenté de demander à être resservi. Annis faillit s'étouffer. Du coin de l'œil, elle vit Cedric glisser une main sous la table, sans doute pour saisir son arme. Elle aurait dû le savoir. Elle aurait dû se douter que le Norrois ne suivrait pas le plan. Après tout, pourquoi aurait-il dû se montrer civil avec l'homme qu'il soupçonnait d'assassinat ?

Wilfrid ne cacha pas sa surprise et sa curiosité.

— Vous n'êtes pas danois ? Vous leur ressemblez, pourtant.

Que Rurik ait compris ses paroles ou qu'il ait simplement deviné leur sens, il répondit :

— Je viens du Nord. J'ai été élevé dans la maison de mon père, qui était Norrois, mais ma mère vient… venait d'Irlande.

— L'Irlande ? répéta Cedric d'une voix sèche, sans quitter Rurik des yeux.

Il ne semblait pas convaincu que ce soit la vérité.

Rurik posa nonchalamment la main sur l'épaule d'Annis, qui tressaillit malgré elle. Sans se laisser décourager par sa réaction, le Norrois soutint son regard avant de s'expliquer.

— Mon père a enlevé ma mère et a fait d'elle sa concubine… ou son esclave, tout dépend du point de vue.

Il la provoquait, essayait de la déstabiliser. Et, à sa grande honte, Annis dut admettre que cela fonctionnait. Une image se dessina un instant devant ses yeux ; celle de Rurik étendu au-dessus d'elle et la contemplant comme il l'avait fait après l'avoir embrassée, les yeux hantés par le désir. Ce même regard la brûlait maintenant, malgré la présence de Wilfrid, Cedric et tous les serviteurs présents. Seulement, dans son imagination, elle devenait sa… Elle lui appartenait entièrement, consumée par un feu intérieur. Finalement, elle trouva la force de s'écarter et de chasser la main du Norrois, pour la sentir glisser le long de son dos en une lente caresse qui s'acheva au creux de ses reins. Un frisson délicieux s'éveillait sur sa peau au passage de cette main qui la troublait plus encore que tout le reste.

Elle *ne voulait pas* lui appartenir. Elle ne voulait appartenir à personne. Alors, pourquoi se sentait-elle si troublée par ce qu'il pouvait faire ? Pourquoi imaginait-elle des scènes aussi indécentes ?

— Comment avez-vous… ?

La question de Wilfrid mourut sur ses lèvres quand il les vit. Son regard était plus alerte que ces dernières semaines, et Annis eut la désagréable impression qu'il comprenait plus de choses qu'elle ne l'aurait voulu.

Elle s'apprêta à répondre à son interrogation muette, gênée par son regard et par la paume de Rurik, qui la brûlait à travers ses vêtements. Son propre époux ne l'avait jamais caressée de cette manière. Le Norrois n'avait aucun droit sur elle. Elle avait déjà prévu d'expliquer à son beau-père que Rurik avait parlé trop vite la veille, qu'ils n'étaient pas amants. Hélas, à présent qu'il la touchait et la contemplait ainsi, elle allait avoir du mal à convaincre Wilfrid.

— Rurik ne s'est pas bien exprimé, hier soir, déclara-t-elle, hésitante.

Wilfrid parut surpris.

— Nous ne sommes pas amants… Pas de cette manière, en tout cas.

Le Norrois lâcha son dos, mais saisit sa main qui lui parut soudain minuscule dans la sienne.

— Je crois pourtant que ce qui s'est passé entre nous mérite bien cette description, répliqua-t-il avec un sourire qui la mettait clairement au défi de protester.

Le pouce de Rurik caressa l'intérieur de son poignet, sa paume, en dessinant de petits cercles sur sa peau. La chaleur des doigts du Norrois était si douce qu'Annis s'écarta vivement, bouleversée. Il sourit de plus belle mais, heureusement, n'essaya pas de la toucher de nouveau. Au lieu de cela, il se concentra sur son assiette. Annis joignit les mains sous la table et, instinctivement, retraça du bout du doigt le passage du pouce du Norrois. Hélas, sa chair resta froide, et elle ne put recréer le frisson qui l'avait parcourue.

— Je… Je vous aime b-bien, murmura-t-elle, la gorge nouée. Mais nous devons respecter les convenances.

Rurik étouffa un petit rire dans son verre et but une longue gorgée de vin. Annis ne put s'empêcher d'admirer sa gorge tandis qu'il avalait. Il lui aurait été si facile d'enfouir le visage dans le creux de ce large cou d'homme – facile et effrayant ! Elle croisa soudain le regard désapprobateur de Cedric, qui s'abattit sur elle comme un seau d'eau froide.

— L'un de vous, au moins, se soucie de la décence, maugréa-t-il.

Les joues d'Annis s'empourprèrent, et elle plongea le nez dans son assiette. Cette soirée commençait déjà à échapper à son contrôle. Maudit Norrois !

— Danois ou non, vous êtes le bienvenu, messager du Jarl Eirik, reprit Wilfrid. C'est le moins que je puisse faire après…

Il s'interrompit de nouveau. Cherchait-il un mot qu'il avait oublié ?

— Après quoi ? demanda Annis pour l'aider.

Comme d'habitude, Cedric parut comprendre son maître à demi-mot et répondit à sa place :

— Après la manière dont Eirik et lui se sont quittés, la dernière fois.

Annis, surprise, se redressa dans un sursaut.

— Que voulez-vous dire ? Sa dernière visite a été…

Elle réfléchit un instant, sondant sa mémoire.

— Cela devait être… après la mort de Grim ? Lady Merewyn et lui sont venus nous présenter leurs condoléances.

Annis se souvenait très bien de leur passage. Comme elle l'avait pratiquement élevée durant ses premières années, tante Merewyn avait toujours eu une place à part dans le cœur d'Annis. Sa présence l'avait réconfortée, et elle avait trouvé la force de lui parler de sa fausse couche. Tante Merewyn avait trois jeunes enfants et lui avait avoué à son tour qu'elle avait perdu un bébé entre le deuxième et le troisième. À l'époque, Annis était certaine que personne ne pouvait comprendre sa douleur, et cette expérience partagée lui avait fait du bien. Bref, leur visite avait eu lieu au bon moment et les avait tous soulagés.

En tout cas, c'était ce qu'elle avait cru.

Wilfrid haussa les épaules avec brusquerie et une pointe de maladresse.

— Eirik a… Il a parlé de te remarier. Grim n'était même pas… On venait à peine de l'enterrer.

Son regard s'assombrit, comme si le souvenir de ce drame avait encore le pouvoir d'éveiller sa rage en sommeil.

Annis posa une main sur son bras, pour lui rappeler qu'il n'était pas obligé de repenser à tout cela, mais elle n'eut pas la force de le dire. Elle était trop choquée.

— Je ne savais pas.

Des rumeurs avaient circulé, bien sûr. On prétendait que le Jarl voulait lui faire épouser un de ses hommes, mais elle ne pensait pas qu'il avait abordé le sujet si vite après la mort de Grim.

— Je ne voulais pas que tu… Trop tôt, bafouilla Wilfrid.

Son regard flotta un instant autour de lui, comme s'il était perdu dans ses souvenirs. Une bouffée de tendresse envahit Annis. Il l'avait protégée, conscient qu'un mariage aurait été pénible pour elle, à l'époque.

Cedric lui adressa un petit regard de mise en garde. Tous deux savaient très bien à quel point Wilfrid était fragile. Il plaça doucement une main sur l'épaule de son maître.

— Mangez, mon seigneur. Tant que c'est chaud.

La nourriture du vieil homme avait déjà été coupée en petits morceaux avant de lui être apportée. Cela lui évitait l'humiliation de devoir la faire préparer par un serviteur sous ses yeux. Il ne pouvait plus se servir d'un couteau, ni mâcher quoi que ce soit de trop dur. Sa viande était soigneusement sélectionnée, et il ne recevait que les parties les plus tendres. Annis aurait préféré éviter de montrer ce spectacle à Rurik, mais il ne semblait pas y prêter attention. Il mangeait en silence, avec entrain.

Wilfrid porta une bouchée à ses lèvres et mastiqua lentement, perdu dans ses pensées. Annis aurait voulu lui laisser le temps de savourer son souper, mais elle avait peur de voir sa lucidité s'envoler. Ils n'arrivaient pas souvent à parler du passé avec une telle candeur. Elle attendit donc qu'il ait avalé sa viande et demanda :

— Quand le Jarl Eirik a parlé de mariage, qu'a-t-il dit, exactement ?

— Dis-lui, marmonna Wilfrid à Cedric.

Déjà, ses yeux montraient des signes de fatigue. Sa voix s'affaiblissait aussi. Le soir était tombé, et sa nuit blanche de la veille devait lui peser.

— Il souhaitait vous voir épouser un de ses guerriers, pour s'assurer de notre loyauté, expliqua le maître d'armes. La situation était encore instable, dans le Sud. Il ne voulait pas que vous épousiez un ennemi saxon de peur qu'un combat ne s'ensuive. Il voulait arranger votre mariage à sa convenance. Il a parlé d'un homme originaire d'Alvey, en Bernicie, mais je ne me souviens plus de son nom. Cela n'a aucune importance, maintenant. Wilfrid a refusé l'alliance, en tout cas, tant que vous portiez le deuil. Ils se sont disputés, et le Jarl est parti quelques jours plus tard.

— Et il insiste pour que je me remarie, depuis ?

Annis savait déjà que c'était vrai, mais elle préférait avoir une confirmation des rumeurs qui couraient. Le regard que Cedric adressa à Wilfrid suffit pour lui ôter ses derniers doutes.

— Nous en reparlerons plus tard, dit le maître d'armes.

Sa voix un peu tendue attira l'attention de Wilfrid qui se figea, sa fourchette en suspens.

— Dis-lui. Maintenant.

En dépit de son affaiblissement, il savait encore faire preuve d'autorité. Il était toujours le seigneur du château, et cela se sentit soudain plus que jamais.

Cedric soupira, posa ses couverts et prit son verre.

— Chaque année depuis, il envoie un émissaire. Je vous l'ai caché, mais il insiste pour que tout mariage ait son approbation. Apparemment, il tient toujours à ce que vous épousiez un Danois. Je suis certain qu'il a placé des hommes pour nous espionner au village afin d'être sûr que vous ne vous mariiez pas sans sa permission.

— Et tu me l'as caché aussi ? demanda Wilfrid.

Cedric ouvrit la bouche pour répondre, puis se ravisa et but une gorgée de vin. Wilfrid avait sans doute été prévenu. Il avait même dû rencontrer les émissaires lui-même. Mais manifestement il ne s'en souvenait plus. Annis dut réprimer un soupir triste.

Son beau-père se tourna de nouveau vers Rurik.

— Êtes-vous venu l'épouser ?

Seul le dernier mot fut énoncé d'une voix franche. Cette fois, Annis ne put s'empêcher de pousser un petit cri.

— Non, répondit calmement le Norrois, sans se soucier de leurs querelles familiales. On ne m'a pas parlé de mariage, et je n'ai été chargé d'aucun message dans ce sens.

Wilfrid parut se détendre un peu.

— Dans ce cas, pourquoi est-ce que le Jarl Eirik vous a envoyé ici ? demanda-t-il néanmoins.

Un lourd silence s'abattit sur la tablée. Quand Wilfrid se tourna vers Annis, elle répéta la question au cas où Rurik n'aurait pas compris ; ce qui lui demanda plus d'efforts qu'elle ne l'aurait cru.

— Il veut savoir pourquoi vous êtes là.

De longues minutes s'écoulèrent avant que Rurik réponde enfin :

— Le roi Sigurd de Maerr a été assassiné. Nous avons appris qu'un habitant de ce château avait pu y être mêlé.

Annis aurait voulu disparaître de la surface de la Terre. Leur espoir de ne pas contrarier Wilfrid venait de voler en éclats.

Chapitre 9

Tandis que ses paroles résonnaient dans la salle, Rurik ne quitta pas Wilfrid des yeux. Il chercha à déceler dans le visage du vieil homme un signe de surprise quelconque, un indice. Se souvenait-il du rôle qu'il avait joué dans le massacre de Maerr ? Wilfrid se figea, soutenant son regard, puis fronça les sourcils.

— Vous ne trouverez personne ici qui sache quoi que ce soit au sujet de ce crime.

Ses mots sortirent dans un murmure à peine compréhensible, et ses traits se déformèrent sous le coup d'une lassitude soudaine. Mentait-il ? Ou bien était-il convaincu par ce qu'il disait ? Impossible de le savoir. Rurik lâcha le dernier os de mouton dans son assiette, frustré.

— Je suis fatigué, soupira le vieillard avec un regard en direction de Cedric.

À ces mots, Annis bondit de sa chaise. Bien qu'elle ait à peine grignoté, elle repoussa son assiette et s'écarta de la table.

— Dans ce cas, nous vous souhaitons une bonne nuit. Je vais conduire Rurik jusqu'à sa chambre.

Elle s'approcha de lui, saisissant son bras sans douceur, et le tira de sa chaise. Rurik voulut résister. Il avait peut-être fini de manger, mais sa coupe était encore pleine. Finalement, il attrapa son verre et la suivit. Après tout, il ne savait pas à quel point Wilfrid pouvait être fragile et préféra ne pas risquer une nouvelle attaque : il avait encore des questions à lui poser. En attendant de le revoir, il allait devoir se contenter d'interroger Annis.

— Je devrais vous renvoyer dans votre cellule, lui glissa-t-elle entre ses dents quand ils eurent passé la porte.

Ils étaient au milieu d'un grand couloir orné de fresques délavées – des œuvres oubliées des anciens Romains, sans doute.

— Vous seriez prête à ajouter le mensonge à la longue liste de vos crimes ?

Étouffant sa propre colère, Rurik ne put s'empêcher de la provoquer.

Annis lui lança un regard noir, puis se concentra sur la coupe, qu'elle aurait visiblement voulu lui arracher des mains. Préférant ne pas voir le reste de son vin renversé par terre, Rurik l'acheva d'une traite.

— Vous n'avez pas respecté notre accord, répondit-elle.

Rurik haussa les épaules. Bien sûr, il savait exactement ce qu'elle entendait par là, mais il ne put résister au plaisir d'attiser sa fureur.

— Que voulez-vous dire ?

Elle semblait sur le point de hurler, mais coula un regard en direction de la porte de la salle et se contrôla tant bien que mal.

— Vous aviez promis de le ménager !

— Mais c'est vous qui lui avez dit que nous n'étions pas amants…

— Au sens physique, oui. Nous aurions pu faire semblant d'avoir des sentiments l'un pour l'autre. Pourquoi ne pas avoir dit que vous aviez été envoyé pour voir si j'étais prête à me marier et en rester là ? Cedric vous a presque dicté vos mots !

Cette fois, Rurik eut plus de mal à ravaler l'exaspération qui montait en lui.

— Je suis ici pour percer à jour l'assassin de mon père. Ne l'oubliez pas. J'ai tenu ma part du marché tout en poursuivant ma quête. C'est tout.

— Vous l'avez contrarié, lâcha Annis d'une voix plus forte en indiquant la salle d'un signe de tête.

Rurik vit les deux gardes postés à la porte se rapprocher, l'air confus mais prêts à intervenir s'il devait être maîtrisé.

Néanmoins, toute son attention restait portée sur la femme qui lui faisait face, avec ses joues rouges de colère et ses yeux noirs. Pendant un instant, il ne put s'empêcher de se demander ce que cela ferait de sentir toute cette passion tournée vers lui et de voir une flamme d'un autre genre s'allumer dans ses yeux.

Il cligna des paupières dans l'espoir de rompre le charme qu'elle jetait sur lui et recula d'un pas.

— Vous n'imaginez pas à quel point votre beau-père m'a contrarié, lui aussi…

À sa grande surprise, Annis se rapprocha et se campa devant lui. Elle était grande, mais devait lever les yeux pour le voir à une telle distance.

— Vraiment ? Vous pensez que je l'ignore, Norrois ? Vous avez peut-être perdu votre père, mais j'ai perdu mon époux… et le seul enfant que je pouvais espérer avoir.

La douleur remplaça la colère au fond de ses yeux trop brillants. Une bouffée de tendresse monta en Rurik, annihilant pendant un instant sa propre rage.

— Je ne voulais pas dire cela, Annis.

Elle soupira – à cause de son ton conciliateur, peut-être, ou bien en l'entendant l'appeler par son prénom. Puis elle secoua la tête comme pour chasser ses souvenirs et s'écarta de lui d'un pas plus détendu. Prenant une profonde inspiration, elle se détourna et s'engagea dans le couloir.

— Suivez-moi, murmura-t-elle sans même prendre la peine de s'assurer qu'il lui obéisse.

De toute manière, qu'aurait-il pu faire d'autre ? Les deux guerriers, clairement chargés de le surveiller, s'approchèrent d'un air sombre. Ils n'auraient sans doute pas hésité à l'empoigner s'il n'avait pas obtempéré. Lâchant un juron, Rurik jeta sa coupe par terre et l'entendit rebondir sur les dalles. L'un des hommes le poussa sans ménagement, et il suivit Annis.

Tout en marchant, Rurik examina la maison plus en détail. Des torches, installées à intervalles réguliers, illuminaient les tapisseries et animaient le sol de reflets ambrés. Les dalles de pierre semblaient teintées en orange sombre. C'était étrange, mais l'ensemble donnait une impression de vie intense, de connaissance, et pas de déchéance. La demeure aurait dû lui paraître menaçante – après tout, n'était-elle pas sa prison ? – mais c'était tout l'inverse. Il se sentait presque chez lui, protégé du monde dans ce refuge chaleureux. Le vent froid d'hiver hurlait dehors mais, à part un mouvement occasionnel des flammes, il n'atteignait pas la cour.

Une porte grinça devant lui, et il leva les yeux à temps pour voir Annis disparaître dans une pièce. La chambre donnait sur l'atrium, pas sur le jardin comme celle de Wilfrid.

— Entrez, ordonna un garde quand ils arrivèrent à la hauteur de la porte.

Craignant ce qu'il allait découvrir à l'intérieur, Rurik hésita un instant sur le seuil. C'était bien une chambre, aussi grande que celle de Wilfrid – mais moins bien meublée. Un lit imposant était installé au milieu. Quelques coffres et tables formaient le reste du mobilier. L'ensemble dégageait une étrange impression de nudité, comme si cette pièce n'avait pas été occupée depuis longtemps. L'un des gardes le poussa, et Rurik passa la porte en trébuchant. Il se retourna, un poing serré prêt à faire ravaler à l'homme son sourire supérieur, mais celui-ci recula trop vite.

Annis lui adressa un regard froid avant de porter son attention sur Rurik.

— Votre nouveau foyer. Pour l'instant.

Elle se tenait très droite près du lit, le visage sombre comme s'il lui fallait toute sa volonté pour maîtriser sa colère.

— J'admets que c'est beaucoup mieux que les cachots, dit Rurik.

Il ne put s'empêcher de jeter un regard au lit si accueillant. La nuit précédente avait été longue, et il n'avait pas dormi sur un bon matelas depuis une éternité. Avant de connaître la paillasse de sa cage, il avait passé des jours à bord d'un bateau et des semaines à Killcobar avec Alarr en quête du roi Feann. Pendant tout ce temps, son frère et lui n'avaient connu que des masures au sol nu.

Son corps avait besoin de repos, mais il ne pouvait pas oublier pour autant la tâche importante qui l'attendait. Il devait trouver un moyen de se rapprocher d'Annis. Il devait la pousser à se confier à lui, au moins tant qu'il n'aurait pas réussi à interroger son beau-père.

— Allez-vous partager ce lit avec moi ?

Elle le dévisagea, et Rurik connut sa réponse avant même qu'elle ouvre la bouche.

— Jamais.

Il ne put s'empêcher de sourire. Il y avait quelque chose, chez cette femme, qui le poussait à la provoquer...

— Je ne vous proposais pas de vous offrir à moi.

Il s'approcha d'elle et la vit avaler sa salive.

— Et pourquoi partagerions-nous cette chambre ? demanda-t-elle.

Rurik haussa les épaules.

— Wilfrid nous croit déjà amants.

— Pas au sens physique ! protesta Annis. Je le lui ai expliqué, et vous m'avez très bien entendue.

— Je sais ce que vous avez dit.

Rurik s'arrêta devant elle et la contempla longuement de la tête aux pieds. Elle avait l'air de lui faire confiance, et c'était incompréhensible. Il aurait pu la blesser avant même que les gardes l'arrêtent, s'il l'avait voulu. Se rendait-elle seulement compte du risque qu'elle prenait ? Que ce soit le cas ou non, Rurik fut surpris de voir que cette confiance lui plaisait.

— Mais vous semblez ignorer votre beauté, Annis. Aucun homme ne pourrait résister à son attirance pour vous et rester chaste, comme vous voulez le faire croire. Wilfrid est peut-être affaibli, il a peut-être des problèmes de mémoire, mais il n'est pas stupide. Si vous étiez mienne, je partagerais votre lit toutes les nuits, jusqu'au matin...

Il avait peu à peu baissé la voix et sentait à présent une flamme embraser ses reins. Il dut serrer les poings pour s'empêcher de toucher la jeune femme.

Elle lâcha un petit hoquet de surprise, et Rurik vit ses yeux s'illuminer un instant avant qu'elle recule.

— Peu importe. Nous ne sommes pas amants et nous ne le serons jamais. Wilfrid peut bien penser ce qu'il veut.

— Dans ce cas, laissez-moi vous *demander* de rester.

— Pourquoi ? lâcha-t-elle d'un air de défi.

— Parce que vous êtes la seule personne à qui je peux me fier, ici.

— Qui vous dit que vous pouvez me faire confiance ?

Rurik sourit de nouveau.

— Je ne suis pas encore mort, n'est-ce pas ? Je ne sais pas ce que les autres comptent faire de moi, mais vous n'avez pas l'air de vouloir me tuer.

Sa geôlière lâcha un petit rire amer.

— Je peux vous assurer que mes gardes ont ordre de ne pas vous toucher, à moins que vous ne leur donniez une bonne raison de le faire.

Rurik jeta un rapide coup d'œil aux deux hommes restés à la porte. Ce n'était pas d'eux qu'il se méfiait le plus.

— Et Cedric ? Lui aussi va respecter vos ordres à la lettre ?

Un doute traversa un instant le regard d'Annis, mais disparut tout aussi vite.

— Il n'est pas une menace pour vous.

Son assurance sonnait faux. Cedric le voyait comme un ennemi. Il était entré dans la chambre d'Annis au petit matin parce qu'il avait découvert la cellule vide, et Rurik n'oublierait pas cela. Qu'Annis s'en rende compte ou non, son maître d'armes préférerait le tuer avant que les choses se compliquent davantage. Il n'y avait aucun doute là-dessus.

— Êtes-vous vraiment certaine qu'il ne viendra pas m'assassiner au milieu de la nuit ?

Annis jeta un rapide regard à la porte avant de lever de nouveau les yeux sur lui.

— Un garde sera posté devant la chambre. Il n'y a pas de fenêtres, donc personne ne peut s'introduire ici autrement que par le couloir.

Rurik baissa la voix pour n'être entendu que par elle :

— Et les gardes sont-ils plus loyaux envers Cedric ou envers vous ?

Annis ouvrit la bouche pour répondre, puis observa de nouveau les deux hommes postés à la porte. Elle ne savait pas. Elle avait peut-être envie de croire à l'obéissance de ses gens, mais quelque chose la faisait hésiter. Après tout, elle était une femme, et certains de ces soldats préféraient sans doute recevoir leurs ordres de Cedric. Rurik avait donc raison, et il s'empressa d'aller jusqu'au bout de son argument.

— J'aimerais que vous restiez ici, pour me servir de garde du corps personnel.

Le regard troublé d'Annis s'attarda un instant sur lui, puis sur le lit. Elle avait tout d'une jeune mariée réticente sur le point d'endurer une nuit de noces dont elle n'avait jamais voulu.

— Je vous jure de ne pas vous toucher... À moins que vous ne le souhaitiez, ajouta-t-il avec une pointe de malice.

— Suis-je donc assez folle pour vous croire sur parole ?

Elle avait raison sur ce point. Bien sûr, Rurik ne l'aurait jamais touchée contre son gré, mais il était prêt à jurer n'importe quoi pour obtenir les renseignements qu'il voulait. Sans lui laisser le temps de protester, Annis déclara :

— Très bien. Si je dois rester ici, alors vous serez attaché.

— Non !

Rurik avait réagi si brutalement qu'elle sursauta, surprise par sa véhémence.

— Ce n'est pas une option. Vous ne vous attendez tout de même pas à ce que je dorme ici sans me protéger, simplement parce que vous m'avez promis de garder vos distances ?

— Je refuse d'être de nouveau enchaîné.

L'idée même suffisait à le faire bouillir de rage.

— Si vous refusez mes conditions, je ne resterai pas.

Elle redressa son menton obstiné. Rurik la connaissait à présent suffisamment pour savoir qu'elle tiendrait bon.

— Dans ce cas, je ferai tellement de bruit que personne ne pourra fermer l'œil. Je suis sûr qu'on m'entendra mieux crier d'ici que depuis les cachots.

Un éclair de rage traversa les yeux de la jeune femme.

— Je peux toujours vous bâillonner.

Rurik la dévisagea un instant, troublé. Était-elle sincère ? Elle n'aimait pas l'idée de le garder captif. Elle ne s'enorgueillissait pas de l'avoir comme prisonnier. Serait-elle réellement capable de le bâillonner toute une nuit ?

— Vous ne le ferez pas.

Qu'elle fût perturbée par ce défi ou par sa propre culpabilité, Rurik n'aurait su le dire ; toujours est-il qu'Annis se détourna pour rejoindre les gardes à la porte.

— Assurez-vous que tout le monde me croie couchée dans ma chambre. Personne ne doit découvrir que je suis ici. Dites à Goda que je ne me sens pas bien et que je n'aurai pas besoin d'elle ce soir.

Une vague de soulagement envahit Rurik. Elle allait rester. Mais elle glissa quelques mots à l'oreille d'un des hommes, si bas que Rurik n'entendit pas ses ordres. Le garde s'éloigna sans un mot. Annis fit volte-face.

— Attaché. Ou notre accord sera nul.

Chapitre 10

Annis couva Rurik d'un œil clairement victorieux tandis que le soldat nouait fermement le lien de cuir autour de son poignet. Rurik avait réussi à la déstabiliser et il subissait maintenant la vengeance de sa geôlière. Heureusement pour lui, elle n'était pas vicieuse… Sans cela, sa punition aurait sans doute été pire.

— Sur le lit, ordonna le garde.

Rurik résista un instant, mais l'homme ajouta :

— À moins que vous ne préfériez passer la nuit debout.

De toute évidence, lui lier les mains n'était pas suffisant. Elle voulait aussi l'enchaîner au lit. Rurik passa sa main libre sur son visage et contempla Annis. Elle sembla étouffer un rire avant de se détourner pour lui offrir un semblant d'intimité. Pendant les quelques minutes qu'il avait fallu au soldat pour rapporter les liens – un temps étrangement court – Rurik s'était débarrassé de ses bottes et de sa tunique. Il ne portait plus que son pantalon et sa chemise.

Réprimant un soupir de frustration, il grimpa sur le matelas et tendit les mains vers la tête de lit. Le garde passa le lien autour du solide panneau de bois et attacha sa seconde main. Il était bel et bien enchaîné au lit pour la nuit.

— Je suis surpris que vous ayez toutes ces cordes et ces chaînes à disposition… Est-ce que vous avez l'habitude d'aborder des hommes dans les tavernes pour les garder captifs dans votre chambre ?

Ce n'était peut-être pas malin, mais il ne pouvait pas s'empêcher de la provoquer. Annis réagissait tellement vite à chaque moquerie qu'il avait sans cesse envie d'en profiter, sa colère était un spectacle délicieux…

Elle pivota sur les talons, comme il l'avait deviné, et lui adressa un regard noir, le menton dressé.

— Rien de tout cela n'est nécessaire. Il n'y a pas de fenêtres. Vous ne pourriez vous échapper que par la porte, qui sera bien gardée. Si vous étiez resté seul, je n'aurais pas eu besoin de faire tout cela.

— Et je ne me serais jamais réveillé. Je préfère encore les chaînes.

Annis lâcha un petit rire, ni amer ni moqueur. Pour la première fois, Rurik eut l'impression qu'elle appréciait ses provocations. Peut-être n'était-elle pas satisfaite de vivre entourée de serviteurs obéissants…

— C'est fait, annonça le garde.

Elle hocha la tête.

— Bien. Maintenant, allez prendre place dans le couloir, Alder.

Tandis que l'homme s'éloignait, Rurik l'interpella :

— Et que personne n'entre dans cette chambre avant le matin. Si vous entendez crier, ce sera de plaisir.

La porte claqua, et Annis soupira.

— Vous vous tenez en trop haute estime.

Ses paroles n'étaient pas dures. Au contraire, son regard pétilla pendant un instant.

— Vous pourriez vous faire votre propre opinion,

répondit Rurik, un sourcil dressé. Personne ne le saura, si vous ne faites pas de bruit…

Elle leva les yeux au ciel, puis se dirigea vers le pied du lit au bord duquel elle se percha avec légèreté. Elle se débarrassa rapidement de ses chaussures en prenant bien soin de garder ses pieds cachés pour l'empêcher de les voir.

Rurik tira d'un coup sec sur ses liens pour tester leur solidité. Surprise par son mouvement, sa geôlière leva les yeux. Le bois grinça, mais tint bon. Sans doute n'aurait-il pas pu résister à un assaut prolongé, mais le bruit aurait tout de suite attiré l'attention d'Annis, voire des gardes qui se seraient précipités avant qu'il ait pu se libérer.

En fait, pour s'échapper rapidement, il aurait été obligé de rouler sur le côté et de donner un grand coup de pied à la tête de lit pour la briser. Certes, il n'aurait recours à une telle mesure que si Cedric ou quelqu'un d'autre venait l'assassiner, mais c'était rassurant d'avoir un plan…

Préférant ne pas attirer les soupçons d'Annis, Rurik s'efforça de sourire et dit :

— Je ne risque pas de vous toucher dans ces conditions : le bois est solide. Vous pouvez vous installer tranquillement.

Il haussa les épaules du mieux qu'il put, avec les bras tirés au-dessus de la tête, pour appuyer son argument.

— Je suis bien installée, merci.

Elle se cala contre le pied du lit et ramena les pieds sur le matelas si vite que Rurik eut à peine le temps d'apercevoir sa peau avant qu'elle disparaisse dans les plis ambrés de sa jupe.

— À qui appartient cette chambre ?

— C'était celle de la femme de Wilfrid. Elle est morte quand j'étais encore enfant.

Annis laissa son regard s'attarder un instant sur l'espace qui les séparait avant de se détourner. De toute évidence, le lit était plus petit que dans son souvenir. Ou bien elle était simplement gênée de se retrouver si près de lui. Rurik s'étendit un peu plus, faisant de son mieux pour prendre plus de place que nécessaire avec les jambes.

Elle ne recula pas, se contentant de demander :

— Accepteriez-vous de m'expliquer une chose, Norrois ?

Rurik avait prévu de la pousser à lui parler à cœur ouvert. S'il parvenait à se faire comprendre, voire à s'attirer sa sympathie, il pourrait peut-être obtenir les informations dont il avait besoin.

— Bien sûr, dit-il donc. À condition que vous m'appeliez par mon prénom.

Annis le regarda, hésitante. Rurik crut même percevoir une pointe de peur au fond de ses yeux. Intéressant… Elle ne répondit d'ailleurs pas à sa suggestion.

— Comment pouvez-vous agir au nom de votre père, en tant que son fils, alors que votre mère était une esclave ?

Remarquant qu'il devait se contorsionner pour la voir, la jeune femme s'agenouilla et ajusta le coussin qui l'aidait à se tenir plus droit. Elle avait un parfum frais, un peu sucré, un parfum de plein air. Comme un champ fleuri en été. Rurik ferma un instant les yeux pour le savourer, cherchant aussi à s'enivrer de son autre odeur, plus musquée, plus charnelle. Bien vite, il sentit le danger et rouvrit les paupières. Il ne pouvait pas laisser son attirance pour elle prendre le pas sur son objectif.

— Parce que je reste le fils de mon père, répliqua-t-il.

Annis pinça les lèvres et se redressa, toujours à genoux près de lui.

— Mais n'êtes-vous pas esclave, vous aussi ?

Rurik la dévisagea quelques instants. Pourquoi se

sentait-il obligé de lui parler de lui ? Certes, il voulait qu'elle apprenne à le connaître pour s'attirer son affection, mais il n'était pas contraint de dévoiler son passé. Était-il poussé à la confidence par son désir ?

— Mon père nous a reconnus dès notre naissance, mon frère et moi. Nous n'avons jamais été esclaves.

Annis acquiesça, comprenant soudain la situation.

— Dans ce cas, votre mère était une concubine, pas une prisonnière.

— Disons que mes parents ont toujours eu une relation… compliquée.

C'était plus que vrai.

— Voulez-vous m'en parler ?

Jamais il ne mentionnait sa mère, sauf avec son frère jumeau – et même dans ce cas leurs conversations restaient rares. Elle était morte pendant leur enfance, et Rurik avait toujours eu l'impression que parler d'elle l'éloignerait encore plus. Comme si partager ses souvenirs les libérerait, les rendrait plus flous, plus distants. Il préférait les chérir en lui le plus longtemps possible.

— Pourquoi ?

Elle haussa les épaules et eut soudain l'air particulièrement vulnérable. Sans personne pour veiller sur elle, avec Rurik attaché sur le lit et ses chaussures abandonnées sur le tapis, Annis n'avait plus rien d'une reine. Elle devenait simplement femme, et Rurik aimait cela.

— Vous ne savez pas grand-chose de moi. Comme vous êtes mon prisonnier, il est vrai que nous n'avons pas eu le temps de parler, dit-elle avec un éclat de malice dans le regard trop délicieux pour la tranquillité de Rurik. Mais j'aime connaître la vie des gens. Autrefois, Wilfrid a eu à son service un guerrier à la peau sombre qui prétendait venir de Cordoue. Il parlait toujours de grands bâtiments aux toits arrondis et de batailles héroïques. Quand j'étais petite, j'aimais imaginer tout cela.

Rurik ne pouvait s'empêcher de la dévisager. Avait-elle compris son intention de se rapprocher d'elle ? S'en servait-elle contre lui ? Il se méfiait de cet enthousiasme si soudain, mais décida que la meilleure chose à faire était d'entretenir la conversation. S'il fallait lui parler de ses parents pour cela, il le ferait. Mais il garderait ses souvenirs les plus intimes pour lui.

— On m'a raconté que des hommes traversaient autrefois toute l'Irlande dans l'espoir d'obtenir la main de ma mère. C'était une princesse : Saorla la Belle…

Petit, Rurik l'avait trouvée magnifique, comme tout enfant face à sa mère. Ce n'était que maintenant qu'il pouvait se souvenir de son visage et apprécier réellement sa beauté. Elle avait de longs cheveux sombres, des yeux verts et une silhouette menue qui la rendaient différente de toutes les femmes de Maerr. Même en sachant qu'elle appartenait à Sigurd, de nombreux hommes l'avaient admirée.

— Elle a refusé toutes les offres de mariage qu'on lui a faites jusqu'à la visite de mon père. Apparemment, il est tombé sous son charme, même s'il avait déjà une épouse et une famille.

Rurik dut ravaler l'amertume qui lui monta à la gorge. Il n'avait appris tous ces détails qu'en arrivant à la cour du roi Feann en compagnie de son frère Alarr. Jusque-là, il n'avait pas su que Feann était en fait son oncle maternel et qu'il avait tenté de sauver sa propre sœur, de la venger en se confrontant à Sigurd. Le père de Rurik n'avait pas dit à Saorla qu'il était marié. Aveuglé par son désir de la posséder, il l'avait enlevée à son foyer et à sa famille.

Elle méritait mieux que la vie que Sigurd lui avait offerte…

— Mon père l'a séduite et l'a emmenée en quittant l'Irlande.

Rurik s'interrompit de nouveau, étouffé par ses souvenirs. Annis en profita pour demander :

— Saorla l'a suivi de son plein gré ? Ce n'était pas un véritable enlèvement ?

Un sourire amer dansa un instant sur les lèvres de Rurik.

— J'imagine qu'il a su la charmer. Elle est partie volontairement, certes, mais uniquement parce qu'il lui a menti en lui promettant le mariage. Elle n'aurait jamais accepté sans cela. Mon frère et moi sommes nés moins d'un an après leur rencontre. La femme de mon père n'a pas pu supporter de le voir au bras d'une aussi belle concubine, vous l'imaginez sans doute. Ma mère a été traitée comme une esclave toute sa vie. Elle a souvent demandé la permission de rentrer chez elle, mais Sigurd a refusé de se séparer de nous. Si elle est restée, c'est parce que nous étions pris en otage par notre père.

Il n'avait pas eu l'intention d'en dire autant – surtout pas à Annis. Toute cette histoire était trop douloureuse pour lui. Il revoyait encore sa mère tremblant de rage en entendant Sigurd refuser une nouvelle fois de la libérer. Il se souvenait des soirs où il la rejoignait dans son lit pour la réconforter quand il l'entendait pleurer. Un flot de culpabilité l'envahit soudain. Elle aurait pu rentrer en Irlande et avoir une belle vie là-bas, si Danr et lui ne l'avaient pas retenue à Maerr. À moins que Feann n'ait eu raison et que ce ne fût sa propre fierté qui l'avait empêchée de partir loin de ses enfants.

Visiblement fascinée par son récit, Annis demanda encore :

— Pourquoi est-ce que Sigurd a insisté pour la garder ? N'aurait-il pas été plus simple pour lui de lui rendre sa liberté ?

Rurik s'éclaircit la gorge, mal à l'aise.

— Je pense qu'il tenait à elle… À sa manière.

Il avait tenu à elle comme un tyran tient à ses possessions.

— Ce n'était pas un homme facile, vous savez. Il était impétueux, arrogant, incapable de renoncer à ses désirs.

Annis eut un reniflement de mépris.

— Comme un enfant avec ses jouets.

Rurik ne put s'empêcher de rire, surpris lui-même de voir de l'ironie dans cette histoire tragique.

— Peut-être bien, répondit-il. Peut-être qu'il s'est accroché à elle parce qu'il voulait la posséder et non parce qu'il l'aimait.

Non, ce n'était pas tout à fait vrai, se dit Rurik. Tout comme il se souvenait de la colère et de la douleur qui avaient entaché presque toute son enfance, il n'avait pas oublié les rares fois où Sigurd s'était rendu dans leur petite maison pendant les longues nuits d'hiver. Ces soirs-là, il prenait ses fils dans ses bras et leur racontait ses nombreuses aventures. Saorla veillait sur eux avec un petit sourire serein et après, quand Danr et Rurik étaient censés dormir, ils pouvaient entendre les voix basses et les rires de leurs parents réunis au coin du feu. Bien avant que leur relation devienne aigre et hostile.

— Pourquoi est-ce que vous tenez tant à venger la mémoire de votre père, dans ce cas ? Si vous êtes…

Elle paraissait réticente à l'idée de prononcer ce mot. Un mot dur, mais que Rurik avait déjà entendu de nombreuses fois au fil des ans.

— Si je suis un bâtard ?

Les joues d'Annis s'empourprèrent – un spectacle charmant, songea Rurik —, et elle acquiesça.

— Mon frère et moi avons été reconnus par notre père. Nous avons autant de légitimité que les fils qu'il a eus de sa femme.

En face de lui, Annis fronça les sourcils avec perplexité.

— Vous êtes décidément un peuple étrange, Norrois.

— Pourquoi ? Parce que nous croyons que tous les enfants ont de la valeur, que leurs parents aient été mariés ou non ?

Elle prit une profonde inspiration un peu tremblante. Rurik n'avait pas voulu lui rappeler le bébé qu'elle avait perdu mais, visiblement, ses mots avaient touché une corde sensible.

— Nous valorisons aussi *nos* enfants, dit-elle froidement.

— Je ne parlais pas de vous, Annis. Je voulais juste dire que votre peuple a tendance à mépriser les enfants nés hors des liens du mariage. Est-ce que vous ne les envoyez pas dans des monastères, ou dans d'autres familles pour qu'ils soient élevés loin de vous ? Ne sont-ils pas exclus des lignées, privés d'héritage ?

Tout ce qu'il venait de dire était vrai. Elle ne pouvait pas le nier.

— Mais toutes les esclaves n'ont pas la même chance que votre mère. Le père doit tout de même décider de reconnaître leurs enfants ou non, n'est-ce pas ?

C'était aussi une réalité indéniable…

— Vous avez raison, admit-il.

— Partout, les femmes sont condamnées à ne jamais avoir le choix, soupira Annis.

Rurik eut soudain une envie inexplicable de repousser la mèche de cheveux qui venait de tomber devant ses yeux. Pour une fois, il fut soulagé d'être attaché.

— Vous avez l'air de bien assumer vos choix, d'après ce que j'ai pu voir.

Elle sourit, mais un éclat de tristesse assombrit ses yeux.

— J'ai surtout eu de la chance d'être envoyée ici, chez Wilfrid. Il ne se soucie pas de ce que les gens peuvent penser et m'a toujours accordé plus de liberté que n'en ont la plupart des femmes.

— Wilfrid, hein ? Et votre propre père ?

Encouragé par leur conversation, Rurik se rendit compte qu'il était sincèrement curieux, à présent.

Annis fronça de nouveau les sourcils sans répondre. Manifestement, quelque chose la hantait. Tout à coup, elle attrapa un coussin et s'allongea avec la tête au pied du lit. Rurik se sentit trahi par cette distance soudaine entre eux, alors qu'il n'avait aucune raison de penser cela, bien sûr.

— Ce n'est pas juste, lança-t-il. Je vous ai raconté toute ma vie, et vous ne m'avez rien dit de la vôtre.

— Vous êtes mon prisonnier, répondit-elle en donnant un coup de poing dans le coussin dur, qui résonna avec un bruit mat. La vie est injuste pour les prisonniers.

Rurik ne put réprimer un rire aigre. Elle avait marqué un point. Cette femme était décidément une adversaire redoutable, et il l'admirait de plus en plus…

— S'il vous plaît, parlez-moi de vous.

Les fois où il avait supplié ainsi devaient se compter sur les doigts d'une main, et voilà qu'il se laissait aller une fois de plus à le faire avec elle.

Annis roula sur le dos, puis se figea. Finalement, sans le regarder, elle demanda :

— Pourquoi vous intéressez-vous tant à ma famille ?

— Parce que vous me fascinez, dit-il sincèrement. Je n'ai encore jamais rencontré de femme comme vous.

Quelques longues secondes plus tard, elle roula de nouveau sur le côté – le bon côté —, et leurs regards se croisèrent. Rurik ne pensait pas qu'un simple coup d'œil et l'attention d'une femme puissent l'enivrer à ce point.

— Je n'ai pas non plus rencontré d'homme comme vous, Norrois.

Il retint son souffle. Les paroles d'Annis semblaient plus profondes que ce qu'elle laissait paraître. Il y avait une pointe d'intérêt dans son sourire et, si Rurik ne se trompait pas, elle baissa un instant les yeux sur son torse. Voire plus bas… Il dut serrer les dents pour ne pas laisser éclater la flamme qui échauffa soudain son corps.

— Allez-vous me parler de vous, maintenant ? demanda-t-il pour étouffer son désir.

Elle leva de nouveau les yeux sur lui.

Chapitre 11

Annis savait très bien ce que le Norrois espérait accomplir. S'il parvenait à la pousser dans ses retranchements jusqu'à ce qu'elle le voie comme une personne, un homme avec une famille, des besoins et des buts, elle aurait plus de mal à le faire tuer. C'était une stratégie intelligente, à défaut d'être très inventive. Le problème, c'était qu'elle le voyait *déjà* ainsi. Sa culpabilité l'y avait obligée dès l'instant où il avait posé le pied sur les côtes de Glannoventa. Peut-être n'était-elle pas très douée pour garder des prisonniers. Ou peut-être était-ce parce que le prisonnier en question était *lui* – un homme, elle s'en rendait compte maintenant, qui la fascinait. Quelles qu'aient été ses raisons, Annis percevait que ses sentiments se réveillaient lentement alors qu'elle s'était promis de traiter Rurik avec froideur.

— Que voulez-vous savoir ?

Un désir inconscient qu'elle ne comprenait pas vraiment l'incitait à parler. C'était dangereux, mais elle était incapable de s'en empêcher…

— Vous avez vécu longtemps sous le toit de Wilfrid, avec sa famille. Pourquoi vos parents vous ont-ils envoyée ici ?

C'était une question facile. Elle pouvait très bien y

répondre sans laisser Rurik deviner trop de choses à son sujet. Elle se cala donc sur le dos, les yeux levés vers le plafond qui disparaissait dans la faible lumière.

— J'ai grandi dans l'Est, avec ma famille. La sœur de mon père, Merewyn, vivait avec nous. Comme mon père était plus âgé, il a décidé de prendre soin d'elle à la mort de leur mère. Nous étions très proches dans mon enfance.

De bien des manières, Merewyn avait été sa seconde maman quand la première avait été trop occupée par ses autres enfants et la tenue de sa maison.

— Un matin, un groupe de Danois est arrivé sur nos côtes. C'était un raid. Ils ont brûlé des maisons et volé tous les objets de valeur qu'ils ont trouvés. L'un d'entre eux s'est épris de Merewyn et l'a enlevée.

— Ah !

Rurik avait lâché ce cri avec une assurance et une satisfaction si manifestes qu'Annis se redressa sur un coude pour le regarder.

— Maintenant, je comprends pourquoi vous me méprisez tant, expliqua-t-il.

— Je ne…

Elle s'interrompit brusquement. Mieux valait que Rurik ignore tout de ce qu'elle ressentait vraiment pour lui, de cette admiration qui naissait en elle et de son désir de régler leurs différends sans bain de sang.

— Vous ne… quoi ?

Il ne la quittait pas des yeux. Sans doute avait-il très bien compris ce qu'elle avait voulu dire. La dernière heure avait tout changé entre eux. Annis ne savait ni comment ni pourquoi l'atmosphère était devenue différente, elle pouvait juste constater la transformation.

— Je ne méprise pas tous les Danois ni les Norrois.

Rurik sourit.

— Je vous jure que je ne suis pas venu piller ce château ni vous enlever à votre tour.

Annis sentit un petit frisson qui n'avait aucune raison d'être là fleurir au creux de son estomac à l'idée d'être capturée et emmenée chez lui. C'était une pensée terrible, pourtant : appartenir à un homme tel que lui la reléguerait au rang d'objet, de possession. Néanmoins, elle ne put ignorer cette sensation troublante.

— Bien sûr que non, répliqua-t-elle avec toute la fermeté dont elle était capable.

Elle se rallongea et reprit sa contemplation du plafond tout en plaquant une main sur son ventre pour se calmer.

— Que s'est-il passé ensuite ? demanda Rurik au bout de quelques instants.

— Mes parents nous ont tous envoyés ailleurs. Ils ne voulaient pas que nous soyons en danger si les Danois revenaient. On m'a confiée à Wilfrid parce que mon père et lui avaient déjà commencé à préparer mon futur mariage avec son fils aîné, Grim. Nous nous sommes fiancés contre la promesse que notre union ne serait pas célébrée avant que je sois en âge.

— Et les Danois ? Qu'est-il arrivé ?

Rurik semblait pensif, comme s'il mettait en place une nouvelle stratégie.

— Ils ont bien dû revenir…

— Oui, au printemps suivant, comme on le craignait. Le Jarl Eirik s'est emparé de notre maison, et mon père a été envoyé à la cour pour le représenter devant le roi. Il n'a pas eu le choix.

— Et Merewyn ?

Secrètement ravie qu'il ait posé la question, Annis sourit.

— Elle a épousé le Jarl Eirik avec bonheur, et ils vivent encore au château de ma famille avec leurs enfants.

— Maintenant, je comprends mieux pourquoi le Jarl Eirik insiste pour que vous vous remariiez. Vous êtes de sa famille et donc sous sa responsabilité.

Annis haussa les épaules. C'était un sujet sur lequel elle préférait ne pas s'attarder de nouveau.

— Grim est mort depuis plusieurs années et, jusqu'à présent, j'ai réussi à contrecarrer la volonté du Jarl. J'espère bien y parvenir le plus longtemps possible.

— Vous n'avez pas envie de vous remarier ? D'avoir des enfants ?

Cette fois, Rurik ne paraissait plus moqueur. Il avait parlé d'une voix douce, presque grave.

Un gouffre glacé s'ouvrit dans le cœur d'Annis au souvenir de Grim et du bébé. À une époque, elle avait pensé que sa destinée se limiterait à être une bonne épouse, une bonne mère. Mais tout avait changé. Quand Grim était mort et que la santé de Wilfrid avait commencé à décliner, elle s'était mise à endosser de plus en plus de responsabilités au château. Elle avait même appris à régler les problèmes quotidiens de tout Glannoventa.

Deux ans plus tôt, elle avait organisé les semences d'été en avance. Cedric était alors occupé à endiguer une menace d'invasion au sud, et Wilfrid se remettait encore d'une nouvelle attaque. Certes, rassembler les hommes et leur donner des ordres prétendument énoncés par leur seigneur pour que le travail soit accompli n'avait pas été un grand exploit. Néanmoins, cela avait empli Annis de fierté et lui avait enfin donné l'impression d'avoir un but. Depuis, elle avait reçu les habitants de Glannoventa chaque mois avec Wilfrid pour écouter leurs doléances. Quand la dernière attaque cérébrale du vieil homme l'avait défiguré, Annis avait continué cette tâche seule, relayant les souhaits de son beau-père et résolvant certaines disputes sans même en référer à Wilfrid. Parce qu'elle avait été capable de faire tout cela *seule*.

Grim avait été un époux gentil et patient, mais il ne lui aurait jamais accordé cette liberté, cette autonomie. Au fond, Annis appréciait de pouvoir prendre ses propres décisions et d'assumer la responsabilité du domaine. Si elle se remariait, elle perdrait de nouveau tout contrôle sur sa vie.

La voix de Rurik interrompit soudain ses réflexions silencieuses.

— Vous avez raison. Je n'ai jamais perdu d'épouse ou d'enfant et je ne peux pas imaginer ce que vous avez traversé…

De toute évidence, il avait pris son silence pour de la colère, mais Annis fut trop surprise par sa douceur pour le détromper.

— Je ne sais pas pourquoi je passe mon temps à raviver vos blessures.

C'étaient presque des excuses. En tout cas, c'était ce qui s'en rapprochait le plus et tout ce qu'elle obtiendrait de lui, sans doute. Néanmoins, ce changement soudain l'étonnait. Annis ravala son choc, la gorge nouée. Incapable de répondre directement à la question de Rurik, elle demanda finalement :

— Pourquoi ne vous êtes-vous jamais marié ? Vous devez pourtant être en âge.

Il avait certainement le même âge qu'Eirik quand il avait épousé Merewyn, et leurs deux cultures devaient se ressembler sur ce point-là.

— Le mariage n'est pas vraiment une priorité pour moi, surtout après avoir vu ce qui s'est passé entre mes parents ou les relations compliquées de Sigurd et de son épouse…

— Vous pourriez peut-être tirer des leçons de leurs erreurs. Ne pas séduire une autre femme après votre mariage, par exemple ; cela devrait vous éviter un certain nombre de difficultés.

Rurik éclata de rire.

— Bonne idée.

Elle sourit.

— Je suis sûre que la femme de votre père lui en a beaucoup voulu.

De nouveau, le Norrois rit. C'était un rire sec mais chaleureux, et Annis eut soudain envie de l'entendre plus souvent.

— Oui, en effet. Elle n'a même jamais supporté de nous regarder en face, mon frère et moi. Notre existence même était une insulte pour elle.

À l'idée qu'il ait grandi seul, haï par sa belle-mère, Annis sentit son sourire s'évaporer.

— Que vous est-il arrivé, après la mort de votre mère ?

Un long silence tomba dans la chambre. Annis n'osa pas regarder son prisonnier. Puis, au bout de quelques minutes, il répondit gravement :

— Hilda nous a toujours méprisés, mais elle ne pouvait pas nous chasser. Notre père nous a accueillis dans sa demeure, et nous nous sommes contentés de garder nos distances autant que possible.

Annis essaya d'imaginer son quotidien, celui d'un enfant dont la vie même était un affront pour la personne chargée de prendre soin de lui. Hélas, elle n'y arriva pas. Ses parents avaient souvent été occupés, pas vraiment tendres avec elle, mais elle avait eu sa place sous leur toit. Elle avait eu une place dans sa famille. Elle tenta aussi d'imaginer son époux ramenant avec lui des bâtards et les installant chez elle pour qu'elle les élève. Non. Impossible. Sigurd avait dû être stupide !

— Est-ce que vous… ?

Elle n'aurait peut-être pas dû lui poser toutes ces questions intimes, mais elle était incapable de s'en empêcher. Ce soir-là, toutes les frontières semblaient abolies.

— Est-ce que vous avez eu du mal à trouver votre place ?

Rurik resta muet si longtemps qu'Annis ne l'entendit même plus respirer. Quand elle redressa la tête pour le regarder, elle vit qu'il fixait le plafond, comme elle l'avait fait quelques minutes auparavant.

— Oui, finit-il par murmurer.

Était-ce pour cela qu'il avait fait tout ce chemin en quête de vengeance ? Était-ce pour cela qu'il tenait tant à retrouver les assassins d'un père qui ne l'avait jamais vraiment aimé ? Une part de lui espérait peut-être que cela conforterait enfin sa position dans sa famille. Annis ne le connaissait pas – pas vraiment —, et pourtant cette idée la rendit soudain étrangement triste.

Une vague de chaleur gênante la parcourut, accompagnée d'une prise de conscience brutale. Elle sut enfin pourquoi l'image qui lui était apparue pendant le dîner l'avait tant troublée. Elle n'était pas particulièrement excitée à l'idée que Rurik puisse l'enlever et la faire sienne. C'était l'idée qu'il puisse *lui* appartenir qui l'enivrait. Elle l'admirait. Tout comme elle, il avait ressassé pendant des années son désir de vengeance. Et, comme elle, Rurik se battait pour rendre à sa famille son honneur bafoué. Il avait nourri sa colère, patiemment, et avait traversé une mer pour l'assouvir.

Comme pour elle aussi, ce besoin de vengeance n'était pas lié qu'à l'honneur. Quand on l'observait de près, on voyait que la cause était tout autre... Au cœur de sa rage à elle se nichait son incapacité à affronter le deuil. Se pouvait-il que Rurik soit, de la même manière, guidé par l'espoir de trouver enfin sa place ?

Quelles que soient les raisons du Norrois, Annis ne pouvait s'empêcher d'admirer la force dont il faisait preuve dans son combat. Bien sûr, il était stupide de se laisser influencer par de vagues suppositions. Après tout, Rurik ne serait jamais sien, et elle ne serait jamais sienne. Elle était simplement soulagée de comprendre enfin l'émotion complexe qui la torturait.

Elle roula de l'autre côté, dos à lui, et ferma les yeux en attendant le sommeil.

— Vous n'avez pas répondu à ma question, dit soudain Rurik.

Surprise, Annis sursauta presque. Il était inutile de lui demander de quelle question il parlait. Elle savait.

— Je n'ai pas l'intention de me remarier si je peux l'éviter. Ma liberté compte trop à mes yeux.

Espérant que son prisonnier se contenterait de cette explication, Annis ferma de nouveau les yeux et se tut.

Rurik fut réveillé par la pression d'un délicat corps féminin contre lui. Cela faisait bien longtemps qu'il n'avait pas pu savourer un plaisir aussi simple et doux. Il prit le temps d'en profiter sans bouger. Le parfum sucré d'Annis l'enveloppait, mélange de fleurs sauvages et de quelque chose d'autre, qui n'appartenait qu'à elle. Il serra les dents. Certes, c'était agréable ; mais il devait se préparer à repousser le désir qui monterait inévitablement en lui dès qu'elle bougerait et effleurerait sa hanche de ses fesses si douces. Le sang se mit à battre à ses oreilles, et ses pensées prirent une tournure beaucoup plus sensuelle.

Le fait que la femme qui dormait contre lui soit Annis ne faisait que renforcer ses sensations.

Il ne pouvait plus ignorer son attirance pour elle – non pas qu'il ait été très doué pour le faire jusque-là… Elle était belle, forte, et leur conversation de la veille n'avait fait que stimuler son appétit charnel. Cette femme avait un don pour déterrer ses secrets, et il en aurait eu peur s'il s'était cru en danger avec elle. Bien sûr, il était attaché à un lit, prisonnier, mais elle n'avait pas l'air de vouloir lui faire du mal. C'était même parce qu'elle tenait à le sauver de Cedric et de sa prudence élémentaire qu'ils avaient passé la nuit dans cette chambre. Dans ce lit. Ensemble.

Rurik s'obligea à ouvrir les yeux, trop perturbé par les images que cette idée faisait naître. Il ne pourrait jamais *vraiment* partager la couche d'Annis, pas en tant qu'amant ; il était inutile de perdre son temps à y penser. Elle était toujours allongée sur le côté, dos à lui, mais à un moment pendant la nuit elle les avait tous les deux recouverts d'une épaisse couverture. C'était d'ailleurs la seule chose qui pourrait cacher son érection si quelqu'un venait à entrer dans la chambre.

Il se cala un peu différemment pour soulager la pression de son pantalon. Son geste dut troubler le sommeil d'Annis, car elle se retourna sur le dos, étalant ses cheveux de flamme tout autour de son visage. Avait-elle dénoué ses tresses ou bien s'étaient-elles défaites d'elles-mêmes pendant son sommeil ? Tout ce que Rurik savait, c'était que sa chevelure avait une teinte fascinante et qu'il rêvait d'en sentir la souplesse sous ses doigts.

Il s'efforça de ne plus penser à elle ou au bien-être étrange qu'il ressentait après s'être réveillé près d'elle, pour se concentrer sur leur conversation de la veille. Tout ce qu'ils avaient pu se dire n'avait pas vraiment d'importance, seules les dernières questions d'Annis le hantaient encore. Avait-il l'impression de n'avoir jamais trouvé sa place ? Comment avait-elle pu deviner tant de choses sur lui en si peu de temps ? Il y avait de quoi être surpris… En effet, l'impression de ne pas être un membre à part entière de la famille de Sigurd avait toujours pesé sur le cœur de Rurik, même quand il essayait de l'oublier. Il était curieux de songer que le lieu où il avait grandi, entouré par des personnes qu'il avait connues depuis sa naissance, n'avait jamais été un vrai foyer à ses yeux. Affronter cette réalité aurait été trop douloureux pour lui dans sa jeunesse. Il avait donc passé des années à éviter d'y penser. Les femmes avaient parfois su le distraire. L'entraînement, aussi : dès son plus jeune âge, il avait tout fait pour devenir plus fort que ses frères ou que les guerriers de son père. Il s'était concentré sur le combat, et ses efforts avaient payé. Au bout d'un moment, Sigurd avait eu suffisamment confiance en lui pour l'envoyer régler des disputes en son nom sur les terres de Maerr.

Mais, à présent, Rurik se rendait compte qu'il n'avait pas fait tout cela par simple dévotion envers ses gens. Il l'avait fait pour trouver enfin sa place. En devenant le meilleur guerrier, le plus sage conseiller ou, maintenant, celui qui allait enfin venger le massacre de sa famille, il allait peut-être avoir une chance d'accomplir son rêve.

Cette pensée le brûla comme un charbon ardent. Et si son plan échouait ? Et s'il retrouvait les meurtriers sans pour autant être accepté par les siens ? S'il ne devenait jamais un homme respecté comme Brandt, son frère aîné ? Après la mort de Sigurd, Brandt aurait dû prendre sa place et régner sur Maerr, mais Harald avait refusé à cause des meurtres qui entachaient toute la famille. La vieille colère familière revint hanter Rurik, accompagnée par l'impression tenace qu'il avait d'être un intrus.

La rage était une émotion contrôlable. Il pouvait s'en servir pour affronter le monde entier. Cela valait mieux que le doute qui rendait si vulnérable, et il préférait donc s'y réfugier. Il s'agrippait depuis toujours à cette fureur pour ne jamais montrer la moindre faiblesse. Il allait *trouver* les assassins et, après cela, ses frères et lui pourraient peut-être enfin rendre à Brandt son héritage. C'était la seule chose qui importait.

Annis bougea soudain. Une de ses jambes sortit du lit, et elle commença à se réveiller. Son pied émergea de la couverture, suivi par une cheville fine et un mollet bien tourné, musclé par la marche. Un flot de désir se déversa des reins de Rurik, étouffant presque la colère qu'il remâchait. Les deux émotions se mêlèrent pour former quelque chose de compliqué qu'il ne comprenait pas vraiment. Tout à coup, Annis poussa un petit gémissement inconscient marquant son réveil. Ce bruit fascina Rurik. Il aurait voulu l'entendre encore. Il aurait voulu entendre tous les petits bruits qu'elle faisait.

Les paupières de la jeune femme papillonnèrent quelques secondes, puis elle ouvrit les yeux. À la grande surprise de Rurik, un sourire illumina son visage quand elle le vit. Ce sourire sut adoucir, étouffer la colère de Rurik sous la chaleur de l'espoir et la faire disparaître au fond de lui. Jusqu'à ce qu'elle ne soit plus qu'une brûlure sourde, assez faible pour qu'il l'ignore.

Il aurait pu répondre à ce sourire. Ses lèvres auraient pu s'étirer, mais Rurik n'était pas certain que ce fût une bonne idée. Bien vite, Annis sembla se souvenir de qui il était, de tout ce qui s'était passé la veille, et se redressa rapidement d'un air penaud en dissimulant de nouveau ses pieds sous la couverture.

— Ne vous en faites pas, j'ai gardé mes mains de mon côté, plaisanta-t-il en faisant grincer ses liens contre le bois du lit.

Un éclair de douleur traversa ses bras ankylosés et lui arracha une grimace. Apparemment, son humour fit mouche, et Annis tenta – en vain – de cacher un nouveau sourire en basculant pour s'asseoir au bord du lit.

— Bonjour, Rurik.

Il ne put s'empêcher d'admirer la beauté de ses longs cheveux et la courbe de ses hanches pendant qu'elle enfilait ses chaussures. Aussi étrange que cela puisse paraître, une part de lui regrettait de voir la nuit s'achever. Annis se leva et se dirigea vers la porte quand Rurik l'interpella :

— Vous ne comptez quand même pas me laisser comme ça toute la journée ?

Elle lui adressa un petit coup d'œil timide, sans oser le regarder en face d'abord. Il lui parut alors clair que la fascination qu'il ressentait depuis leur rencontre était partagée : l'hésitation de la jeune femme en était la preuve. En la voyant faire demi-tour et s'approcher un peu de lui, Rurik sentit son cœur s'emballer. Il aurait voulu qu'elle repousse les couvertures et grimpe sur lui dans le lit – une pensée indécente mais si tentante ! Cela aurait-il suffi à apaiser le feu de son désir ? Si elle avait fait une telle chose, il n'aurait sans doute pas eu la volonté de résister, alors même qu'elle restait son ennemie.

— Je vais envoyer Alder pour qu'il vous détache. Vous serez libre de vos mouvements dans cette chambre, mais j'interdis que vous en sortiez.

— Et quand pourrai-je avoir une nouvelle entrevue avec Wilfrid ?

Annis prit une profonde inspiration un peu tremblante et se mordilla la lèvre un instant, comme si elle cherchait une bonne raison de lui refuser cette faveur.

— Je ne partirai pas d'ici sans le nom des assassins, la prévint-il.

— Je ne sais pas si vous pourrez le revoir. La soirée d'hier a été très éprouvante pour lui. Mieux vaudrait sans doute le laisser se reposer aujourd'hui…

L'hésitation que Rurik perçut dans la voix de sa geôlière le mit sur ses gardes.

— Ce soir, alors.

C'était plus un ordre qu'une requête.

— Je vous le dirai après l'avoir vu moi-même. Je ne veux pas l'épuiser.

Elle se détourna rapidement, comme si elle ne souhaitait pas s'attarder sur le sujet. Rurik la regarda quitter la chambre et, pour la première fois, il eut l'impression qu'elle lui cachait quelque chose.

Chapitre 12

— Vous avez vraiment passé la nuit avec lui ? s'exclama Cedric dès qu'elle s'assit sur le banc en face de lui, au milieu de la grande salle.

En dépit de la colère évidente de son maître d'armes, Annis ne put s'empêcher de sourire. Ce qui aurait dû être – et avait été, de bien des manières – une nuit très étrange ne s'était pas soldé par la moindre insomnie comme elle l'avait craint. Au contraire, elle avait dormi comme un bébé. Elle n'avait pas connu un tel repos depuis qu'elle avait appris qu'un Norrois posait des questions sur eux au village.

— Bonjour, Cedric, répondit-elle en ignorant son regard noir. Comment va Wilfrid, ce matin ?

— Il est très fatigué. Il a mal dormi. Le repas d'hier a été une épreuve pour ses nerfs…

Annis acquiesça. Elle s'était attendue à cela : Wilfrid ne prenait presque plus ses repas avec eux depuis quelques mois et, quand il le faisait, il passait souvent la journée du lendemain au lit. La soirée de la veille avait sans doute été encore plus fatigante, d'autant plus que Rurik n'avait pu s'empêcher de lui parler de Maerr. La moindre émotion négative semblait plonger Wilfrid dans une stupeur qu'il mettait plusieurs jours à surmonter.

Annis attendit que la servante ait rempli son verre avant de la renvoyer avec douceur.

— Merci, Loefe. Tu peux nous laisser.

Elle n'avait aucune envie d'avoir une discussion à cœur ouvert devant ses gens – toute la maison devait déjà parler dans son dos.

La fille acquiesça et posa la cruche avant de se retirer. Cedric poussa un soupir impatient et attendit en silence. Sans doute son soupir était-il adressé à la maîtresse et pas à la servante… Quand la porte se referma enfin sans bruit, Annis s'autorisa à lever les yeux sur lui. Il fronçait les sourcils et arborait une moue qu'elle connaissait depuis longtemps.

— Si vous tenez à le savoir : oui, j'ai passé la nuit dans sa chambre, déclara-t-elle.

Au final, soutenir le regard de Cedric était plus difficile que ce à quoi Annis s'attendait. Alors que rien d'indécent n'était arrivé entre le Norrois et elle, elle avait du mal à comprendre les réactions de son corps, à son réveil. Elle avait découvert une sorte de paix, de sérénité qu'elle n'avait jamais éprouvée auparavant. Tant qu'elle n'aurait pas identifié cette nouvelle sensation, mieux valait ne pas en parler à Cedric. Le regard perspicace du maître d'armes l'amenait à deviner trop facilement ses pensées. Au lieu de lever une nouvelle fois les yeux sur lui, Annis se concentra donc sur le contenu de son assiette. De toute manière, les gâteaux au miel avaient toujours le don de lui remonter le moral.

— Il avait peur que l'on attente à sa vie pendant son sommeil, expliqua-t-elle.

Cedric lâcha un petit soupir méprisant.

— Il n'a pas confiance en notre hospitalité.

— Auriez-vous confiance, à sa place ? Il a été enchaîné

dans un cachot avant de se voir offrir une chambre à contrecœur. Il est convaincu que vous lui voulez du mal…

— Dans ce cas, il est plus sage que je ne l'aurais cru.

— Pourquoi doutiez-vous de sa sagesse ?

Ce dédain pour Rurik agaça sans raison Annis. Depuis quand se souciait-elle de l'opinion que Cedric avait de leur prisonnier ?

Sa cuillère en suspens au-dessus de son porridge, Cedric répondit :

— En premier lieu parce qu'il est venu seul pour nous affronter. Il aurait dû conduire une armée sur nos côtes.

— Peut-être qu'il n'a pas d'armée. Si vous aviez vu le massacre de Maerr, vous sauriez que des dizaines de guerriers ont été tués. Je ne sais pas ce qui s'est passé ensuite, mais il semblerait que le royaume soit plongé dans le chaos.

Essayer de pousser Cedric à comprendre le Norrois était inutile, mais Annis ne pouvait s'en empêcher.

Le maître d'armes haussa les épaules et avala une nouvelle bouchée de porridge.

— Peut-être. Je maintiens que c'était une décision stupide.

— Son unique autre possibilité aurait été d'abandonner sa quête de justice…

Cedric acquiesça.

— Parfois, les hommes sages savent que la justice ne mérite pas tous les risques qu'on prend en son nom.

Cette dernière remarque lui était clairement destinée. Annis leva les yeux un instant, surprise, avant de replonger dans son assiette. C'était sans doute pour cela qu'elle tenait tant à défendre Rurik face à son maître d'armes. La quête du Norrois était similaire à la sienne. En le justifiant, ne se justifiait-elle pas elle-même ? Si la soif de vengeance qui l'avait conduite jusqu'à Maerr s'était finalement apaisée, elle ne lui avait apporté aucun soulagement. Rurik était-il destiné à connaître la même frustration ?

Préférant ne pas mordre à l'hameçon, Annis se contenta de manger en silence quand soudain la porte de la salle s'ouvrit à la volée. Alder se précipita à l'intérieur, suivi de près par un inconnu. L'homme était négligé et sale comme un voyageur qui aurait chevauché longtemps sans s'accorder de pause. En le voyant, Cedric se leva d'un bond.

— Je suis désolé de vous déranger, lança Alder, mais un messager vient d'arriver.

L'homme attendit à peine qu'on ait fini de le présenter avant de s'avancer et de déclarer d'une voix essoufflée :

— Je dois parler à Lord Wilfrid de toute urgence.

Son regard passa d'Annis à Cedric, comme s'il ne savait pas à qui il devait s'adresser.

Annis finit par se lever à son tour.

— Lord Wilfrid est indisposé, ce matin. Je suis Lady Annis, sa belle-fille par alliance. Vous pouvez me transmettre votre message.

L'homme jeta un nouveau regard à Cedric, attendant de le voir acquiescer avant de se tourner vers Annis. Qu'il ait ressenti le besoin d'une permission avant de lui donner sa nouvelle n'avait rien d'étonnant, néanmoins son geste la fit grincer des dents. Une fois de plus, elle voyait bien que les hommes ne l'accepteraient jamais vraiment comme leur chef.

— Toutes mes excuses et mes condoléances, milady. J'ai le regret de devoir vous annoncer que le roi Ricsige de Northumbrie est mort.

Cedric lâcha un juron étouffé et se signa. Annis, elle, était trop choquée pour réagir. Le roi Ricsige était le dernier vrai souverain saxon du Nord. Le Jarl Eirik et lui avaient conclu depuis des années une trêve fragile mais, avec son décès, l'avenir devenait soudain plus sombre et plus instable. Soit les Danois en profiteraient pour annexer toute la Northumbrie, soit les Saxons se battraient pour imposer un nouveau roi. La moindre incertitude quant à l'avenir de la Northumbrie mettait Glannoventa en danger – et Annis aussi, par la même occasion.

Parvenant enfin à maîtriser son émotion, elle demanda :

— Que s'est-il passé ?

— Il est tombé malade. On m'a dit que c'était une mort naturelle, milady.

Ce qu'il n'ajouta pas, songea-t-elle, c'était que le poison passait souvent pour une mort naturelle, car il ne laissait pas de traces. Personne ne pouvait savoir ce qui s'était réellement passé, et c'était de mauvais augure. Bientôt, l'amertume monterait, et les trahisons commenceraient...

— Merci de nous avoir porté ce message.

L'homme la salua avec respect.

— Voulez-vous passer la nuit ici ?

— Je suis navré, milady, mais je dois reprendre ma route. J'ai d'autres fiefs à visiter.

Annis se tourna alors vers Alder et ordonna :

— Qu'on lui donne à manger et un cheval frais. Qu'il se repose avant de partir.

Elle resta très droite en attendant que les hommes sortent puis, dès que la porte claqua, se laissa tomber sur le banc. Cedric se rassit aussi, mais aucun d'eux n'eut le courage de terminer son assiette.

— Vous savez ce que cela signifie, Annis, murmura le maître d'armes, comme si en parler à haute voix risquait d'attirer le malheur sur leurs têtes.

Annis n'eut pas la force de lui répondre immédiatement.

Le sang s'était figé dans ses veines, et un battement sourd menaçait de lui fendre le crâne. Il lui fallut de longues minutes avant de se reprendre et de retrouver sa voix.

— Rien ne nous dit que cela arrivera. Si jamais le roi Ricsige a nommé un…

Cedric eut un geste d'impatience.

— Vous savez ce que je veux dire ! Vous devez vous marier dès maintenant, Annis. Cette situation a assez duré : Wilfrid est mourant et n'a plus d'héritier. Si vous ne vous mariez pas, Glannoventa et Mulcasterhas passeront dans des mains étrangères. On nous les arrachera et on les livrera à un inconnu – un imbécile ou un homme cruel, qui sait ? Vos gens ont *besoin* de vous.

Annis secoua fiévreusement la tête. Bien sûr, Cedric avait raison, mais elle ne pouvait pas se résoudre à l'accepter.

— Wilfrid vit encore. Personne, pas même le Jarl Eirik, ne le privera de son titre ou de ses terres.

Cedric se frotta la joue avec un soupir de frustration.

— Cela était vrai, sans doute, tant que le roi vivait. Mais maintenant, que se passera-t-il, à votre avis, quand Eirik se présentera à notre porte ? Quand il verra lui-même dans quel état se trouve Wilfrid ? Nous avons réussi à garder le secret jusqu'à présent, et c'est une chance, mais quand Eirik verra qu'il n'est plus qu'un invalide…

— Il n'est pas invalide !

— Vraiment ? Dieu sait à quel point je l'aime et le respecte. Il fait presque partie de ma famille, mais nous ne pouvons plus nous voiler la face. Wilfrid n'est plus capable de prendre des décisions raisonnées. Vous et moi avons œuvré en son nom depuis un an. S'il ne s'agissait que de nous, je suis sûr que nous pourrions continuer longtemps.

Il s'interrompit un instant. Quand il reprit la parole, sa voix se fit plus dure, moins émotive.

— Mais nous ne sommes pas seuls, Annis. Nous devons penser au reste de Glannoventa. Les villageois, les fermiers, les pêcheurs, même les enfants ! Vous avez la responsabilité d'assurer leur avenir.

Envahie par un flot de colère qu'elle ne put contenir plus longtemps, Annis se leva.

— Bien sûr que je pense à mon peuple. Aux enfants, aux parents, aux malades et aux vieux. Je pense même aux criminels ! Toutes ces personnes comptent pour moi. Depuis quelques années, Glannoventa se porte mieux que jamais. Nos champs sont fertiles, et nos lacs regorgent de poissons. Personne n'a faim.

— C'est justement pour cela que nous devons agir sans tarder.

— Pourquoi ? Je suis parfaitement capable de diriger Glannoventa. Si nos terres se portent aussi bien, c'est grâce à *moi* !

Cedric soupira.

— Je le sais bien, mais cela n'aura aucune importance pour les autres. Personne ne vous laissera régner seule sur vos terres. Le Jarl Eirik a été très clair sur ce point. Et qui que soit le nouveau roi, il se rangera très certainement à son avis. Glannoventa est un joyau aux yeux de n'importe quel seigneur ambitieux. Si on nous a laissés en paix par le passé, cela ne durera pas. Certains hommes vont se faire connaître et revendiquer des droits sur Glannoventa. Sur *vous*. C'est votre dernière chance : soit on vous obligera à épouser un homme que vous ne connaissez pas, soit vous pouvez vous-même choisir un mari, librement. Que décidez-vous ?

— Il est hors de question que je cède, Cedric ! protesta

Annis en secouant la tête comme si ce geste avait le pouvoir de la sauver. Nous pouvons négocier avec les Danois. Si le Jarl Eirik vient…

— *Quand*, mon enfant. Pas *si*. Le Jarl a peut-être déjà entendu parler de la mort du roi. Ne le sous-estimez pas. Je ne serais pas étonné d'apprendre qu'il est en route à l'heure qu'il est.

Un frisson inquiet parcourut Annis, mais elle fit de son mieux pour le camoufler.

— Dans ce cas, quand il viendra, je lui expliquerai la situation. Il ne pourra pas ignorer mes compétences quand il verra le résultat de ses propres yeux.

Cedric frappa violemment la table du plat de la main, mais ne la contredit pas.

— Je dois aller m'assurer qu'on prend soin du messager. Veuillez m'excuser.

Blessée et révoltée par les conseils de son maître d'armes, qui venait en quelques mots de réduire à néant tout le travail qu'elle avait accompli à la place de Wilfrid, Annis quitta la salle à son tour.

Quelle journée étrange ! La matinée avait commencé dans le bonheur et la paix ; et voilà qu'une heure plus tard, la vie d'Annis volait en éclats. La mort du roi était une menace, certes, mais sans doute pas aussi grave que Cedric le croyait. Eirik pourrait certainement se laisser convaincre d'accorder à Annis l'héritage qui aurait dû revenir à son époux. Il *ne pouvait pas* lui arracher son foyer… C'était impensable !

La frustration de Rurik n'avait fait que croître au fil de la journée. Il était ignoré. Bien sûr sa nouvelle chambre était plus confortable que le cachot mais, s'il ne voyait pas Annis, il n'aurait aucune chance d'atteindre son but.

Au moins, on le laissait libre de faire ce qu'il voulait dans la pièce et on lui apportait ses repas à heures régulières. Mais, à chaque fois qu'il demandait aux serviteurs de transmettre un message à leur maîtresse, il se heurtait à un mur de silence.

Son absence le dérangeait, surtout après la nuit qu'ils avaient passée ensemble. C'était comme s'il avait été le seul à sentir un lien naître entre eux. Il se répéta de nombreuses fois que ce n'était pas ce lien qui lui manquait, qu'il était simplement révolté de ne pas pouvoir œuvrer à gagner la confiance de sa geôlière pour la pousser à lui parler. Hélas, lui-même n'arrivait pas à se convaincre de ce mensonge.

La vérité, c'était que cette femme l'intriguait plus que toutes celles qu'il avait pu rencontrer auparavant. Jamais encore il n'avait connu quelqu'un qui eût un tel mélange d'audace et de vulnérabilité. Et Rurik n'était pas homme à fermer les yeux sur ce qu'il ne comprenait pas. Il aurait voulu en savoir plus sur Annis. Hélas, elle semblait bien décidée à l'éviter autant que possible…

Quand il entendit enfin le verrou s'ouvrir, en fin de journée, Rurik se dressa d'un bond. La soirée avait à peine commencé, et déjà son estomac gargouillait, mais il l'ignora tant bien que mal. Il s'apprêtait à refuser de se nourrir tant qu'Annis ne viendrait pas le voir. C'était soit cela, soit attaquer les gardes et sortir de sa chambre par la force. Si cette seconde option avait ses avantages, elle ne lui apporterait pas le nom des assassins. Annis était forte, mais sa réticence à le garder prisonnier était une faille dans son armure, et Rurik avait bien l'intention de l'exploiter. Pour y arriver, mieux valait rester docile pour le moment.

Au lieu du repas attendu, Rurik vit avec surprise et

soulagement la jeune femme elle-même entrer dans la pièce. Elle portait une robe prune cousue dans la laine la plus fine. Malgré lui, Rurik contempla avec plaisir ses formes mises en valeur par la coupe de sa toilette.

— Wilfrid demande à vous voir, annonça-t-elle.

Rurik tenta de croiser son regard, mais elle l'évitait. Étrange. Encore une fois, il eut l'impression qu'Annis ne lui disait pas tout. Les heures passées en sa compagnie lui avaient appris qu'elle ne répondrait pas à une question directe. Il se contenta donc d'acquiescer plutôt que de lui demander pourquoi elle l'avait fui pendant toute la journée.

— Bien. Est-ce qu'il est malade ?

Un éclair de douleur vite étouffé déforma un instant le visage de la jeune femme.

— Non, mais il est très fatigué.

— Il est arrivé quelque chose ? demanda Rurik avant d'avoir pu ravaler sa question. Je m'étonne que vous ne m'ayez pas permis de le voir plus tôt.

Il répugnait à lui rappeler leur accord, mais il ne pouvait s'empêcher d'être agacé – et cette colère ne présageait rien de bon. La moindre journée comptait dans sa quête.

Annis ouvrit la bouche pour répondre, puis secoua la tête et croisa les bras d'un air buté. Rurik avait déjà remarqué que c'était son moyen de défense, quand elle se sentait mal à l'aise. Il faillit la rejoindre et la prendre dans ses bras pour la réconforter.

— Le roi Ricsige est mort.

Rurik savait que la Northumbrie était depuis des années le théâtre de luttes entre le roi, les Danois et les Norrois. En quoi la nouvelle touchait-elle Annis ? Après tout, les Danois allaient tôt ou tard supplanter les Saxons à la tête du royaume. Ce n'était qu'une question de temps.

— Vous le connaissiez bien ?

— Je ne l'ai jamais rencontré.

— Alors, pourquoi est-ce que… ?

— Si vous voulez bien me suivre, je vous conduirai auprès de Wilfrid avant le souper.

Il était clair qu'elle n'avait pas l'intention de lui en dire plus, et Rurik acquiesça sans insister.

— Je vous suis, *Lady Annis.*

Il avait fait exprès de se montrer exagérément soumis dans l'espoir de provoquer une réaction et fut ravi de la voir lever les yeux au ciel. Elle tourna les talons et sortit de la chambre. Rurik put admirer le mouvement chaloupé de ses hanches tout à loisir ainsi que l'élégance de son dos si droit. Pendant les longues heures qu'il venait de passer seul, il avait imaginé cette silhouette plus souvent qu'il n'aurait osé l'avouer.

Annis lui jeta un rapide coup d'œil par-dessus son épaule, surprit son regard sur elle et rosit un peu ; mais elle ne le réprimanda pas. Ce détail fit battre le cœur de Rurik un peu plus vite. Peut-être l'avait-elle évité jusque-là parce qu'elle *sentait* leur lien et pas l'inverse. Il n'avait pas encore envisagé cette possibilité, et son corps y réagit immédiatement. Ce n'était pas bon. Mieux valait se rappeler que tout ce qui se passait entre eux ne durerait pas, que leur rapprochement servait un but bien précis.

Gardant cette idée en tête, Rurik fit de son mieux pour ne plus contempler la jeune femme. Il lui emboîta le pas et examina en détail le long couloir. Davantage d'hommes y étaient postés, ce soir-là. En plus des deux gardes restés campés devant sa porte, d'autres silhouettes surveillaient chaque extrémité du corridor pour l'empêcher de fuir. Enfin, deux autres soldats se tenaient de part et d'autre de la chambre de Wilfrid. Sans doute une troupe de sentinelles le surveillait-elle aussi de loin, là où il ne pouvait pas la voir. Sans ses armes, Rurik eut soudain l'impression d'être nu et exposé. Le peu de confiance qu'il avait senti naître entre sa geôlière et lui n'était qu'une apparence…

Annis s'arrêta un instant devant la porte de son beau-père et se tourna vers Rurik. Elle avait l'air à la fois effrayée et soupçonneuse.

— Je vous en supplie, ne lui dites pas qui vous êtes.

Rurik plaqua une main contre la porte, pour s'empêcher de la toucher, de la rassurer.

— Je respecterai notre accord, mais n'oubliez pas que j'ai aussi besoin de réponses.

La jeune femme acquiesça, tout en l'examinant de la tête aux pieds.

— Que pensez-vous faire de ces réponses, quand vous les aurez obtenues ?

— Je traquerai les assassins et je les tuerai, répliqua froidement Rurik.

— Et après ? Quand ce sera fini ?

Il ne sut que répondre. Que voulait-elle dire ?

Sans doute dut-elle lire la confusion dans ses yeux parce qu'elle précisa :

— Leur mort ne rappellera pas votre père à la vie, pas plus que les autres victimes.

— Mon but n'est pas de les faire revenir. Je cherche en partie à punir les responsables de ces meurtres.

Annis fronça les sourcils.

— En partie ? Et pour le reste ?

— Je veux aussi permettre à mon frère Brandt de reprendre l'héritage qui aurait dû être le sien.

— Et tous ces gens que vous allez tuer, que faites-vous de leurs familles ?

— Tout le monde a une famille. Cela n'a pas empêché *ces gens* d'apporter la terreur et la mort à ceux que j'aimais.

Elle le dévisagea encore quelques instants, et Rurik eut soudain l'impression que sa réponse l'avait déçue. C'était une sensation désagréable qui vint peser comme une pierre sur ses épaules et au creux de son estomac.

— Ouvrez la porte, dit-elle finalement aux gardes.

Puis, se retournant vers Rurik, elle lui fit signe d'entrer.

— Après vous.

Chapitre 13

Rurik pénétra dans la chambre. Wilfrid était assis à sa table comme le premier soir, son jeu de plateau installé devant lui. Il n'était pas aussi vif que lors de leur première rencontre. Ses épaules étaient voûtées, et il contemplait les pièces du jeu d'un air perplexe. Quelque chose avait changé en lui, et il ne s'agissait pas que de la mort du roi. Peut-être étaient-ce les *conséquences* de cette nouvelle.

— Père, je vous ai amené le Norrois comme vous le souhaitiez, annonça Annis.

Il était donc redevenu « le Norrois » et plus « Rurik ». Intéressant.

Wilfrid redressa la tête, et son regard s'illumina un instant quand il les vit tous les deux. Il leur fit signe d'avancer. Sa main était déformée, ses articulations rougies étaient enflées. Son autre main, celle dont il n'avait plus l'usage, restait crispée. Il était pâle, et seuls ses yeux apportaient une touche de couleur à son visage.

— Bonsoir, dit-il de sa voix pâteuse et hésitante.

— Bonsoir.

Rurik s'installa sur la seconde chaise, en face de lui. Annis le suivit, mais resta en retrait comme si elle avait l'intention de les observer sans prendre part à la conversation.

Ils restèrent un moment silencieux, jusqu'à ce que Rurik bouge l'une des pièces sur le plateau. Le vieillard lâcha un petit rire profond, comme s'il était étouffé à peine sorti. D'un geste, il balaya la pièce que Rurik venait de déplacer. Certes, Rurik n'aimait pas afficher sa médiocrité ainsi, mais il ne jouait que pour satisfaire le vieil homme et le pousser à parler de Maerr. Son orgueil n'entrait pas en ligne de compte. Il bougea une autre pièce. Cette fois, Wilfrid ne rit pas. Rurik se cala au fond de sa chaise et vit que le maître des lieux l'observait attentivement.

— Je suis désolé que vous ayez perdu votre père, lança-t-il soudain.

Ses mots étaient à peine compréhensibles, et Rurik pensa un instant avoir mal entendu. Annis, elle, ouvrit de grands yeux. Elle s'avança lentement, puis posa une main tremblante sur l'épaule de son beau-père.

— Est-ce qu'il a bien dit… ?

Rurik s'interrompit quand elle acquiesça et se tourna de nouveau vers le vieil homme. Son cœur tambourinait dans sa poitrine.

— Vous savez qui je suis ?

— Je suis peut-être aux portes de la mort, mais je…

— Père !

Wilfrid leva la main pour faire taire Annis. Elle fit alors signe aux gardes de les laisser seuls.

— Je dois le dire, ma fille, reprit son beau-père.

Il prit quelques profondes inspirations, comme si le simple fait de parler l'épuisait.

— Je n'ai pas encore perdu toute ma tête.

Nouvelle inspiration.

— Dès que vous avez dit que vous étiez norrois et que vous avez mentionné Maerr…

Pause. Soupir.

— J'ai su que vous étiez le fils de Sigurd.

Wilfrid ne le quittait pas du regard. Mais ce n'était pas vraiment lui qu'il semblait voir. On aurait presque pu croire qu'il se retrouvait face à un autre homme.

— Vous avez ses yeux.

Danr ressemblait à Sigurd, tandis que Rurik avait hérité ses traits de sa mère. Mais tous deux avaient en effet les yeux de leur père. Jamais Rurik n'aurait imaginé être reconnu grâce à un détail aussi minime.

— Quand on déteste quelqu'un comme j'ai haï votre père, on n'oublie rien, poursuivit Wilfrid.

Pendant quelques secondes, il laissa le regard vagabonder dans la chambre, comme si d'anciens souvenirs refaisaient soudain surface.

— Je ne l'ai pas revu depuis que Grim… C'était il y a longtemps, mais je me souviens toujours de lui.

Rurik se doutait déjà que Wilfrid avait été trop malade pour voyager jusqu'à Maerr, mais il avait besoin d'en être sûr.

— Vous n'êtes donc pas allé chez lui il y a deux ans, pour le voir une dernière fois ?

Wilfrid secoua la tête avec maladresse.

— J'y serais allé, si j'en avais eu la force.

D'un seul coup, le monde se mit à tourner. Rurik ferma les yeux le temps de se calmer. Il avait voyagé jusqu'ici pour découvrir non seulement que Wilfrid était un infirme dont la mort ne lui apporterait rien, mais qu'en plus il n'avait même pas été présent au mariage. Sans doute aurait-il dû se réjouir d'avoir enfin une chance de découvrir le nom des vrais assassins mais, hélas, sa victoire sonnait creux.

Soudain, la porte de la chambre s'ouvrit, et Rurik n'eut pas besoin de se retourner pour savoir que Cedric venait d'entrer : la rage et la vigueur de cet homme avaient le don de faire trembler l'air autour de lui. Un rapide coup d'œil confirma néanmoins ses soupçons : Cedric était bien là, adossé au montant de la porte. Rurik se tourna à nouveau vers Wilfrid.

— Je vous crois, lui répondit-il.

Le vieil homme respirait de plus en plus mal.

— Vous êtes venu vous venger.

— Non. Demander justice.

Wilfrid sourit, de ce sourire de travers qui semblait presque moqueur.

— Et qu'est-ce que la justice ?

— Une occasion de redresser les torts.

— Que pensez-vous du tort que l'on *nous* a fait ? Annis vous a-t-elle parlé de Grim ?

Annis se tourna vers Rurik. Son regard était sombre, douloureux.

— Elle m'a parlé de lui, répondit Rurik, incapable de se détourner d'elle. Toutes mes condoléances.

Il avait prononcé ces mots pour Annis, pas pour Cedric ou le vieil homme. Il était désolé de voir tant de souffrance au fond de ses yeux à chaque fois qu'elle pensait à son époux. Il était désolé pour toutes ces journées de calvaire qu'elle avait dû endurer au chevet de Grim avant sa mort. Et il était désolé qu'elle ait perdu son bébé.

Les yeux de la jeune femme se mirent à briller, mais elle soutint néanmoins son regard. La voir ainsi, si vulnérable, lui faisait mal au cœur. Il aurait voulu la serrer dans ses bras et lui offrir un peu de plaisir pour apaiser sa douleur.

— Vous compatissez et pourtant vous apportez votre soif de vengeance jusque dans nos murs, lança soudain

Cedric, brisant le sort qui semblait les avoir saisis, Annis et lui.

Rurik se leva et lui fit face, les poings serrés.

— Je suis venu en quête de la vérité, rien de plus.

— Faux : vous êtes là pour tuer Wilfrid.

Il ne pouvait pas mentir… Plus maintenant.

— C'était peut-être vrai, mais de toute évidence sa mort ne m'apporterait pas grand-chose.

Personne n'osait le dire, mais il aurait été étonnant de voir ce vieillard survivre à l'hiver.

— Dans ce cas, comment espérez-vous obtenir justice ? demanda Cedric.

— Des assassins ont été envoyés à Maerr. J'ai l'intention de les retrouver.

Non seulement il voulait les punir, mais il avait aussi besoin d'interroger ces hommes. D'autres personnes avaient participé à l'attaque, et quelqu'un devait être responsable du complot entier. Rurik devait découvrir qui était cette personne. Pour lui, pour sa famille, et surtout pour Brandt.

Le regard soupçonneux de Cedric s'attarda un instant encore sur son visage avant de croiser celui de Wilfrid, puis celui d'Annis.

— On m'a dit que vous étiez le fils d'une princesse irlandaise en plus d'être fils de roi, dit-il finalement.

Ainsi, Annis avait parlé. Rurik devait-il se réjouir qu'elle ait tenté de le défendre ou se sentir trahi ? Mieux valait ne pas prendre sa décision tout de suite, songea-t-il, et attendre de voir où le maître d'armes voulait en venir.

— C'est vrai.

— Cela veut dire que, si nous vous libérons, vous pourrez rallier des guerriers de Maerr *et* d'Irlande pour nous écraser…

— Les guerriers de mon père ont été tués lors du massacre. Les rares survivants servent tous un nouveau roi.

Des rumeurs avaient circulé, accusant les fils de Sigurd d'avoir conspiré pour faire tuer leur père. D'autres avaient prétendu qu'ils avaient conspiré *avec* Sigurd pour renverser Harald aux Beaux Cheveux lui-même. Bien que ces rumeurs fussent contradictoires, le résultat ne s'était pas fait attendre : leurs hommes les avaient quittés, et tous les frères étaient à présent dispersés. Même si Rurik devait faire appel à Harald pour venger son père, le roi ne le croirait jamais sur parole.

— De plus, mon propre oncle faisait partie de ceux qui voulaient voir mon père mort. Je ne pourrais apporter aucune preuve qui ne paraisse suspecte aux yeux des Norrois.

À moins qu'Annis ne l'accompagne. Rurik lui jeta un coup d'œil à la dérobée et admira la courbe de sa joue, la forme charmante de ses lèvres. Elle ne quittait pas Cedric des yeux, à présent. Rurik sentit monter en lui une envie farouche de l'emporter avec lui loin de ce château. Pourtant, il avait toujours méprisé son père pour avoir enlevé Saorla… C'était bien la première fois qu'il pouvait comprendre ce que Sigurd avait ressenti, à l'époque. Annis réveillait ses instincts les plus sauvages et les plus farouches. La simple idée de l'avoir rien que pour lui était presque irrésistible. Seul le souvenir de la douleur de sa mère lui permit d'étouffer son désir. Pour l'instant.

— Ce qui nous laisse le problème de votre oncle irlandais.

En entendant Cedric, Rurik sentit les cheveux de sa nuque se dresser, comme une alerte qu'il ne comprenait pas vraiment.

— Le roi Feann n'hésitera pas à punir tout Glannoventa, si vous me tuez.

Rurik sentit alors la chaleur du corps d'Annis dans son dos tandis qu'elle se rapprochait de lui, mais il n'osa pas se détourner de Cedric, pas même pour voir si elle avait l'intention de le soutenir ou pas. De toute manière, s'il sentait la lame d'un poignard entre ses côtes, il aurait sa réponse.

— Cedric, dit-elle d'une voix chargée de mise en garde.

— Nous aurions dû l'achever le soir où vous l'avez amené ici. Il est temps de rattraper cette erreur, lâcha le maître d'armes en tirant une dague de sa ceinture.

Rurik se crispa, prêt à se défendre à mains nues si nécessaire. S'il se saisissait d'une des lampes allumées dans la pièce, l'huile chaude ralentirait sans doute suffisamment l'approche de son agresseur… Il faisait déjà un geste vers la plus proche quand Annis s'interposa entre eux. Dos à lui, elle affronta le maître d'armes sans trembler.

— Vous ne lui ferez pas de mal. Je vous l'interdis.

Une bouffée de tendresse emplit la poitrine de Rurik – et c'était parfaitement absurde, étant donné la rage qui grondait encore en lui. Annis recula jusqu'à le toucher, comme un bouclier humain. Il avait tellement envie de la serrer dans ses bras, mais il ne pouvait pas la laisser se placer entre cette dague et lui. Pas tant qu'il ne connaîtrait pas les vraies intentions de Cedric à son égard.

Le maître d'armes parut hésiter, sans baisser sa lame pour autant.

— Nous ne pouvons pas le laisser partir. Si nous faisons cela, dans peu de temps quelqu'un d'autre viendra réclamer justice. Chaque mort serait suivie d'autres, dans un cycle perpétuel, jusqu'à ce que la guerre s'abatte sur nous.

Rurik s'écarta. Annis le suivit, restant campée entre

Cedric et lui. Elle agrippa sa cuisse, et un frisson de désir parcourut Rurik. Il prit son poignet fermement pour la repousser mais, instinctivement, le garda serré entre ses doigts.

— Si vous me donnez le nom des assassins, je jure de quitter ce château en paix, lança-t-il.

Cedric ne parut pas convaincu.

— Comment pourrions-nous vous faire confiance ? La confiance n'existe pas entre ennemis.

— Dans ce cas, je crois que nous sommes dans une impasse…

Un lourd silence s'abattit sur eux, uniquement troublé par la respiration bruyante de Wilfrid. Soudain, un éclat s'alluma au fond des yeux de Cedric, et il se fendit d'un petit sourire.

— Il reste une option que nous n'avons pas encore explorée…

— Cedric, non ! cria Annis.

Sa panique était palpable. Sans doute pensait-elle qu'il avait toujours l'intention de le tuer.

Quoi que le maître d'armes fût sur le point de suggérer, Rurik eut soudain la désagréable impression que toute leur conversation avait été calculée pour en arriver à cet instant. Cedric les avait manipulés… Rurik retint son souffle, dans l'attente du couperet.

— Vous pourriez épouser Annis.

L'épouser ? Non, il avait forcément mal entendu !

— Quoi ? lâcha-t-il, éberlué.

— Si vous devenez le seigneur de ce château, vous n'aurez sans doute pas envie d'attirer le malheur sur vos propres gens. J'ose espérer que vous ne souhaiterez pas non plus faire de mal à votre femme ; mais, si jamais l'envie vous en prenait, sachez que le Jarl Eirik la vengerait sans hésiter. Réfléchissez bien : il n'y a que deux options vous concernant qui nous permette de protéger Glannoventa. Le mariage ou la mort.

Était-ce vrai ou non ? Rurik n'en savait rien. Il dévisagea son interlocuteur un long moment, incrédule. Quand il parvint enfin à recouvrer ses esprits, il baissa les yeux sur Annis. Elle avait pâli, et deux taches rouges avaient fait leur apparition sur ses joues. Elle paraissait aussi choquée que lui, ce qui voulait dire que Cedric ne lui avait pas parlé de son projet. Ce n'était pas prévu. En tout cas, pas par elle. Rurik se tourna ensuite vers Wilfrid, toujours assis à sa table. Le vieil homme ne paraissait pas surpris. Au contraire, ses yeux brillaient d'un éclat de connivence. Son maître d'armes et lui avaient dû planifier tout cela ensemble, se dit Rurik.

— Je ne comprends pas, finit-il par balbutier. Comment a-t-on pu passer de ma mort à… *cela* ?

Cedric rengaina sa dague et sourit, comme s'il n'avait pas du tout menacé Rurik quelques instants plus tôt.

— Notre repas doit être servi dans la grande salle. Nous pourrons en parler tout en mangeant. Wilfrid a besoin de repos.

— Est-ce que vous êtes complice de cela ? demanda Rurik à Annis.

C'était peu probable, mais il devait s'en assurer.

La jeune femme secoua la tête.

— Pas du tout. Je vous conjure de ne pas y penser. Je vais en parler avec Cedric en privé.

Elle se tourna ensuite vers le grand serviteur qui attendait derrière la chaise de Wilfrid.

— Irwin, occupez-vous de père.

Puis elle se pencha vers le vieillard et déposa un baiser sur sa joue.

— Je vois que vous avez comploté dans mon dos. Nous en discuterons quand vous aurez dormi.

Wilfrid émit un grognement qui aurait pu être un rire, et Annis quitta la pièce, suivie par Cedric. Rurik vit le garde refermer la porte sur eux et sentit ses jambes l'ancrer au sol comme si elles pesaient soudain plus lourd que la pierre. Il ne pouvait pas les suivre, même si tout son être l'y poussait. Ses pieds refusaient tout simplement de bouger.

— Rurik, appela Wilfrid avec son accent étrange qui semblait mélanger les *R* et le *K*.

— Vous êtes d'accord avec Cedric ? Vous pensez vraiment que notre mariage serait la meilleure solution ?

Le vieillard acquiesça.

— Pourquoi ? Que pensez-vous retirer de tout cela ? Tenez-vous vraiment à donner Annis en mariage au fils de votre ennemi ?

Encore sous le choc, Rurik se rendit compte qu'il réagissait plus brutalement qu'il ne l'aurait voulu. Heureusement, Wilfrid ne parut pas offensé. D'un geste, il l'invita à se rasseoir. Après quelques secondes passées à négocier avec ses jambes réticentes, Rurik se laissa tomber sur la chaise.

— J'en retirerai au moins une chose : la liberté de mourir en sachant qu'on prendra soin d'elle.

— Je suis venu pour vous tuer. Comment pouvez-vous être sûr que je prendrai soin d'elle ?

Tout cela n'avait aucun sens !

— Parce que vous ne m'avez pas encore assassiné et parce que vous ne lui avez pas fait de mal.

Les paroles du vieil homme étaient plus hésitantes, plus hachées, comme s'il avait du mal à parler.

— Vous avez eu plusieurs opportunités et vous ne les avez pas saisies.

— Peut-être que j'aime prendre mon temps.

Pour la première fois, Wilfrid eut un geste d'impatience. Son visage s'empourpra. Il eut l'air prêt à crier, si seulement son corps avait voulu coopérer. Finalement, sa main s'abattit sur la table, envoyant les figurines de bois rouler au sol. Personne ne bougea dans la chambre.

— Cedric vous expliquera. Elle a peu d'options, et le temps presse.

Sa respiration devint soudain sifflante et laborieuse. Irwin s'approcha, posant une main sur son épaule pour l'inciter à aller se coucher, mais Wilfrid le chassa.

— Prenez Glannoventa. Prenez Annis. Oubliez votre vengeance.

— Cedric, qu'avez-vous fait ? s'écria Annis d'une voix tremblante qui résonna dans la grande salle.

Elle était trop choquée et trop révoltée pour maîtriser sa colère.

— Ce n'est pas moi. L'idée vient de Wilfrid.

Elle avait rattrapé le maître d'armes à l'instant où il s'apprêtait à s'attabler, et tous deux s'affrontaient maintenant du regard par-dessus les plats fumants.

— Il a établi ce plan tout seul et me l'a suggéré. Nous en avons longuement parlé, et j'ai fini par comprendre qu'il avait raison.

Comment pouvait-il rester si calme alors qu'elle était sur le point d'exploser ? C'était si déstabilisant… La décision avait été prise sans elle, et voilà qu'on allait lui servir un discours mûrement préparé pour apaiser sa fureur.

— Vous en avez *parlé*, n'est-ce pas ? Et à aucun moment vous n'avez jugé bon de m'inclure dans cette conversation ? Devais-je l'apprendre le matin même de mon mariage ?

Un vague regret traversa le visage de Cedric, et Annis sentit une pointe de triomphe monter en elle.

— Je suis désolé que cela se soit passé de cette manière. Ce n'était pas ce que je voulais. Croyez-moi, j'aurais préféré évoquer le sujet avec vous d'abord…

Il s'assit sur le banc puis, se rendant soudain compte de son impolitesse, l'invita à faire de même.

— Installez-vous. Nous pouvons en discuter pendant notre repas.

Annis aurait été parfaitement incapable d'avaler quoi que ce soit, mais elle s'assit tout de même, ne serait-ce que pour avoir droit à toute l'attention de Cedric.

— Inutile de nous étendre sur la question. Je ne peux pas épouser le Norrois. Rien de bon n'en sortirait.

— Vous le pouvez et vous devriez.

Cedric attrapa une miche de pain bis et en coupa une large tranche. Ses derniers mots – *vous devriez* – flottèrent un instant dans le silence qui les enveloppa.

— Faisons ensemble la liste des options qu'il vous reste, voulez-vous, reprit-il. Si vous devez vous marier au plus vite, vos prétendants actuels se limitent à Lord Strang et Hrypa de Whalley. Le premier est encore plus âgé que Wilfrid, et le second n'hésiterait pas à nous enrôler dans sa guerre pour rendre sa gloire passée à la Mercie. Je vous déconseille fortement de le choisir : vous n'avez pas plus envie que moi de voir la guerre atteindre les portes de Glannoventa. Si vous lui préférez Lord Strang, je ne m'y opposerai pas, mais souvenez-vous qu'il a trois fils, lesquels vous détruiraient sans hésiter dès son décès. Si, au contraire, vous préférez ne pas vous marier pour le moment, il ne vous reste plus qu'à attendre le couronnement du nouveau roi ou l'arrivée du Jarl Eirik. Le nouveau roi enverra sans doute un prétendant qu'il aura choisi parmi ses fidèles pour nouer une alliance et tenter de renverser les Danois, ce qui attirerait sur nos têtes la colère d'Eirik et s'achèverait une fois de plus en guerre ouverte. Ou bien – et c'est plus probable – le Jarl atteindra le château avant le couronnement et vous obligera à épouser l'un de ses hommes. Vous seriez mariée le soir de son arrivée, dans une semaine tout au plus, et auriez un rejeton danois dans votre ventre avant la fin de l'année.

Tout en l'écoutant, Annis avait lentement joint les mains et les avait plaquées contre son cœur qui battait la chamade. Elle aurait voulu s'opposer au raisonnement du maître d'armes, mais elle fut tout juste capable de le regarder plonger un morceau de pain dans la sauce de son ragoût et le dévorer. Malheureusement pour elle, il avait raison. Il venait d'énoncer toutes les options qui s'offraient à elle, et elle n'en aimait aucune. Elle les détestait même.

— Vous me suggérez donc d'épouser le Norrois d'ici une semaine et d'avoir son…

Elle n'arrivait pas à prononcer le mot.

— … Son bébé dans mon ventre, à la place ?

Devant son air bouleversé, Cedric parut s'adoucir.

— La seule chose que je sais, c'est que vous devez vous marier dès que possible. Cinq options se présentent à vous. Le moment est venu de choisir.

Étaient-ce vraiment des solutions, quand aucune ne lui convenait ? Tout cela était tellement injuste ! Annis aurait voulu frapper en plein visage le premier homme qui serait venu lui demander sa main… Depuis des années, elle éludait soigneusement le sujet ; et voilà que la réalité la rattrapait. Le seul moyen d'éviter une guerre était d'épouser soit le prétendant choisi par Eirik, soit le Norrois. N'avait-elle vraiment pas d'autre échappatoire ?

— Comment peut-on être sûrs que le Jarl Eirik ne nous attaquera pas si j'épouse le Norrois ?

— Bonne question, répondit Cedric entre deux bouchées. Je n'en sais rien, mais Wilfrid et moi pensons pouvoir éviter le pire. Le Jarl aime beaucoup sa femme, tout le monde le sait. Avec un peu de chance, elle pourrait avoir une bonne influence sur lui, même de loin. Quand il arrivera, vous n'aurez qu'à lui dire à quel point vous aimez et admirez votre mari. De son côté, Rurik fera de son mieux pour convaincre le Jarl qu'ils peuvent travailler main dans la main. Cela ne sera peut-être pas facile, mais je pense qu'Eirik pourrait finir par céder. Après tout, Rurik n'a pas de seigneur – pas à ma connaissance. On pourrait le convaincre de faire vœu d'allégeance à Eirik. Peut-être même que votre oncle sera ravi d'apprendre qu'il est lié au roi Feann par le sang.

Était-ce vrai ou non ? Annis n'avait aucun moyen de le savoir. Cedric avait l'air de prendre le Jarl pour un homme sensé et rationnel, mais elle n'en était pas aussi sûre. De toute manière, ce n'était pas la seule chose qui la retenait d'épouser Rurik…

— Je ne peux pas me marier avec cet homme.

Cedric posa ses couverts et la dévisagea. Annis prit une profonde inspiration et continua à voix basse, pour ne pas être entendue :

— J'étais à Maerr. J'étais *là*, Cedric. Quand il l'apprendra, il refusera de m'épouser et préférera me tuer de ses mains.

— Vous ne le lui direz pas.

Elle n'aurait pas dû être surprise par sa réponse et pourtant elle ne put réprimer un cri révolté.

— Je ne peux pas passer ma vie avec lui et lui *cacher* une chose pareille !

— Bien sûr que si. Et vous le ferez, répliqua Cedric en pointant sa cuillère sur elle. D'ailleurs, ne parlons plus jamais de cette histoire. Vous ne lui direz rien. Il n'a pas besoin d'apprendre cela.

— Au contraire. Je ne peux pas me marier et vivre… vivre un mensonge. Ce serait malhonnête et vil de ma part.

— Non. Ce serait vil de refuser. Vous devez penser à vos gens. Pas à vous. Pas même à Rurik. Il s'agit de faire ce qu'il faut pour Glannoventa. Tous ses habitants sont sous votre responsabilité ; vous avez passé ces dernières années à vous occuper d'eux sans faiblir. Vous ne pouvez pas, vous ne *devez* pas, faillir maintenant.

Tremblant face à sa colère, Annis fit de son mieux pour se redresser, les dents serrées.

— Je ne faillirai jamais face à mes responsabilités.

— Très bien. Dans ce cas, épousez le Danois qu'Eirik aura choisi pour vous.

— Je… Ce n'est… Je…

Sa bouche s'ouvrait et se fermait comme celle d'un poisson qu'on jette sur le sable et qu'on laisse agoniser. Hélas, elle ne pouvait pas s'en empêcher. C'était trop. Sa vie venait de changer si vite.

— Vous préférez donc le Norrois ? demanda Cedric.

— Comment pouvez-vous me demander de prendre une décision aussi rapidement ? Et puis, comment pouvez-vous être certain qu'il ne m'épousera pas juste pour me trancher la gorge dans mon sommeil ? Vous me placez dans une position très dangereuse, Cedric.

— Ce n'est pas moi, Annis. J'énonce juste la situation telle qu'elle est et les épreuves qui nous attendent.

Il soupira, puis ajouta :

— Si Rurik avait voulu vous faire du mal, il l'aurait déjà tenté.

— Mais quand il apprendra la vérité au sujet de Maerr…

— Vous ne lui direz rien !

La voix puissante du maître d'armes résonna sous le plafond haut.

— Ne reparlez plus jamais de ce voyage. Vous nous mettriez tous en danger, à commencer par vous-même.

Il se leva, contourna la table et vint s'agenouiller près d'elle. Il lui prit les mains dans un rare élan d'affection.

— Je vous en prie, Annis. Je sais que vous tenez à être honnête, mais cela ne vous aidera pas. Si vous devez vraiment le lui dire, faites-le plus tard. Dans très longtemps. Cet homme est encore un étranger pour nous. Si vous lui en parlez maintenant, il pourrait certes accepter de vous épouser quand même, mais ce ne serait que dans l'espoir de se venger un jour. Je ne pourrai pas vous protéger en permanence.

Il ne l'énonça pas, mais ils savaient tous les deux à quoi il pensait. La nuit, dans sa chambre, personne ne viendrait en aide à Annis. Elle était certaine que Cedric serait capable d'abattre des portes pour la sauver, mais le Norrois pourrait lui faire subir certaines choses sans qu'on entende ses cris. Un froid glacial envahit son corps, et elle dut lutter pour ne pas trembler. Ses efforts durent être vains, car Cedric serra plus fermement ses doigts.

— Est-ce que vous avez parlé de Maerr à Wilfrid ? demanda-t-elle. Lui avez-vous dit ce que j'ai fait ?

Cedric secoua la tête.

— Je n'en ai pas vu l'utilité. Nous savons tous les deux ce que nous risquerions à le contrarier. Même la conversation que nous venons d'avoir dans sa chambre m'a fait peur. Wilfrid aimerait vous voir unie à Rurik parce qu'il veut que toute idée de vengeance meure avec lui. De plus, ce mariage mettra à coup sûr le Jarl Eirik hors de lui, ce qui n'est pas pour lui déplaire. Il a toujours aimé s'opposer à cet homme.

Un petit sourire attendri illumina un instant son visage.

Au même instant, la porte de la grande salle s'ouvrit, et Rurik apparut, flanqué de deux gardes. Annis aurait voulu croire qu'il puisse réellement être le sauveur que Cedric, aussi étrange que cela puisse paraître, semblait voir en lui. Qu'elle le veuille ou non, elle lui faisait déjà confiance. La nuit qu'ils avaient passée ensemble à discuter semblait les avoir rapprochés – un peu trop, sans doute. Au fond, que savait-elle vraiment de lui ? Comment réagirait-il, s'il apprenait le rôle qu'elle avait joué dans le massacre de Maerr ?

Peut-être qu'elle n'aurait pas à décider si elle devait lui en parler ou non. Peut-être qu'il refuserait de prendre la tête de Glannoventa et qu'il partirait dès le lendemain…

Alors qu'Annis se laissait emporter par ses doutes et ses questions, Rurik lui arracha le peu d'espoir qu'elle avait réussi à conserver en annonçant :

— Lady Annis, j'accepte de vous épouser.

Chapitre 14

Il suffit parfois d'une journée – voire d'un instant – pour que la vie change du tout au tout. Rurik l'avait déjà constaté plus d'une fois. La mort soudaine de sa mère à l'issue de sa maladie, l'attaque pendant le mariage de son frère, le jour où il avait appris que le roi Feann était en fait son oncle, et maintenant cela : il allait épouser la descendante de la famille qu'il avait juré de détruire. Aussi improbable que cela puisse paraître, en se réveillant ce matin-là il restait convaincu d'avoir pris la bonne décision.

D'ailleurs, il se souvenait peu de la soirée de la veille. Ses souvenirs s'arrêtaient à l'instant où Cedric avait parlé de mariage pour la première fois. Après cela, les événements se brouillaient et se mélangeaient jusqu'à ce qu'il perde toute notion du temps. Il y avait eu Wilfrid et ses arguments presque sages qui l'avaient poussé à réfléchir sérieusement à cette proposition. Puis il y avait eu l'expression d'Annis quand il avait accepté de l'épouser. Elle avait rapidement fui la grande salle, et il ne se souvenait même plus de l'avoir entendue dire si elle acceptait aussi ou non. Pendant tout le repas supervisé par des gardes, Cedric avait ressassé l'histoire glorieuse de Glannoventa – mais Rurik n'avait pas vraiment écouté.

Il était encore tôt, ce jour-là, quand Alder, l'homme qui

semblait avoir été affecté à sa surveillance et qui l'avait assommé à la sortie de la taverne, lui avait apporté son déjeuner. Il lui avait également ordonné de se préparer pour une promenade. Rurik s'était presque attendu à une tentative d'assassinat discrète orchestrée par Annis. Néanmoins, il avait accepté la fourrure qu'on lui avait rendue et avait été escorté dans la cour. Il s'y tenait maintenant seul, libre d'examiner les bâtiments qui l'entouraient. Un mur bas fermait l'enceinte, percé d'une porte donnant sur la campagne. Alder disparut dans une bâtisse de pierre qui, si l'on en croyait l'odeur de crottin et la paille déversée sur le seuil, devait servir d'écurie. Il revint en guidant une jument harnachée au moment où l'on ouvrait la porte du château.

Annis et Cedric apparurent au sommet des marches. La jeune femme avait tout l'air d'une condamnée menée à la potence. Son compagnon, lui, paraissait résigné. On n'avait plus l'impression qu'il s'apprêtait à poignarder le premier homme qui se serait dressé sur son passage : il avait perdu toute son énergie batailleuse.

— Bonjour, lança Annis.

Elle ne l'appela ni « Norrois » ni par son nom.

— Nous nous sommes dit que vous aimeriez visiter Mulcasterhas et Glannoventa avant de…

— Avant notre mariage ? acheva Rurik pour elle.

Annis tressaillit, ce qui était plutôt inhabituel chez elle, et reporta son attention sur le jeune garçon qui arrivait, accompagné de deux autres chevaux. Sans répondre à Rurik, elle rejoignit sa monture, une bête solide qui poussa un hennissement joyeux à son approche. Elle lui caressa le museau, et l'animal baissa la tête pour qu'on le gratte derrière les oreilles.

Rurik ne put s'empêcher d'admirer la silhouette haute

et fine de la jeune femme ainsi que la souplesse de ses mouvements. Il avait trouvé Annis belle dès le premier jour mais, maintenant qu'il s'apprêtait à l'épouser, son intérêt pour elle devenait plus tenace. Son corps savait déjà qu'elle serait sienne, même si son esprit et son cœur avaient encore du mal à se faire à l'idée. Il aimait la voir prendre son temps pour caresser son cheval avant de grimper sur le tabouret qu'on avait avancé et de se mettre en selle. Il aimait les petits mots qu'elle continuait à lui susurrer en s'installant. Il aimait sa manière, à la fois gracieuse et forte, de se tenir en selle.

— Venez-vous avec nous ? lui demanda-t-elle en surprenant son regard sur elle.

Rurik constata avec surprise que Cedric était déjà en selle, lui aussi, et se précipita vers la bête qu'Alder lui présentait. Annis lui laissa à peine le temps de prendre les rênes avant de se diriger vers la porte. Cedric et les trois gardes visiblement chargés de les escorter les suivirent à distance pour leur laisser un semblant d'intimité.

Mulcasterhas et ses alentours formaient tout ce qui restait d'un ancien fort romain. Une bonne partie des vieilles ruines était encore visible. Des bâtiments de pierre avaient été aménagés en habitations, et quelques cabanes de torchis avaient été ajoutées plus récemment pour remplacer les maisons qui avaient disparu au fil des siècles. Les baraquements avaient été rénovés et agrandis pour accueillir tous les guerriers de Wilfrid… qui allaient bientôt être sous *ses* ordres, si tout se passait comme prévu. Prenant soudain conscience de ses futures responsabilités, Rurik sentit tout d'abord un poids s'abattre sur lui. Tout ce domaine allait lui appartenir. Il songea que jamais il n'aurait obtenu cela à Maerr – même avant le massacre…

Oui, cette opportunité, ces responsabilités qui s'offraient à présent étaient une chance et lui plaisaient. Pendant toute sa jeunesse, il avait été un bâtard à peine toléré, et maintenant on lui proposait de devenir un riche seigneur. C'était enivrant !

Annis lui montra fièrement son domaine. C'était elle-même qui avait commencé l'agrandissement des baraquements, et il était indéniable qu'elle avait fait du très bon travail.

— Combien de guerriers avez-vous ? demanda Rurik.

Avec une pointe d'orgueil, la jeune femme lui donna le nombre des soldats installés au château ainsi que de ceux qu'on pouvait rappeler au besoin. Rurik suivit du regard son geste quand elle lui montra les collines qui s'étalaient à perte de vue. Tout cela serait à lui.

— Venez.

Avec un sourire hésitant, elle le guida dans l'escalier qui conduisait au sommet des remparts.

Quel monde c'était ! Rurik n'avait pu admirer – et n'avait pas *voulu* admirer – la beauté du paysage à son arrivée. Mais à présent il ne pouvait l'ignorer. Certes, l'hiver était bien installé et les plus hautes collines étaient couronnées de neige, mais des bosquets au feuillage persistant venaient encore égayer le décor. Le soleil se reflétait dans les deux lacs nichés au creux des vallées les plus proches et illuminait la petite rivière qui les reliait. Cette région devait être si fertile et luxuriante en plein été ! Tout à coup, Rurik sentit monter en lui un regret à l'idée d'avoir perdu Maerr pour toujours.

D'un autre côté, le jeu en valait la chandelle. Ce ne fut qu'à cet instant, perché sur ce mur qui séparait Mulcasterhas du reste du monde, qu'il réalisa l'ampleur de ce qu'il allait entreprendre. Une bouffée d'euphorie fit battre son cœur plus vite.

Dans la vallée, en dessous du mur, une troupe de soldats s'entraînait, et quelques-uns s'étaient interrompus pour les regarder. Sans doute avaient-ils déjà appris leur futur mariage. Malgré la distance, cependant, le fracas des armes résonnait toujours. Annis et lui allaient peut-être avoir du mal à gagner la loyauté de ces hommes, mais Rurik était excité par ce nouveau défi. Il était venu à Glannoventa pour se venger et obtenir justice. Certes, il n'avait pas pu assouvir sa vengeance, mais son union avec Annis pourrait peut-être satisfaire son besoin de justice en lui apportant le château comme rétribution.

En *leur* apportant le château. Rurik jeta un rapide coup d'œil à sa promise, qui le dévisageait d'un air presque méfiant. Il la connaissait assez, à présent, pour comprendre que cela était dû à la peur.

— Vous n'allez pas abandonner tout cela en m'épousant, dit-il à mi-voix pour ne pas être entendu de Cedric et des autres.

Il aurait aimé pouvoir passer quelques instants en tête à tête avec Annis, la veille, après avoir accepté de l'épouser. Mais elle avait décidé de le fuir. Était-ce une marque de réticence de sa part ? Dans ce cas, il ne pouvait pas vraiment lui en vouloir.

Un sourire amer se dessina sur les lèvres d'Annis, et elle se retourna vers les collines qui les entouraient.

— Je suis une femme, répliqua-t-elle. Ce qui signifie que *vous* régnerez sur ces gens. Pas moi.

Rurik s'approcha d'elle et lui prit le menton avec douceur pour l'obliger à le regarder.

— Vous serez mon épouse, donc vous siégerez dans la

grande salle à mes côtés. Je suis certain que nous pourrons trouver un accord quant au partage des responsabilités.

Pourquoi disait-il tout cela ? Il n'était pas certain de le savoir. Il aurait été en droit d'agir comme il l'entendait, et Annis n'aurait pas eu son mot à dire… Néanmoins, Rurik voulait retrouver cette étincelle qui avait disparu de son regard. C'était l'une des choses qu'il admirait le plus chez elle, et il ne voulait pas être la cause de son extinction. D'après ce qu'il avait pu voir, Annis avait su diriger le domaine d'une main de maître. Il ne voyait aucune raison de se passer de ses talents à l'avenir ; d'autant plus qu'il tenait à ce que leur mariage se passe bien.

Annis le regardait à présent avec de grands yeux ronds.

— Vous ne pouvez pas être sincère…

Rurik sourit, amusé par cet air de défi. Étonnamment, il aimait qu'elle lui tienne tête.

— Est-ce que vous remettez la parole de votre seigneur en question ?

Il avait fait exprès d'adopter le ton de la plaisanterie et fut heureux de voir les yeux de la jeune femme pétiller.

— Je compte bien le faire chaque jour.

Rurik ne put s'empêcher de rire. Il serra un peu plus le visage de sa future épouse entre ses mains et se pencha sur elle. Peu lui importait que Cedric, ses gardes ou même les soldats qui s'entraînaient les vissent. Il voulait fondre sur les lèvres de sa promise ici, devant eux, et asseoir ses droits sur elle avec une urgence presque vitale. Elle baissa un instant les yeux sur sa bouche d'une manière qui laissa penser à Rurik que son désir était réciproque.

— Je veux vous embrasser, Annis, murmura-t-il.

Puis, se rappelant leur dernier baiser, il ajouta :

— Mais je ne veux pas courir le risque d'avoir le nez cassé.

— Dans ce cas, vous n'avez pas encore assez envie de m'embrasser, répondit-elle avec un petit sourire mutin avant de se dégager.

Descendant l'escalier, elle lui jeta un dernier coup d'œil par-dessus son épaule.

Au loin, derrière elle et par-dessus le mur opposé, une portion de mer étincelante sous le soleil attira l'attention de Rurik. Il avait traversé ces eaux moins d'une semaine plus tôt, mais son voyage lui paraissait déjà si lointain ! Jamais il ne se serait douté qu'un nouveau foyer l'attendait sur cette rive. Ou une femme comme elle.

Quelques mèches flamboyantes s'étaient échappées de la coiffure d'Annis et flottaient dans son dos. Elles l'appelaient, et il fut incapable de leur résister. Excité par la promesse de ce que les jours à venir lui apporteraient, Rurik suivit sa future épouse au bas des marches.

Ils passèrent le reste de la journée à explorer le village. Annis saluait tous les paysans et décrivait la vie de Glannoventa à Rurik avec tendresse et enthousiasme. Il était évident qu'elle aimait cet endroit. D'ailleurs, Rurik était un peu jaloux de l'appartenance de la jeune femme à cette terre et avait encore plus envie de l'épouser pour cela. Non seulement parce qu'il lui appartiendrait à son tour, mais aussi parce qu'il pourrait protéger le village pour elle.

Lorsqu'ils rentrèrent à Mulcasterhas, Rurik avait presque oublié qu'il s'apprêtait à conclure un mariage arrangé. Dans une autre vie, si Annis avait vécu à Maerr, il aurait passé des années à la courtiser. Mais la vie n'avait pas pris ce tour et elle ne leur permettrait jamais d'oublier qui ils étaient. Un guerrier sortit du château par la grande porte et vint à leur rencontre sur la route. Cedric prit un peu d'avance pour le rejoindre et, après avoir échangé quelques mots avec lui, se tourna vers Rurik et Annis, les lèvres pincées.

— Le Jarl Eirik est en route, annonça-t-il. Il devrait arriver demain soir, au plus tard. Plus tôt s'il ne s'arrête pas pour la nuit.

Annis prit une inspiration soudaine. Rurik aurait voulu lui caresser le bras pour la rassurer, mais elle ne l'aurait sans doute pas laissé faire. Il serra donc le poing sur ses rênes, ce qui agita un instant sa jument.

— Nous devons nous marier ce soir.

Cedric acquiesça.

— Je suis d'accord. La cérémonie aura lieu aujourd'hui et, dès demain, plus personne ne pourra remettre en cause la validité de votre union.

Un rapide regard en direction d'Annis apprit à Rurik qu'elle n'était pas ravie, mais elle se redressa et leva le menton d'un air déterminé. Peut-être que *résigné* aurait été une meilleure description… Ils n'avaient pas pu parler en tête à tête. Elle n'avait aucune garantie qu'il tiendrait parole, malgré ses maigres efforts pour la rassurer. Rurik ne voulait pas d'un mariage comme celui de son père, mais la situation était telle qu'il n'était pas certain d'avoir le choix.

La cérémonie eut lieu à la nuit tombée. Ce fut un événement simple, en présence de Wilfrid et Cedric. Quelques mots échangés, à peine… Il n'y eut ni banquet ni longue liste d'invités comme lors de son premier mariage. De toute manière, avait-elle réellement besoin de tout cela ? Seulement, tout se passa tellement vite qu'Annis eut l'impression de marcher dans un rêve. Comment de rapides vœux échangés à mi-voix avaient-ils le pouvoir de bouleverser sa vie entière ?

Aussi impossible que cela puisse lui paraître, Rurik et elle étaient mariés. Le repas se déroula dans un silence presque complet, et personne ne mangea beaucoup. Annis s'inquiétait de la nuit à venir, et les hommes, de la venue du Jarl. On ne parla que du lendemain et de la stratégie à adopter. Annis participa peut-être à la conversation décousue, mais elle n'en était pas certaine. Elle était trop troublée par la présence du Norrois à ses côtés.

Son époux. Il avait promis de partager les tâches, mais ni lui ni elle n'avaient eu le temps d'en parler davantage. Allait-il tenir sa promesse ? Après tout, personne ne pouvait l'y contraindre. Avait-il simplement dit cela pour s'assurer de sa coopération ? Dans ce cas, il aurait pu éviter cet effort inutile : elle n'avait pas eu le choix. Elle l'aurait épousé quoi qu'il arrive.

Allait-il être brutal avec elle, pour sa nuit de noces ? Rurik n'avait pas changé physiquement durant les dernières heures, mais il lui parut soudain plus grand, plus fort, plus imposant. Depuis le matin, il s'était montré prévenant alors qu'il aurait pu être dur. N'était-il pas venu pour détruire leur famille ? Puisque le fait de punir Wilfrid ne pouvait pas lui apporter la moindre satisfaction, avait-il décidé de *la* punir à la place ? Que savait-elle vraiment de lui ?

Sans s'en rendre compte, Annis se leva soudain de table. Les hommes l'imitèrent, à l'exception de Wilfrid qui la dévisagea d'un air confus.

— Je suis fatiguée, annonça-t-elle. Je pense que je vais me retirer.

C'était la seule excuse qu'elle avait trouvée pour se réfugier dans l'intimité de sa chambre et prendre le temps de réfléchir.

— Je vous accompagne, dit Rurik.

Il posa sur elle un regard un peu plus sombre que d'habitude, mais son expression restait douce. Bien sûr, tout le monde savait ce qu'il avait en tête, mais Annis ne pouvait pas se résoudre à affronter cette première nuit avec lui. Pas encore.

— Restez et terminez votre repas.

Elle avait répondu trop vite… Faisant de son mieux pour garder son calme, elle ajouta :

— J'ai besoin d'un moment pour me préparer.

Rurik acquiesça ; néanmoins, Annis vit sa mâchoire se crisper. Il n'était pas heureux de rester. Aurait-elle dû se forcer à endurer la fin du repas avec lui ? Elle n'en savait rien et, prise de panique, constata qu'elle s'en moquait. Il fallait qu'elle s'échappe et qu'elle passe quelques instants seule avant de faire face à ce qui l'attendait !

Chapitre 15

Annis faisait encore les cent pas quand on frappa à la porte de sa chambre. Cela devait faire une bonne heure qu'elle avait quitté la grande salle. C'était difficile à dire car, depuis que Goda avait fini de l'habiller et de la coiffer pour la nuit, elle était restée seule et n'avait fait qu'arpenter la pièce. Son regard se reportait sans cesse sur la dague à manche d'os du Norrois, qui était posée sur son coffre. Hélas, ce soir-là, elle ne pourrait pas se protéger comme elle en avait l'habitude. Leur mariage devait être consommé avant l'arrivée du Jarl Eirik.

Elle n'eut pas le temps d'aller ouvrir la porte elle-même. Rurik entra dans la chambre sans attendre de réponse. Son regard la parcourut de la tête aux pieds – elle avait détaché ses cheveux, qui retombaient à présent jusqu'à sa taille, et n'était vêtue que d'une simple chemise de nuit en lin – avant de remonter jusqu'à son visage. L'espace d'un instant, Annis eut l'impression que les yeux de son époux allaient l'engloutir tout entière. Il ferma et verrouilla la porte sans se détourner d'elle, et elle ne put s'empêcher de reculer d'un pas. Il portait une longue tunique ouverte, resserrée à la taille par une ceinture de cuir. Annis aperçut ses pieds nus sous son pantalon. Ce ne fut que lorsque Rurik s'approcha qu'elle vit son torse exposé entre les pans de sa tunique. Heureusement, il ne se déshabilla pas immédiatement, mais elle eut le temps d'admirer la fermeté de ses muscles sous le tissu. Un frisson de peur et d'anticipation la parcourut sans qu'elle sût comment le contenir. Certes, elle avait été attirée par cet homme dès le premier instant, mais le voir ici, dans sa chambre et dans cette tenue… C'était trop.

Il ne lui restait qu'une chose à faire pour ravaler son émotion : prendre le contrôle de la situation. Elle alla donc attraper la dague et la lui tendit sur sa paume ouverte. Son cerveau voyait encore en Rurik le prisonnier enchaîné de la veille. Comment pouvait-elle lui rendre son arme ? Cedric avait insisté pour poster des hommes dans tous les couloirs, par sécurité, seulement ils n'arriveraient jamais à temps si elle avait besoin de leur aide.

— Voici votre dague, dit-elle. Vos autres lames sont à l'armurerie. Nous pourrons aller les chercher dès demain, si vous le voulez.

Elle attendit la réponse de son époux le cœur battant. D'un côté, elle avait hâte de le voir sourire en récupérant cette arme si précieuse pour lui ; mais, d'un autre, elle avait peur. Elle ne put s'empêcher de remarquer l'étincelle qui passa dans son regard. Il caressa la poignée d'os avec une sorte de vénération, puis la prit et la retourna dans ses mains.

— Merci.

Cette reconnaissance émut Annis. Elle avait pensé que Rurik allait considérer son geste comme allant de soi. Alors, d'un seul coup, ses épaules se détendirent un peu.

— De rien. Je sais que cette dague est importante pour vous et je tenais à vous la rendre dès que possible.

Un vague sourire dansa sur les lèvres du Norrois.

— Ma mère me l'a offerte peu de temps avant sa mort.

C'était un cadeau de son frère, Feann. Je crois qu'en me la donnant elle savait qu'elle ne rentrerait jamais chez elle.

— Est-ce le seul héritage que vous avez pu garder d'elle ?

Il acquiesça et reposa la dague sur le coffre.

— Elle me l'a donnée parce que je suis l'aîné. Danr ne me pardonnera sans doute jamais d'avoir vu le jour quelques minutes avant lui.

Quand Rurik se retourna vers elle, Annis vit une pointe d'humour illuminer ses yeux et sentit ses craintes refluer.

— Votre frère et vous êtes donc jumeaux ?

Elle ne cacha pas sa curiosité. Bien sûr, elle avait entendu parler de cas similaires, mais elle n'avait encore jamais *vu* de jumeaux.

— Est-ce que vous vous ressemblez beaucoup ?

Rurik s'approcha un peu d'elle et expliqua :

— Non, pas beaucoup. On appelle mon frère Danr le Blond parce qu'il a hérité des cheveux de notre père. Moi, j'ai toujours été Rurik le Noir.

— Rurik le Noir. Hum… Peut-être que nos gens devraient apprendre à vous connaître sous ce nom.

Annis s'efforça de sourire, même si son cœur n'était pas réellement léger, et fut surprise d'entendre son époux rire. La facilité avec laquelle il savait la mettre à l'aise était stupéfiante. Jusqu'à ce qu'il entre dans la chambre, elle avait été terrifiée, et maintenant… Peut-être avait-elle plus peur de ses propres pensées que de lui.

Quoi qu'il en soit, elle ne put réprimer un petit cri quand Rurik s'approcha pour poser ses grandes mains sur ses bras. Elle n'avait pas encore l'habitude de se laisser toucher par cet homme.

— Tu as peur ? murmura-t-il en la dévisageant avec

douceur, abandonnant sans prévenir leur vouvoiement formel – sans doute espérait-il qu'elle fasse de même…

Admettre ses craintes aurait été pire pour Annis que les affronter en silence.

— Non, répondit-elle donc d'une voix mal assurée.

— Je ne te ferai pas de mal, Annis.

La solennité de son mari poussa Annis à lui faire confiance, et elle sentit ses muscles se détendre un peu plus. Néanmoins, elle en savait assez pour se douter que la nuit à venir risquait de lui réserver des moments éprouvants. Grim avait toujours pris son temps avec elle, et il fallait bien admettre que leurs ébats intimes n'avaient pas été aussi terribles qu'elle l'avait craint au début ; mais elle avait tout de même eu besoin d'un moment pour les supporter sans serrer les dents. Les choses ne seraient sans doute pas différentes avec Rurik.

Faisant de son mieux pour retarder l'inévitable, elle lança :

— Tu as parlé d'un accord entre nous, pendant notre promenade. Les événements se sont enchaînés si vite que nous n'avons pas pu entrer dans les détails. J'avais espéré régler les choses, ce soir…

Elle se prépara à être déçue, peut-être même à essuyer un geste de colère.

— Ah, dit simplement Rurik.

Il laissa ses mains retomber le long de son corps.

— Tu as raison.

D'une démarche qui ne trahissait pas le moindre agacement, il alla s'asseoir au bord du lit. Les lourds pans de sa tunique de brocart s'ouvrirent, et Annis vit l'étendue de son torse solide, recouvert d'un fin duvet, ainsi que son estomac musclé et ferme. Il fallait bien le dire : Rurik était un bel homme. Annis eut soudain très envie de presser les paumes contre cette peau lisse. Le corps de son époux était-il rude ou doux ? Étouffant son désir, elle serra les poings dans son dos.

— Si tu tiens à ce que l'on partage les responsabilités, reprit Rurik, je te demanderai de me laisser m'occuper de l'entraînement des guerriers et de leur organisation.

Wilfrid et Cedric avaient toujours insisté pour qu'elle apprenne à se servir d'une arme, mais elle n'avait aucune connaissance en termes de stratégie militaire. Ce fut donc sans regret qu'Annis répondit :

— Bien sûr. Cedric s'en est toujours chargé jusqu'à présent. Je suis certaine qu'il a l'intention de te laisser la place.

— Et tu t'occuperas de la bonne marche de notre maison ?

À ces mots, l'espoir d'Annis vola en éclats. Cela commençait à ressembler au genre d'accord qu'elle avait craint.

— C'est en général l'unique responsabilité d'une châtelaine, répondit-elle avec amertume.

Rurik parut voir sa déception.

— Dis-moi ce que tu veux vraiment.

— Je veux que mes avis soient entendus, que nous prenions les décisions à parts égales. Je veux participer à la résolution des problèmes de Glannoventa. Chaque semaine, Wilfrid recevait les fermiers et les villageois, mais il ne peut plus le faire depuis longtemps, et c'est moi qui l'ai remplacé.

— Dans ce cas, je ne vois pas pourquoi tu ne pourrais pas continuer à assumer ce rôle.

— Vraiment ? demanda Annis, soupçonneuse.

Cela paraissait beaucoup trop facile !

— Je suis un homme d'action, Annis. Mon père

écoutait aussi les doléances de son peuple, à Maerr, et j'ai toujours détesté ces réunions. Les négociations sans fin, les disputes à régler, ce n'était pas pour moi. Souvent, Sigurd m'envoyait dans les villages avec l'un de mes frères pour régler les problèmes, et je n'ai jamais aimé ces missions. Je préférerais de loin ne pas m'occuper de ce genre de tâches sauf si, bien sûr, mon aide devient nécessaire.

Jamais Annis n'aurait imaginé que Rurik céderait sans protester. Elle s'était préparée à lutter bec et ongles pour gagner.

— Tu me laisserais vraiment gérer seule les petits soucis du quotidien ?

— Sans hésiter, sauf si tu ressens le besoin d'en discuter avec moi.

— Et pour les décisions plus importantes, celles qui pourraient affecter l'avenir de Glannoventa ? Si les récoltes étaient mauvaises, une année. Ou si, comme c'est déjà arrivé il y a longtemps, nous subissons une marée rouge qui détruit les bancs de poissons pendant un temps. Que ferons-nous… ?

Rurik se leva soudain, l'interrompant en plein discours. Cette fois, il posa fermement les mains sur ses épaules et les serra avec douceur.

— D'après ce que j'ai pu voir aujourd'hui, Annis, tu as fait un excellent travail depuis que tu as remplacé Wilfrid. Je n'ai pas l'intention de te priver de quoi que ce soit. Il faudrait être idiot pour ne pas se rendre compte de tout ce que tu as accompli ici ; et je peux t'assurer que je ne suis pas idiot. Toutes ces décisions dont tu parles, nous les prendrons ensemble.

Annis sourit, sentant toute sa peur de l'avenir s'envoler. Elle avait laissé sa terreur du mariage obscurcir son jugement. Bien que Rurik ait d'abord été son prisonnier, il venait de prouver qu'il était un homme bon, un homme d'honneur. Il n'avait qu'une parole, et Annis eut soudain honte d'avoir si facilement douté de lui.

Cependant, tout cela n'apaisait pas ses angoisses concernant la nuit qui commençait.

La grande paume de Rurik enveloppa sa joue et, de son autre main, il lui caressa le bras, faisant naître un délicieux frisson sur son passage.

— Je t'ai déjà un peu parlé de mon père, reprit-il. Sur bien des points, je l'ai admiré, mais je n'ai pas l'intention de reproduire les erreurs qu'il a commises avec ma mère ou avec son épouse. Je veux que nous décidions ensemble, maintenant, de faire de notre mieux pour que notre union soit un vrai mariage.

— Un vrai mariage ?

Elle ne comprenait pas ce qu'il voulait dire et ne put que répéter bêtement ses paroles.

Il acquiesça, caressant du pouce la pommette d'Annis. Elle n'aurait pu l'expliquer, mais ce geste réveilla une chaleur inattendue au creux de son estomac.

— Je suis convaincu qu'un homme et une femme peuvent se marier sans voir leur respect mutuel s'étioler. J'admets que le moyen d'accomplir cela reste un mystère pour moi, mais je peux au moins te promettre de rester toujours honnête.

— Tu me promets de ne pas prendre de maîtresse ?

Rurik sourit, se rappelant sans doute leur conversation à bâtons rompus, la nuit précédente.

— Je ne séduirai pas d'autre femme.

Annis se surprit à sourire, elle aussi, avant de se souvenir qu'elle ne pouvait pas lui promettre d'être honnête également. Elle se détourna de peur qu'il ne lise sa culpabilité dans ses yeux et se remémora les paroles de Cedric. Il l'avait suppliée de ne pas parler de son voyage à Maerr, mais Rurik ne méritait-il pas la vérité ? Après tout, Glannoventa ne risquait plus de subir sa colère, maintenant… si ? se demanda-t-elle avec amertume.

— Il y a une chose que je dois te dire…

Rurik la prit de nouveau par les épaules et la plaqua dos à lui, tout contre son torse. Annis ne se rendit compte qu'elle avait fermé les yeux que lorsque la surprise de sentir le sexe de son époux dressé au creux de ses reins les lui fit rouvrir. Rurik commença à explorer son corps avec une lenteur délicieuse, passant ses grandes mains sur sa poitrine et ses hanches pour mieux la plaquer à lui.

— Désires-tu la même chose que moi ? murmura-t-il à son oreille.

Le souffle de Rurik effleura son cou, et Annis sentit la chair de poule envahir ses bras.

— Bien sûr que oui.

— Est-ce que tu me promets de ne jamais partager la couche d'un autre homme ?

— Je le jure.

Les mains de son mari se refermèrent autour de sa taille, et il la retourna face à lui.

— Dans ce cas, ne parlons plus ce soir. Ne négocions plus.

Il se pencha sur elle, tout près de ses lèvres.

— Il y a pourtant des choses que tu dois savoir, protesta-t-elle dans un souffle, incapable de résister.

Elle tremblait de tout son être et plaça les mains sur les épaules de son époux pour se raffermir. Les muscles de Rurik étaient si puissants qu'elle ne put s'empêcher de serrer un peu les doigts.

— Des choses qui pourraient te faire changer d'avis sur moi…

— Dans ce cas, je ne veux pas les entendre pour le moment. J'ai aussi des choses à dire, mais elles ne passent pas par les mots. Cette nuit, laisse-moi te les montrer.

Annis s'humecta la lèvre inférieure dans l'attente du baiser de Rurik, et une vague d'excitation monta au creux de ses reins. Néanmoins, bien qu'elle ait envie de l'embrasser immédiatement, elle ne voulait pas aller de l'avant sans lui avouer la vérité. Cela n'aurait pas été juste. Alors qu'elle allait se décider à parler, les mises en garde de Cedric revinrent résonner à ses oreilles.

« Vous devez penser à vos gens. Pas à vous. Pas même à Rurik. Il s'agit de faire ce qu'il faut pour Glannoventa. »

Hélas, savait-elle encore où se situait vraiment son devoir ? Tout se mélangeait dans sa tête, et elle n'arrivait plus à réfléchir.

— Et si ce que j'ai à te dire te détournait de moi ?

Il sourit, et cette simple réaction fit du bien à Annis – parce qu'il ne semblait pas habitué à sourire autant. Depuis leur rencontre, chacun de ces instants précieux de complicité et de douceur prenait une place dans son cœur, bien à l'abri de ses angoisses.

— Tu seras ma femme, Annis. Quoi que tu aies à me dire, cela ne changera rien entre nous, et nous l'affronterons ensemble.

— Dans ce cas…

— Pas maintenant.

Il ajouta très vite :

— Nous l'affronterons plus tard. Pour l'instant, tout ce qui m'intéresse, c'est la nuit qui nous attend.

Le pouce de Rurik passa de sa pommette à ses lèvres, et Annis prit une inspiration soudaine. Elle ne s'était pas préparée au plaisir que ce simple contact fit descendre le long de sa colonne vertébrale.

Il avait raison. Ils devaient surmonter cette nuit-là pour mieux affronter ce qui les attendait le lendemain. Dès l'arrivée du Jarl Eirik, une nouvelle bataille commencerait.

— Pourquoi dis-tu que je « serai » ta femme ? Nous sommes déjà mariés.

Elle ne pouvait s'empêcher de parler. C'était le seul moyen d'apaiser le flot d'émotion qui la submergeait.

— Dans mon pays, un homme et une femme ne sont vraiment mariés que lorsqu'ils se sont unis physiquement.

Rurik se mit à jouer du bout des doigts avec le lacet qui fermait le col de sa chemise de nuit. D'un coup sec, il tira dessus. Le lin frotta les tétons d'Annis, qui se tendirent d'eux-mêmes.

— Alors, Annis, veux-tu devenir réellement ma femme ?

Le corps d'Annis répondit par une tension soudaine dans son estomac. Les pupilles de Rurik s'étaient dilatées, effaçant presque le bleu de ses yeux. On aurait pu croire qu'il voulait la dévorer et, étrangement, Annis eut le pressentiment que cela ne lui déplairait pas.

Quand elle acquiesça enfin, Rurik sourit de toutes ses dents, prenant une allure presque prédatrice. Oh ! pourquoi est-ce que l'impatience faisait battre le cœur d'Annis si fort ?

Chapitre 16

Les lèvres de Rurik furent chaudes et douces quand elles rencontrèrent les siennes. Il ne paraissait pas pressé, et son baiser fut plus agréable que ce à quoi Annis s'était préparée. Elle ferma les yeux et se laissa faire. Une main puissante se referma sur sa nuque, les longs doigts de Rurik se glissèrent dans ses cheveux, tandis que l'autre main de son époux descendait dans son dos et l'attirait un peu plus contre lui. Elle sentit de nouveau son sexe, brûlant, palpitant. Surprise par la fermeté imposante de ce membre, Annis entrouvrit les lèvres. Il était si proche… Et bientôt il se nicherait en elle.

Rurik caressa le creux de ses reins en dessinant de petits cercles qui l'apaisèrent. Cela l'empêchait de s'écarter, peut-être, mais il ne la serrait pas non plus trop fort contre lui. Au lieu de lui imposer sa présence, il déposa une petite série de baisers au creux de ses lèvres comme une abeille en train de butiner.

— Cela fait des années, murmura-t-elle, comme pour justifier son hésitation.

Pourtant, elle n'avait pas besoin de lui expliquer ce qu'elle ressentait : il devait bien s'en rendre compte. C'était juste qu'Annis n'aimait pas se sentir aussi réticente. Depuis longtemps, le monde l'obligeait à être forte, déterminée. Cette vulnérabilité était nouvelle pour elle.

Rurik se redressa juste assez pour la regarder dans les yeux.

— Nous ne sommes pas pressés, ce soir, Annis. Nous avons jusqu'à l'aube pour que tu sois mienne.

Le pouce de son mari passa de sa nuque au creux de son cou, réveillant la pulsation violente de son sang sous la peau.

— Est-ce que tu as envie de me toucher ?

Il la lâcha, puis saisit ses deux mains dans les siennes et les porta à ses lèvres pour embrasser l'intérieur de ses poignets. Des frissons de plaisir parcoururent les bras d'Annis, juste avant qu'il lui plaque les paumes contre son torse. Elle prit le temps de savourer la sensation rassurante des muscles de son époux, glissant les doigts sous la tunique de Rurik pour l'écarter davantage. Il la regardait toujours, sans réagir. Elle caressa le duvet qui recouvrait sa peau, surprise de le sentir à la fois si raide et si doux. Cet homme n'était fait que de contradictions. Elle allait sans doute avoir besoin d'années, peut-être de la vie entière, pour saisir toutes ses nuances. Et cela pourrait même lui plaire…

Encouragée, reprenant enfin le contrôle de ses émotions, Annis caressa avec légèreté les tétons de Rurik. Les muscles du guerrier se raidirent en réponse. Elle leva les yeux et vit qu'il la contemplait sans ciller. Son regard était hanté par le désir. Rassurée par cette réaction, Annis fit remonter ses mains jusqu'aux épaules de son époux en repoussant son vêtement au passage. Ni elle ni lui ne relevèrent l'instant précis où la tunique tomba à leurs pieds. Fascinée, Annis suivit du bout des doigts les lignes du torse, puis des bras de Rurik. Grim avait été un homme fort et solide, mais pas à ce point. Chez Rurik, les muscles formaient des collines, des vallées, et se crispaient imperceptiblement quand elle les touchait. Jamais Annis n'aurait cru que caresser un homme puisse lui apporter tant de plaisir.

Elle descendit le long de ses avant-bras, effleura ses poignets, puis trouva ses mains. Comme le reste de son corps, elles étaient puissantes, larges, mais ses doigts restaient longs et gracieux. Retournant l'une des mains de Rurik dans la sienne, Annis suivit les cales qui formaient la base de ses doigts. Elle leva cette main jusqu'à son visage, se souvenant de la douceur avec laquelle cette paume de guerrier avait enveloppé sa joue, le matin même. Il le fit de nouveau. Il lui caressa les lèvres du pouce. Sans réfléchir, Annis déposa un baiser sur la pulpe rude, ce qui arracha un gémissement rauque à Rurik.

De nouveau, elle plongea dans ses yeux, et de nouveau le désir lui embrasa les reins. Avec un sourire hésitant, elle goûta du bout de la langue sa peau un peu salée. Rurik écarquilla un instant les yeux, mais ne tenta pas de la prendre dans ses bras. Rassurée de voir qu'il lui laissait le contrôle pour le moment, Annis plaqua la main de son époux contre sa hanche et effleura de nouveau son torse puissant. Cette fois, sa curiosité l'entraîna plus bas, sur la surface ferme du ventre de Rurik. Il était aussi musclé que Grim, là aussi, mais plus tendu, plus solide.

Lorsque ses doigts trouvèrent la ceinture du pantalon de Rurik, Annis eut une nouvelle hésitation. Elle aurait voulu toucher cette partie de lui qui le rendait homme, mais cela ne lui paraissait pas bien. Quelques jours plus tôt, il était encore son ennemi. Perdue dans ses réflexions, Annis cessa de bouger, puis tenta de s'écarter. Plus rapide qu'elle, Rurik rattrapa son poignet.

— Est-ce que tu veux me toucher là aussi ?

La voix de son époux s'enrichissait d'un accent grave, essoufflé, qu'Annis n'avait encore jamais entendu. Elle provoqua des vibrations délicieuses sous sa peau.

La gorge sèche, incapable de parler, elle se contenta d'acquiescer. Alors, lentement et sans la forcer, Rurik amena sa main sur le membre dur qui se cachait dans les plis de son pantalon. Annis sentit facilement la forme longue et large de son sexe, dressé comme s'il voulait atteindre son nombril. Elle l'effleura du bout des doigts, pour s'y habituer, et le membre en éveil répondit par un soubresaut. Puis Annis referma la main dessus, fascinée par sa taille. Bien sûr, sur ce point, elle ne pouvait pas vraiment comparer Rurik à Grim. Jamais elle n'avait touché son premier époux de cette manière.

Pourquoi est-ce que cela devenait si facile avec un homme qui était encore un étranger pour elle, ou presque ? Non, elle ne pouvait pas le qualifier ainsi. Au fond d'elle, Annis avait déjà l'impression de connaître Rurik mieux que personne.

D'un seul coup, le flot de ses pensées s'arrêta, et elle se rabroua intérieurement. Cet homme était devenu son époux. Elle n'était plus la femme de Grim. Plus maintenant. Cette prise de conscience aurait pu la pousser à s'écarter quand un petit courant d'air froid effleura sa poitrine. Rurik avait profité de son inattention pour dénouer le lacet qui maintenait sa chemise de nuit fermée et entreprenait à présent de dégager ses épaules pour libérer ses seins et les admirer.

L'index de Rurik traça une ligne invisible allant de sa gorge à la pointe de son téton. Annis retint son souffle quand il le contourna et le pinça en douceur pour le faire durcir. Elle ne put réprimer un petit cri en le voyant serrer cette petite bille sensible entre ses doigts. Quand il tira un peu dessus, un éclair de chaleur traversa Annis, s'achevant entre ses cuisses. Puis, sans un mot, Rurik caressa son autre sein et lui infligea le même traitement. Enfin, il referma les deux mains sur sa poitrine, et les jambes d'Annis faillirent se dérober sous elle.

Un soupir de regret sincère lui échappa quand il lâcha l'un de ses seins pour passer un bras autour de sa taille et l'attirer à lui. La paume de Rurik pressa fermement l'une de ses fesses, et un nouveau frisson d'impatience la parcourut. Le souffle court, Rurik se pencha sur elle et l'embrassa. Annis eut à peine le temps d'entrouvrir les lèvres avant que la langue de Rurik s'aventure sur la sienne, lui rappelant que leurs corps allaient bientôt s'abandonner dans le même ballet.

Très vite, le désir devint un besoin. Elle lui rendit son baiser, pressée de découvrir la saveur de sa bouche. Le petit grognement qu'il émit contre ses lèvres la rendit plus hardie. Elle passa les mains sur la nuque de Rurik et laissa ses doigts se perdre au milieu de la chevelure épaisse de son époux. Quand elle tira quelques mèches, un nouveau grognement accueillit son geste. Rurik se pencha davantage pour enfouir le visage dans le cou d'Annis et y déposer une pluie de baisers fiévreux. Il découvrit bien vite un point sensible, juste derrière son oreille, et le lécha. Annis sentit son esprit quitter son corps.

Sans réfléchir, elle se frotta contre le sexe toujours plus ferme de Rurik, et une voix essoufflée murmura à son oreille :

— Je veux venir en toi, ma femme.

Tout en parlant, il mordilla son lobe. La douleur mêlée de plaisir traversa le corps entier d'Annis et, pendant quelques secondes, elle fut incapable de les séparer.

Étrangement, les mots de Rurik réveillèrent son excitation au lieu de l'anxiété qu'elle s'était attendue à éprouver. Elle se rendit aussi compte qu'il les avait prononcés comme une demande, qu'il attendait sa permission. Elle s'écarta un peu et posa la main sur la joue de son époux, émue par la tendresse sincère qu'elle lut dans ses yeux – certes, inondés par un océan de désir. Tout aurait pu être terminé en quelques minutes, mais il se retenait pour elle.

— Bientôt, promit-elle avec un sourire.

Elle l'embrassa une dernière fois avant de reculer d'un pas. Elle porta les mains au col de sa chemise de nuit et la fit glisser le long de son corps jusqu'au sol.

Rurik la contempla un instant de la tête aux pieds, de ce regard sombre qui semblait la percer à jour.

— Tu es magnifique, s'exclama-t-il d'une voix rauque.

Annis sentit ses joues s'empourprer. Elle était peut-être audacieuse, ce soir-là, mais pas assez pour rester longtemps nue devant lui. Pas encore. D'une main tremblante, elle repoussa la couverture et se glissa dans le lit avant de la rabattre sur elle.

— À ton tour, murmura-t-elle depuis la sécurité des draps.

Là s'arrêtait son courage.

— Tu as envie de me voir ?

Une étincelle mutine illumina le regard de Rurik.

Annis acquiesça. Oui, elle voulait le voir, plus qu'elle ne l'aurait cru. Elle était même incapable de se détourner de ce torse si musclé.

Rurik porta les mains à sa ceinture avec une lenteur délibérée, puis il la dénoua et fit descendre son pantalon sur ses hanches, dévoilant d'abord un chemin de poils sombres qui partaient de son nombril avant de la laisser apercevoir son sexe dont le bout apparut timidement dans les plis du tissu. Puis, d'un geste plus franc, il dégagea ses cuisses solides, et Annis put enfin découvrir toute la longueur de ce membre fier dressé pour elle. Quelques veines dessinaient leur dentelle bleue sous la peau fine. Il était niché dans un parfait nuage de boucles brunes et s'appuyait contre le ventre musclé du guerrier.

Au lieu de se glisser sous les couvertures avec elle, Rurik les repoussa et s'agenouilla devant elle. Il ne la quittait pas des yeux, d'un air à la fois fiévreux et impatient. Gênée, mais hantée aussi par son propre désir, Annis ramena les genoux contre sa poitrine.

Un petit sourire dansa sur les lèvres de Rurik tandis qu'il caressait ses tibias avec douceur.

— Tu as de très belles jambes, fortes et bien galbées, mais ce n'est pas ce que je veux voir pour le moment.

Depuis quand avait-elle tant de mal à respirer ? Annis dévisagea son époux, sans vraiment comprendre ce qu'il essayait de lui dire.

— Tu... Est-ce que tu veux regarder... ?

Elle n'arrivait pas à prononcer le mot qui lui brûlait la langue.

Heureusement, elle n'eut pas à le faire.

— Écarte les jambes. Je veux voir tout ton désir pour moi.

Les mots de Rurik la poussèrent à serrer davantage les cuisses contre sa poitrine. Grim ne lui avait jamais demandé une chose pareille. Il avait eu l'habitude de la rejoindre dans sa chambre en pleine nuit, dans le noir ou à la lumière vacillante d'une dernière bougie sur le point de s'éteindre, mais à sa connaissance il ne l'avait jamais contemplée *là*. Peut-être en avait-il eu un aperçu, rien de plus.

Rurik lui prit les chevilles avec douceur, sans la quitter

des yeux, comme s'il voulait la convaincre d'obtempérer à la seule force de son regard. Annis sursauta quand il se mit à caresser la chair tendre de l'intérieur de ses cuisses, si près de cet endroit secret de son corps.

— Pourquoi hésites-tu ? demanda-t-il.

Son regard était toujours hanté par le désir, mais il parlait calmement, comme s'il avait tout son temps devant lui.

— Parce que c'est… indécent.

Était-ce le prix à payer pour avoir épousé un païen ? Si le cerveau d'Annis s'inquiétait, une partie d'elle, en revanche, frissonnait de plaisir à l'idée d'obéir. De laisser Rurik entrevoir *ça* – peut-être même la toucher à cet endroit. Elle sentit ses cuisses devenir humides et eut soudain peur qu'il s'en rende compte. Qu'allait-il penser d'elle, s'il la voyait dans cet état ?

Bien sûr, cela faisait sans doute partie du processus normal. À chaque fois qu'elle avait été mouillée, *là*, les attaques de Grim lui avaient paru moins douloureuses. Mais laisser son époux le *voir*, c'était autre chose !

Heureusement, Rurik ne parut pas agacé par son hésitation. Il souleva sa cheville et la porta à ses lèvres. Il déposa un baiser sous son pied avant de remonter le long de sa jambe. Annis le regarda faire, le souffle court, tandis qu'il se dirigeait vers son genou. Quand il lui ordonna de s'allonger, elle ne put lui résister.

Dès que sa tête toucha le matelas moelleux, elle ferma les yeux. Ce serait sans doute plus facile de le laisser faire sans le regarder. Instinctivement, elle agrippa la couverture et la tira sur sa poitrine, mais ne put se couvrir davantage. Un petit hoquet lui échappa quand elle sentit la bouche chaude de Rurik contre l'intérieur de sa cuisse, puis sa langue qui la chatouillait. Il repoussa un peu son autre jambe, en douceur, et Annis laissa son genou retomber sur le lit. Mieux valait ne pas penser au spectacle qu'elle devait lui donner – nue, offerte. Si elle n'ouvrait pas les yeux, il pourrait la regarder sans qu'elle le voie faire.

Rien n'aurait pu la préparer à l'humidité brûlante de la bouche de Rurik quand il se pencha entre ses cuisses, ni à la langue aventureuse qui se glissa soudain dans les plis de chair protégeant son sexe. Elle sursauta sous le coup de la surprise, se redressa et attrapa les cheveux de son mari pour l'écarter. Au même instant, un nouvel éclair de désir traversa ses reins.

— Rurik ! Tu ne peux pas faire cela !

Il lui sourit comme un chat qui vient de découvrir une coupelle de crème abandonnée.

— Je veux connaître ton goût. N'est-ce pas normal entre époux ?

Annis le dévisagea, incrédule. Quelle étrange logique était-ce ? Sans se laisser distraire, Rurik sourit de plus belle et déposa un nouveau baiser sur sa toison bouclée, conscient qu'elle le regardait toujours.

— Mais tu as raison, reprit-il. Il va falloir attendre plus tard pour cela. Tu es déjà prête pour moi.

Le corps puissant de Rurik se redressa au-dessus d'elle, l'obligeant à se rallonger. Appuyé sur un coude, il prit l'une de ses jambes et la passa autour de sa hanche pour la forcer à se cambrer. Jamais Annis n'aurait cru ressentir une telle impatience, en dépit de son comportement si impudique. Sans la quitter des yeux, Rurik glissa une main entre eux et trouva son entrée du bout des doigts. Il avait raison. Annis sentit l'humidité de son corps quand les doigts de son époux se glissèrent en elle sans effort. Elle resserra les jambes autour de la taille de Rurik et se cambra de plus belle. Il continuait ses va-et-vient, pour la préparer à la suite. Une sensation très furtive de brûlure monta, bientôt remplacée par un désir vorace. Très vite, Annis se rendit compte que son bassin accompagnait les mouvements lents et réguliers de la main de son mari.

Jamais elle n'avait laissé ses envies la contrôler à ce point. En quelques instants à peine, elle perdit conscience de sa nudité et s'abandonna à lui, sans se soucier de ce qu'il lui faisait. Tout ce qui importait, c'était qu'il continue à la toucher. Un gémissement lui échappa, et Rurik répondit par un grognement sensuel avant de l'embrasser dans le cou. Annis lâcha les couvertures pour refermer les mains sur les hanches de son époux et l'attirer à elle. Elle avait tant besoin de le sentir… Le sexe de Rurik, chaud et ferme, effleura sa cuisse, puis les boucles qui protégeaient son antre.

— S'il te plaît, murmura-t-elle.

Ses doigts ne lui suffisaient plus. Elle avait besoin qu'il la prenne…

Rurik ne perdit pas un instant. Il cessa ses caresses et se redressa au-dessus d'elle, les mains à plat sur le matelas. Son sexe était si proche de celui d'Annis.

— S'il te plaît quoi ?

Son regard la perçait de part en part, et pourtant il semblait perdu dans la tempête de son propre désir.

— Je veux te sentir en moi.

Elle arriva à peine à prononcer ces quelques mots, et Rurik poussa un nouveau gémissement.

D'un coup de reins, il la pénétra. Ce fut facile au début, puis Annis sentit qu'il rencontrait une légère résistance. Sans forcer, il se retira, recommença en se calant sur un coude et en passant son autre main sous les hanches d'Annis pour l'attirer à lui. Cette position obligeait Annis à soulever un peu les fesses du matelas et, cette fois, il put entrer en elle jusqu'au bout. Elle lâcha un petit cri en sentant le sexe de son mari l'emplir quand leurs bassins se rencontrèrent.

Il resta immobile pendant quelques instants, le souffle court près de son oreille.

— Annis, murmura-t-il.

La manière dont il prononça son nom, à un moment pareil, fit monter une bouffée de tendresse en elle. Elle enfouit les doigts dans les cheveux soyeux de son époux, à la base du crâne, et l'attira pour l'embrasser. Dans le même mouvement, elle se souleva un peu plus du matelas. Le grondement qui résonna au fond de la gorge de Rurik quand il lui rendit son baiser faillit lui faire perdre ses moyens. C'était la première fois de sa vie qu'Annis se sentait vraiment désirée, qu'elle s'épanouissait sans retenue.

Les hanches de Rurik se remirent enfin en mouvement, avec lenteur, comme s'il cherchait le bon rythme. Il l'embrassait toujours et accéléra peu à peu ses coups de reins. Enfin, il devint trop compliqué de faire les deux à la fois. Il mit donc fin à ses baisers pour enfouir le visage dans les cheveux d'Annis. Ses hanches bougeaient maintenant si vite qu'Annis avait du mal à suivre. Elle sentait le souffle chaud de son époux à son oreille.

Une tension naquit au creux de son estomac et s'accentua à chaque mouvement. Elle n'arrivait pas à la rassasier. Être l'épouse de Rurik, devenir sienne ne suffisait pas... Apparemment, elle avait aussi besoin qu'il la possède physiquement de toutes les manières possibles.

— Rurik, lâcha-t-elle sans savoir pourquoi.

Il chuchota quelques mots dans sa langue natale. Sa voix s'envola au milieu de leurs souffles saccadés, et Annis les oublia aussitôt, sans savoir ce qu'ils signifiaient. Rurik se redressa une fois de plus à la force des bras, ramenant les hanches d'Annis contre son bassin dans un mouvement puissant. Elle gémit, ivre de désir, sentant la tension monter, le plaisir l'envahir. Comme s'il avait compris, Rurik la caressa du bout des doigts là où leurs corps s'unissaient. D'un mouvement du pouce, il brisa les digues qui retenaient sa jouissance, et Annis la sentit se déverser dans son corps entier par vagues successives qui lui arrachèrent un cri. Les hanches de Rurik donnèrent quelques coups de plus, chaotiques et pressés, puis son propre grognement de plaisir emplit la chambre pendant un instant, juste avant que son grand corps s'écroule sur elle.

Annis fut stupéfaite par l'affection qui l'envahit quand elle sentit le poids de cet homme contre elle. Il était réellement son époux, à présent, et une part d'elle sut que c'était pour le mieux. Si Rurik était aussi tendre avec elle la nuit, les journées passées à ses côtés seraient sans doute agréables. Elle caressa son dos avec douceur, et il dut croire qu'elle le trouvait trop lourd, car il se redressa et s'allongea sur le côté. L'absence soudaine de ce corps sur le sien la bouleversa. Une part d'elle avait encore besoin de lui.

Rurik se laissa rouler sur le dos, un bras étendu par-dessus son visage pour protéger ses yeux de la lumière. Annis ressentit soudain une réticence irrationnelle à le laisser partir. C'était absurde : leur mariage était consommé. Plus personne ne pourrait remettre sa validité en doute. Ils n'avaient pas besoin d'en faire davantage. Annis remonta la couverture sur son corps nu, à la fois soulagée et triste de voir ce premier acte conjugal terminé. Elle n'avait pas pensé être capable d'y prendre autant de plaisir et, maintenant qu'elle retrouvait son calme habituel, elle commençait à se demander comment elle pourrait avoir le courage d'affronter le regard de son époux.

Après avoir pris quelques minutes pour calmer son essoufflement, Rurik baissa le bras qui voilait son regard et se tourna vers elle. Apparemment, sa propre nudité ne l'embarrassait pas le moins du monde. Son sexe, encore à demi rigide, reposait entre ses cuisses.

— Est-ce que je t'ai fait mal ? demanda-t-il.

Annis secoua la tête.

— Non, pas du tout.

Elle ne put s'empêcher de rougir un peu.

Rassuré, Rurik sourit et se tourna complètement vers elle, appuyé sur un coude pour mieux la voir.

— À présent, tu es vraiment ma femme.

— Et tu es mon époux.

Annis ne savait pas encore ce que tout cela allait signifier pour elle et pour leur avenir, mais la tendresse du sourire de Rurik dépassait de loin ses attentes.

— Veux-tu dormir ? murmura-t-il en lui caressant la joue.

Ce simple contact réveilla le désir au creux des reins d'Annis. Comment pouvait-elle avoir à ce point envie de recommencer si vite ? C'était à peine croyable. Cela, ainsi que ses doutes concernant la vie qu'ils allaient façonner à deux, la poussa à acquiescer. Rurik s'allongea sur le dos et l'attira dans le creux de son bras. La surprise la fit tressaillir.

— Tu ne retournes pas dans ta chambre ? demanda-t-elle.

Grim avait toujours eu l'habitude de la laisser seule dès qu'il en avait terminé.

— Non. Je dors avec toi.

Rurik prononça ces mots comme s'il avait l'intention de dormir à ses côtés chaque nuit – pas seulement ce soir-là. Annis n'osa pas lui poser la question car elle savait que la réponse, quelle qu'elle fût, risquait de la troubler. De toute manière, la fatigue alourdissait déjà ses paupières, et le plaisir que Rurik lui avait donné rendait ses membres lourds. Cette journée avait apporté trop de changements dans sa vie. Elle décida donc de ne pas protester et de se détendre tout contre lui, savourant le poids du bras de Rurik sur son corps. Il avait la même odeur que le premier soir, dans la taverne – une odeur de grand air mêlée à ce parfum un peu épicé qui n'appartenait qu'à lui. Annis se tourna vers lui, le nez dans le creux de son cou pour mieux s'enivrer de lui.

Il serait bien temps d'affronter le Jarl Eirik le lendemain. Après le départ de son oncle, elle réfléchirait au moyen de parler de Maerr à Rurik. Mais, pour l'instant, elle allait se contenter du simple plaisir de dormir avec lui. L'homme que le destin lui avait choisi pour époux.

Rurik n'arrivait pas à fermer l'œil. Il s'était passé trop de choses, depuis le matin, pour lui permettre de trouver la paix du sommeil. De plus, avec l'arrivée du Jarl Eirik, les prochains jours s'annonçaient tout aussi agités. Mais ce n'était pas uniquement cela qui l'empêchait de se détourner de la femme endormie à ses côtés. Dans son sommeil, elle s'était tournée face à lui, et la tête d'Annis reposait maintenant sur son épaule. Une fine mèche de cheveux roux sombre venait s'enrouler autour de ses doigts. Il contempla longuement le visage de son épouse, adouci par les rêves, ne voulant rien rater tant que la dernière bougie ne se serait pas noyée.

Elle était belle, certes, mais Rurik avait connu beaucoup d'autres belles femmes avant elle. Elle était courageuse, mais il avait aussi connu des femmes courageuses. Il avait beau étudier chacun de ses traits, il n'arrivait pas à identifier ce petit quelque chose qui la rendait si spéciale.

Ils avaient simplement fait l'amour, et pourtant une partie de lui semblait s'être arrachée ; une partie qui appartiendrait à Annis pour toujours, à l'avenir. Était-ce à cause des paroles rituelles qu'il avait prononcées pendant leur union charnelle ? Ces paroles les liaient à tout jamais. C'étaient les seuls vœux dont il avait besoin pour faire d'elle sa femme et s'offrir à elle comme époux.

La proximité du corps d'Annis était à la fois agréable et troublante. Bien sûr, il était normal qu'il ait des sentiments pour sa femme ; néanmoins, leur puissance était inattendue. Il porta une mèche des cheveux d'Annis à son nez et les huma pour s'emplir de leur odeur. La masse soyeuse glissa entre ses doigts pour retomber sur le sein de son épouse, dégagé des couvertures. Un téton rosé se devinait sous le rideau fin des cheveux.

Rurik sourit et le caressa du bout des doigts en le voyant durcir comme s'il avait envie d'être touché. Son sexe se redressa immédiatement, prêt à satisfaire Annis une fois de plus. Mais il fallait la laisser dormir. Et, s'il voulait être parfaitement honnête, Rurik avait un peu peur de ce qui pourrait se passer s'il s'autorisait à lui faire l'amour trop souvent. Allait-il lui abandonner une part de lui-même à chaque fois ? Allait-elle finir par le posséder tout entier ?

Était-il déjà trop tard pour s'inquiéter de cela ?

Il voulait un vrai mariage, certes, mais était-il réellement prêt pour une telle intimité ? Ce n'était que maintenant, après avoir vu à quel point Annis et lui pouvaient être bien ensemble, qu'il commençait à supporter de se sentir fragile, vulnérable face à elle. Il n'avait pas souvent baissé ses défenses, dans sa vie. Au contraire, il avait uniquement cherché à se renforcer, à se protéger.

Rurik tira la couverture sur leurs deux corps, serra

Annis contre lui et ferma les yeux. Pourvu que le sommeil mette fin à ses questionnements…, songea-t-il. La journée du lendemain mettrait leur couple à l'épreuve pour la première fois, et il voulait avoir les idées claires pour affronter le Jarl Eirik.

Chapitre 17

Rurik aurait été fier de lui. Sandulf Sigurdsson examina une dernière fois la petite chambre miteuse dans laquelle l'assassin s'était terré comme un rat. La puanteur du vin doux éventé et de la viande avariée se mêlait à celle de la mort. C'était étouffant. Sandulf respirait avec précaution par la bouche, tout en faisant de son mieux pour réprimer la nausée qui lui montait à la gorge.

Le souvenir de son premier combat et du bain de sang qui avait suivi l'envahit sans prévenir – la réaction incontrôlable de son estomac avait amusé son père, à l'époque. Pendant que Sandulf brossait les bottes de son demi-frère Rurik, celui-ci lui avait alors donné de précieux conseils pour mieux contrôler son corps face au sang.

Sandulf arracha au poing du mort le pendentif doré en pointe de flèche que sa mère avait autrefois porté. L'homme avait essayé de négocier, proposant d'offrir le bijou en échange de sa vie. Il avait supplié. Et Sandulf avait été miséricordieux : il lui avait donné une mort propre et rapide, bien plus digne que ce que cette vermine méritait.

Sa prochaine cible se terrait au nord-ouest. Glannoventa, dans le royaume de Northumbrie. Là, il retrouverait la femme qu'il avait marquée sur le champ de bataille de

Maerr. Deux morts, deux autres assassins à traquer avant qu'il puisse rentrer auprès de ses frères la tête haute. Sandulf referma soigneusement la porte derrière lui et descendit la longue rue qui conduisait au port.

Chapitre 18

Les coups insistants frappés à la porte les réveillèrent à l'aube, bien trop tôt au goût de Rurik. Dans le cocon de ce nouveau lit, avec Annis roulée en boule contre lui, il venait de passer la meilleure nuit de sa vie. Certes, il s'était réveillé plusieurs fois, mais juste assez longtemps pour attirer de nouveau sa femme à lui et plonger avec délice dans un sommeil bien mérité. Il aurait bien voulu recommencer, surtout quand il sentit la petite main de son épouse se crisper dans son cou et quand un soupir s'échappa des lèvres alanguies de la jeune femme, mais les coups ne cessaient pas.

Il ouvrit finalement les yeux. Un pâle rai de lumière filtrait à travers les volets mal joints. Rurik serra un peu plus Annis dans ses bras et lui couvrit les oreilles avant de lancer :

— Qu'y a-t-il ?

La réponse lui parvint étouffée et presque inaudible, mais les mots *Jarl Eirik* mirent ses sens en alerte. Il s'extirpa du lit à regret, attrapa la tunique qu'il avait abandonnée par terre la veille et l'enfila, sans se soucier de son sexe qui était déjà à demi dressé comme si les ébats de la nuit n'avaient pas réussi à le rassasier. Par les dieux, il avait même dû dormir toute la nuit dans cet état ! Il entrouvrit la porte et vit Alder qui attendait sur le seuil, l'air contrarié.

— Vous avez intérêt à avoir une bonne raison pour nous réveiller à cette heure-ci !

— Le Jarl Eirik a été aperçu. Il arrivera bientôt au château, répondit le guerrier.

— Quand ?

Bien sûr, se préparer à l'arrivée du Jarl était important, mais Rurik aurait aimé passer un peu plus de temps avec sa femme. Il avait au moins espéré pouvoir profiter d'une matinée en tête à tête avec elle. Si seulement les circonstances leur avaient accordé un délai supplémentaire pour qu'ils puissent s'habituer à cette intimité nouvelle…

— Dans deux heures environ.

Rurik n'avait pas encore eu l'occasion de rencontrer ses nouvelles troupes – pas vraiment —, mais cela ne l'empêcha pas de donner ses premiers ordres.

— Rassemblez les hommes. Nous n'accueillerons pas nos hôtes l'épée à la main, mais mieux vaut nous tenir prêts.

Alder acquiesça et tourna les talons. Il s'apprêtait déjà à partir quand Rurik le rappela :

— Et faites monter de quoi manger. Votre maîtresse et moi allons prendre notre petit déjeuner dans notre chambre.

— Comme vous voudrez, *milord*.

L'amertume avec laquelle Alder avait prononcé ce dernier mot était évidente. Rurik savait depuis le début qu'il aurait à se battre pour gagner le respect des hommes qui, si peu de temps auparavant, l'avaient ramené enchaîné au château ; mais il était prêt à tout pour remporter ce défi.

Il referma la porte et se retourna vers le lit. Annis le dévisageait, nichée sous les couvertures. Ses cheveux dénoués et son air ensommeillé la rendaient plus jolie que jamais.

— Qu'a-t-il dit ? demanda-t-elle, inquiète.

Rurik lui transmit la nouvelle en quelques mots. Il la rejoignit rapidement. Aurait-il le temps de lui faire l'amour une fois de plus avant que le monde extérieur fasse irruption dans leur vie ? Si elle était aussi prête pour lui que la veille, c'était envisageable.

— J'ai demandé qu'on nous monte notre petit déjeuner. Nous n'avons pas besoin de nous presser – pas encore.

Il s'assit au bord du lit et repoussa les longs cheveux d'Annis derrière ses épaules avant d'embrasser sa peau nue.

— Tant mieux, répondit-elle.

Rurik fut un peu déçu de constater que ses baisers ne semblaient pas vraiment l'émouvoir.

— Nous devons nous dépêcher de manger et prendre le temps d'établir notre stratégie avec Cedric et Wilfrid.

Elle essaya de se lever pour s'habiller, mais Rurik l'attrapa par le bras et l'obligea à s'asseoir sur ses genoux. Elle poussa un petit cri de surprise et se rattrapa à lui pour garder l'équilibre.

— Devons-nous vraiment quitter la chambre si vite ?

— Rurik !

Elle souriait, mais son regard restait soucieux.

Rurik déposa un petit baiser dans le creux de son cou avant de remonter jusqu'à ses lèvres.

— La nuit dernière ne m'a pas suffi : j'ai encore besoin de toi, Annis…

— Mais le soleil est levé !

— Mon désir pour toi n'est pas limité à la nuit. Il est aussi fort quelle que soit l'heure.

Annis gloussa et lui prit le visage entre les mains.

Il aimait tant cette familiarité retrouvée entre eux. De nouveau, les choses étaient faciles.

— Le Jarl Eirik est en chemin. Nous devons nous préparer à son arrivée. Je ne peux pas m'offrir à toi tant que cette angoisse me pèsera sur l'estomac.

— Pourquoi es-tu si angoissée ? Aurais-tu peur de lui ?

La jeune femme secoua la tête.

— Je ne peux pas t'expliquer ce que je ressens. Je n'ai pas peur de lui : je sais qu'il ne me ferait jamais de mal. Mais j'avoue que je crains sa réaction quand il te rencontrera.

Elle baissa les yeux, et Rurik lui redressa doucement le menton pour qu'elle le regarde de nouveau.

— J'ai peur de ce qui pourrait *nous* arriver, ajouta-t-elle dans un souffle.

Rurik comprit soudain et céda. Il ne pourrait peut-être pas assouvir leurs désirs dès le matin mais, lorsque la journée serait terminée, il ne s'en priverait pas…

— Nous sommes mariés, maintenant. Personne ne peut nous séparer ; pas même le Jarl. Tu es mienne, et je suis tien.

Son cœur s'accéléra tandis qu'il prononçait ces mots. Jusqu'à présent, nulle femme n'avait été « sienne », et il était heureux que ce rôle soit échu à Annis.

Elle posa doucement une main contre son cœur. Ce geste innocent fit tressaillir Rurik.

— La nuit dernière ne s'est pas passée comme je m'y attendais, dit-elle à mi-voix, les yeux plongés dans les siens. À présent, je pense que nous pourrons construire la vie que tu espères. Un vrai mariage. La seule chose qui m'inquiète encore, c'est qu'on ne nous en laisse pas l'opportunité.

Une bouffée de tendresse monta en lui. Il la serra dans

ses bras, les lèvres contre la tempe de la jeune femme, et répondit :

— Tu es ma femme, Annis. Le Jarl Eirik ne pourra jamais changer cela.

Elle prit une inspiration hésitante et s'écarta pour le contempler.

— Qu'est-ce que tu as dit, hier soir… pendant… ?

Elle baissa un instant les yeux sur le lit en désordre.

Rurik ne put réprimer un sourire et se pencha sur elle pour l'embrasser. Son épouse était toujours si sûre d'elle… Mais, à présent, ils se retrouvaient tous les deux en terrain inconnu. À voix basse, il expliqua :

— J'ai dit que je t'acceptais pour femme et que nous ne faisions plus qu'un, de corps et d'esprit. J'ai juré de te protéger en donnant ma vie pour toi s'il le fallait. Et chacun de mes mots était sincère : tu es mienne, et je suis tien. Rien de ce qui pourrait se passer aujourd'hui ne changera cela.

Annis le dévisagea, les lèvres entrouvertes comme si elle cherchait quelque chose à dire mais ne trouvait pas ses mots. Soudain, on frappa à la porte, et le charme se brisa. Il était temps pour eux de prendre leur petit déjeuner.

— Ce soir, donc, dit Rurik avec une pointe de regret.

Ayant à présent repris ses esprits, Annis acquiesça et se leva.

Près de deux heures plus tard, Annis se tenait aux côtés de son époux dans la grande salle, attendant que le Jarl Eirik passe la porte du château. Le grondement de tonnerre d'une centaine de sabots avait brisé la paix de leur foyer quelques minutes plus tôt et Eirik, accompagné par ses hommes, avait pénétré dans la cour étroite. En un instant, l'atmosphère s'était chargée de malaise et de tension. Certes, le Jarl ne venait pas semer la mort et le chaos, mais la vue d'une petite armée de Danois n'était jamais un spectacle réjouissant…

Aussi étrange que cela aurait pu lui paraître quelques jours plus tôt, Annis était heureuse de savoir Rurik près d'elle. Sa force tranquille la rassurait, et elle avait plus que jamais besoin de ce sentiment de sécurité. La responsabilité de Glannoventa, qu'elle avait endossée depuis des années, avait certes été un fardeau, mais elle l'avait porté volontairement. Cependant, elle commençait à comprendre que le fait que Rurik en supporte une partie ne serait sans doute pas aussi terrible qu'elle l'avait d'abord cru. Leur mariage était encore neuf, mais le guerrier semblait prêt à partager son autorité avec elle – plutôt que de l'écarter avec mépris.

Les lourds battants de la porte s'ouvrirent dans un grincement de bois assourdissant, et Rurik passa une main autour de la taille d'Annis, comme pour la tranquilliser. Du coin de l'œil, elle le vit serrer les dents. S'inquiétait-il de la confrontation qui allait avoir lieu ou se contentait-il de s'y préparer ? Impossible à dire. Il y avait encore tant de choses qu'elle ignorait chez lui… Mais plus elle apprenait à le connaître, plus elle avait envie de tout savoir de lui.

Son cœur s'arrêta un instant quand une haute silhouette se dessina sur le seuil. Le Jarl Eirik s'avança, comme un homme bien décidé à atteindre son but sans perdre un instant. Une poignée d'hommes le suivit dans la grande salle – et beaucoup d'autres devaient attendre dans la cour, voire dans les forêts environnantes. Annis se redressa pour faire face à son hôte. La tunique du Jarl était froissée et salie par le voyage. Ses longs cheveux blonds retombaient en désordre sur ses épaules. Jamais encore elle ne l'avait vu aussi négligé – mais, d'un autre côté, il n'avait jamais rallié Mulcasterhas avec tant de hâte auparavant…

À présent qu'elle le découvrait avec ses yeux de femme, et non pas les yeux de la jeune fille qu'elle était lors de leur dernière rencontre, Annis devait bien admettre qu'il était séduisant. Il avait à peine plus de trente ans et restait viril, intimidant, entouré d'une aura de confiance et d'autorité. Il lui adressa un rapide coup d'œil avant de lever les yeux sur Rurik comme s'il voyait en lui une menace, un ennemi à abattre. De son côté, Rurik avait passé ses armes à sa ceinture – même s'il ne comptait évidemment pas s'en servir. Annis sentit son estomac se nouer, mais elle ravala bien vite sa peur. Elle refusait de se laisser intimider par le Jarl.

— Bonjour, mon oncle, dit-elle d'une voix qu'elle voulut forte et posée. J'espère que vous avez fait bon voyage.

Eirik hésita avant de quitter Rurik des yeux, mais il finit tout de même par se tourner vers elle.

— Voulez-vous m'expliquer tout cela, Lady Annis ? On m'a dit que vous avez épousé un Norrois ; je suppose qu'il s'agit de cet homme…

Annis avait espéré pouvoir lui annoncer la nouvelle elle-même, mais hélas elle n'en eut pas l'occasion.

— Mon oncle, permettez-moi de vous présenter Rurik, du royaume de Maerr, mon époux. Nous nous sommes mariés hier.

— Maerr ? répéta Eirik d'un air surpris. Par les dieux, vous étiez censée épouser un Danois !

Le cœur d'Annis se mit à battre la chamade. Elle jeta un regard inquiet aux hommes alignés derrière le Jarl. Ils étaient tous plus jeunes que lui – des guerriers dans la fleur de l'âge. Sans doute l'homme que son oncle lui avait destiné faisait-il partie de ce groupe, mais elle s'en moquait.

— J'ai toujours eu l'intention de choisir moi-même l'homme que j'allais épouser et je ne m'en suis jamais cachée. Aujourd'hui, ce choix est fait.

— Hélas, vous n'étiez pas libre de prendre cette décision vous-même, répliqua le Jarl en secouant la tête. Comme votre mariage n'a été approuvé ni par le roi ni par moi, il ne peut pas être considéré comme valide.

— Il est valide, intervint soudain Rurik.

Sa voix puissante et assurée emplit la grande salle.

— Nous avons échangé nos vœux et consommé notre union. Si vous doutez de ma parole, sachez que nous avons des témoins.

Il lâcha un instant la taille d'Annis pour indiquer Cedric, qui se tenait à quelques pas d'eux et dont Annis avait complètement oublié la présence. Plusieurs autres guerriers attendaient dans les couloirs attenants, mais on avait décidé de ne pas recevoir le Jarl en présence d'une troupe d'hommes armés. Cela n'aurait sans doute pas encouragé le dialogue…

— Et vous avez laissé une telle chose arriver ? demanda le Jarl à Cedric.

Son regard accusateur aurait fait tressaillir n'importe qui, mais Cedric s'approcha calmement d'Annis pour se camper à ses côtés.

— Il n'y avait pas de roi, lorsqu'ils se sont mariés, répondit-il. Et, même s'il y en avait eu un, leur mariage demeurerait officiel.

— Vous n'avez pas répondu à ma question.

Cette fois, Cedric parut hésiter. Il prit une profonde inspiration.

— Vous savez que Wilfrid préférerait mourir plutôt

que de voir sa belle-fille épouser un Danois. Il vous a fait serment d'allégeance, mais il refuse de vous offrir la main de Lady Annis. Dans de telles circonstances, son mariage ne peut pas vous étonner.

Le Jarl se fendit d'un sourire amer.

— Dans ce cas, pourquoi n'est-il pas ici, pour me dire tout cela lui-même ?

— Wilfrid est malade, annonça Annis.

Une veine se mit à battre contre la tempe d'Eirik, et il les dévisagea tour à tour, comme s'il cherchait à savoir ce que Cedric et elle lui cachaient.

— Conduisez-moi jusqu'à sa chambre.

Annis avait su dès le départ que les choses en viendraient là ; mais cela ne rendait pas l'épreuve plus facile à surmonter. Son oncle allait voir à quel point Wilfrid était affaibli et il exigerait de savoir pourquoi on l'avait si longtemps laissé dans l'ignorance. Il était impossible d'éviter cette douloureuse confrontation. Annis acquiesça donc et, accompagnée de Rurik et de son fidèle maître d'armes, elle conduisit leur hôte jusqu'à la chambre de Wilfrid.

Il fut inutile de frapper : son beau-père était déjà prêt. Ils le découvrirent assis à sa table, face à la porte. Il était encore pâle et avait visiblement du mal à se tenir droit après la fatigue des derniers jours mais, grâce à Irwin, il avait enfilé ses plus beaux vêtements. Annis sentit son cœur se serrer en voyant à quel point sa tunique paraissait large pour son corps affaibli. Combien de temps encore serait-il là, avec eux ?

— Seigneur Wilfrid, quelle joie de vous voir ! lança le Jarl en entrant à son tour dans la chambre.

— Soyez le bienvenu, Jarl Eirik.

Annis guetta son oncle du coin de l'œil. Elle le vit

grimacer en entendant la diction laborieuse de Wilfrid. Il se tourna vers elle, les sourcils froncés, avant de s'avancer vers le vieillard.

— Comment vous sentez-vous ?

Il le regardait attentivement, comme s'il cherchait à déceler tous les signes de la maladie.

— Bien, bien, répondit Wilfrid, affirmation démentie par son teint blafard. Annis et Rurik…

Il les indiqua de son bras valide, attirant l'attention d'Eirik sur l'autre main posée sur sa cuisse, immobile.

Annis sentit son cœur se briser. Devaient-ils vraiment se soumettre à cette farce absurde ?

— Nous lui avons déjà annoncé la bonne nouvelle, dit-elle en s'approchant de son beau-père dans l'espoir de détourner l'attention d'Eirik. Le Jarl a été enchanté.

Elle les gratifia tous les deux d'un sourire hésitant.

Wilfrid lâcha un grand éclat de rire, et ses épaules tremblèrent sous cet effort soudain. Quand il reprit sa respiration, il souriait toujours, et ses yeux pétillaient. En le voyant comme cela, Annis songea qu'il avait dû être charmant dans sa jeunesse. Une boule se forma dans sa gorge, et elle dut ravaler une montée de larmes inattendue.

— Pas de Danois ici, annonça finalement Wilfrid, si clairement qu'Annis sursauta au son de sa voix.

Elle fut soudain un peu soulagée. Manifestement, Wilfrid avait eu *besoin* de voir Eirik – que cela l'ait mise mal à l'aise ou non. C'était sa dernière chance de prouver au Jarl qu'il n'avait pas l'intention de céder à ses moindres caprices. Certes, les deux hommes avaient instauré une sorte de trêve alimentée par une amitié fragile, mais Wilfrid tenait à son indépendance. Annis posa la main sur son épaule, dans l'espoir de lui faire sentir toute l'affection qu'elle avait pour lui.

— C'est bien ce que vous m'avez fait comprendre lors de ma dernière visite, répondit sèchement le Jarl. Mais jamais je n'aurais cru voir un Norrois accueilli sous votre toit après ce que Sigurd vous a fait subir.

Wilfrid s'assombrit brusquement, et son regard se perdit pendant un instant. Il tourna la tête, comme s'il cherchait un visage qui n'était plus là.

Craignant qu'il cède à la panique alors qu'il avait jusqu'à maintenant réussi à garder son calme, Annis lança :

— Comme vous pouvez le voir, Lord Wilfrid a besoin de repos. Redescendons dans la grande salle. Nous avons prévu des rafraîchissements pour vos hommes et vous. Ensuite, vous pourrez vous reposer vous-même.

Le Jarl n'avait pas quitté Wilfrid des yeux, comme s'il tentait d'évaluer la situation. Sans doute n'avait-il pas été trompé par l'état de santé du vieil homme.

— C'était un plaisir de vous revoir, dit-il enfin. Nous allons vous laisser, à présent.

Il les quitta et alla attendre dans le couloir. Annis poussa un soupir de soulagement. Au moins, Eirik n'avait pas insulté son hôte avant de partir.

Ils sortirent de la chambre à leur tour et rejoignirent le Jarl.

— Depuis quand a-t-il perdu ses esprits ? demanda-t-il dès que la porte fut refermée.

De toute évidence, il faisait de gros efforts pour maîtriser sa colère.

Annis n'eut pas le temps de répondre : Rurik prit immédiatement la défense du vieillard.

— Il n'est pas fou !

Le Jarl le dévisagea froidement, mais ne prononça pas d'autre mot tant qu'ils n'eurent pas rejoint la grande salle.

Annis les invita d'un geste à s'asseoir à table, mais le Jarl refusa. De toute évidence, il était toujours aussi contrarié.

Elle soupira et avoua :

— Depuis votre dernière visite, il a été victime d'une à deux attaques cérébrales par an. La dernière a été pire que les autres et l'a laissé dans cet état. Il a du mal à bouger un côté de son corps.

— Et personne n'a jugé bon de me tenir informé de tout cela ? Personne n'a pensé que je pourrais vouloir nommer un intendant pour prendre sa place pendant sa convalescence ?

Annis fit de son mieux pour afficher un calme qu'elle était loin de ressentir. Quand donc cesserait-elle de devoir se justifier d'avoir géré Glannoventa seule – et avec autant de succès qu'un homme ?

— Comme vous pouvez le voir, nos terres sont restées florissantes. Wilfrid est toujours capable de donner une opinion sensée sur les problèmes de Glannoventa et de guider nos choix. Lors des quelques occasions où sa maladie l'a empêché d'accomplir son devoir, j'ai été ravie de prendre sa place.

— *Vous ?* Vous avez pris sa place ?

Eirik jeta un rapide coup d'œil à Cedric, comme s'il avait besoin de sa confirmation, puis, quand celui-ci acquiesça, il se retourna vers elle.

— Oui, je l'ai remplacé, répéta-t-elle. Après votre collation, je pourrai vous montrer nos registres et nos livres de comptes. Glannoventa est demeurée une terre profitable, et vous verrez que la maladie de mon beau-père n'a pas provoqué le moindre déclin dans nos revenus. N'avez-vous donc pas reçu toutes les taxes que nous vous devons en temps et en heure ?

Le Jarl paraissait toujours perplexe, et Rurik vola au secours d'Annis en lui prenant la main.

— Vous verrez que vous avez eu beaucoup de chance de pouvoir compter sur les talents de mon épouse. Elle a agi avec bon sens et justice.

Ces paroles firent monter une bouffée de tendresse dans le cœur d'Annis.

— Et vous ? répliqua le Jarl. Nous avons appris l'assassinat de votre père à Maerr. Est-ce pour cela que vous êtes ici ?

— Initialement, oui. Je suis venu car je pensais que Wilfrid avait participé à ce complot.

— Mais vous n'y croyez plus ?

— Je pense que Wilfrid a engagé des assassins dans le but d'obtenir justice, et que cette tentative a échoué.

La culpabilité étouffa un instant Annis, et elle serra davantage la main de son époux dans la sienne. Il lui adressa un regard attendri qui ne fit qu'aggraver son malaise et l'empêcha presque de respirer. Elle devait lui avouer la vérité. Il devait savoir que sa femme avait participé, au même titre que Wilfrid, à cette tentative d'assassinat avortée. Il devait savoir que la femme qui partageait son lit ne méritait pas la moindre rédemption…

Cedric lui jeta un coup d'œil, comprit sans doute ce qui l'agitait et lui fit un imperceptible signe de tête. Son regard était plus sévère que jamais et semblait vouloir dire : « Pas maintenant, pas tant que le Jarl Eirik est ici. » Glannoventa avait besoin de Rurik. Annis savait mieux que personne que le Jarl mettrait fin à leur mariage et le remplacerait par un Danois au moindre signe de faiblesse.

Elle prit donc la main de son époux entre les deux siennes et contempla ces doigts qui avaient su lui donner tant de plaisir, qui l'avaient touchée la nuit durant avec une douceur infinie. Rurik avait dit qu'il voulait un vrai mariage, bâti sur la confiance et le respect. Dès que le Jarl aurait quitté le château, elle lui offrirait cela…

Chapitre 19

La journée avait été longue et fatigante. Le Jarl avait insisté pour consulter tous les registres tenus par Cedric et Annis depuis la mort de Grim. Une fois qu'il avait été rassuré au sujet des taxes – il avait néanmoins l'intention d'étudier les comptes plus en détail pendant son séjour – et certain que les fermiers, les pêcheurs et les villageois n'étaient pas en train de fomenter une sorte de révolte, la conversation s'était portée sur Rurik et son mariage avec Annis.

Le Danois avait passé au crible chaque détail de la vie de Rurik : son enfance auprès de sa mère esclave, ses vagues droits à une terre de Killcobar grâce à ses liens avec Feann, ses projets concernant Glannoventa et Annis… Rurik avait dû passer l'après-midi et une partie de la soirée à répondre patiemment aux questions qu'on lui posait. Au final, ils étaient parvenus à une sorte de compréhension mutuelle. Rurik refusait de laisser cet homme l'intimider et donc refusait de lui céder Annis ou Glannoventa. De son côté, le Jarl Eirik avait semblé accepter tant bien que mal la nouvelle situation.

La journée du lendemain confirmerait sans doute leur trêve. Le Jarl tenait à ce qu'on lui montre le domaine, et Rurik avait hâte d'explorer une nouvelle fois ces terres, à présent siennes. Cependant, il était épuisé et ne réfléchirait à la suite qu'après une bonne nuit de sommeil… Il avait envoyé Annis se coucher dans la soirée, quand elle avait commencé à somnoler sur sa chaise, à table. Elle l'avait surpris en déposant un baiser chaste sur sa joue et en lui glissant à l'oreille :

— Réveille-moi, tout à l'heure.

Depuis, Rurik n'avait pu se débarrasser d'une encombrante érection… Il avait compté les heures en attendant que le Jarl – qui semblait ne jamais devoir se fatiguer – daigne se retirer.

Deux bougies charbonnaient encore dans la chambre quand il s'approcha enfin du lit. Annis était allongée sur le ventre, au milieu du matelas. Ses longs cheveux étaient étalés sur les couvertures. Rurik fut de nouveau frappé par sa beauté. Elle était sienne, à présent. Sa responsabilité. Son épouse. Sienne. En se déshabillant sans faire de bruit, les yeux toujours posés sur elle, Rurik se demanda vaguement si la tendresse qu'il ressentait pour elle n'était pas en train de se muer en quelque chose de plus profond. C'était comme si son admiration et son désir s'étaient unis jusqu'à devenir un tout qu'il ne pouvait plus démêler. Une peur bien réelle s'était emparée de lui, au cours de la journée, quand il avait craint que le Jarl ne trouve un moyen de les séparer. En un instant, Rurik avait été prêt à se battre pour elle – jusqu'à la mort, s'il le fallait. Comment avait-elle pu prendre une telle importance pour lui en si peu de temps ?

Il retira ses armes et les déposa sur le coffre, au pied du lit, puis se glissa sous les couvertures. Ses mains trouvèrent sans peine la peau chaude et soyeuse d'Annis. Il remercia les dieux en silence de l'avoir guidé jusqu'à cette femme et repoussa les draps pour contempler son corps nu. Chaque partie d'elle était un hommage à la perfection…

La flamme des bougies jetait des reflets dorés sur sa peau. Du bout des doigts, Rurik effleura la ligne creuse de sa colonne vertébrale jusqu'aux arrondis jumeaux de ses fesses. Une étrange cicatrice attira son attention, au creux des reins d'Annis. Il était difficile de bien voir, dans cette lumière vacillante, mais on aurait dit deux lignes irrégulières qui se croisaient. Cette marque avait très certainement été faite par une lame. Comment Annis avait-elle pu être blessée ainsi ? L'entraînement de Cedric n'en était certainement pas la cause !

Il n'eut pas le temps de se poser d'autres questions. Annis soupira dans son sommeil et se retourna sur le dos. La main de Rurik suivit le mouvement de ses hanches et vint se poser au bas de son ventre, juste au-dessus des quelques boucles roux sombre nichées entre ses cuisses. Le sexe de Rurik eut un sursaut au souvenir de la nuit précédente. Cela avait été si bon de plonger en elle…

— Annis, appela-t-il dans un souffle en pressant la paume contre l'estomac de sa femme.

Sa semence avait-elle déjà pris racine en elle ? Un vague espoir naquit au fond de lui, et il fut surpris d'avoir soudain tellement envie de lui faire un enfant. Jusqu'à maintenant, l'idée de devenir père avait toujours été quelque chose de lointain et de flou pour Rurik. À présent, il pouvait imaginer ces petits visages tournés vers lui. Mais il aimait aussi l'idée de pouvoir profiter d'encore un peu de temps seul avec Annis… Il se passerait peut-être plusieurs mois avant qu'elle tombe enceinte.

Elle bougea sous ses caresses, prit une profonde inspiration et entrouvrit les yeux.

— Est-ce déjà le matin ? demanda-t-elle.

— Loin de là.

Elle sourit, ferma les paupières et le laissa déposer un baiser dans le creux de sa gorge.

— Le Jarl ne t'a pas encore banni du château ?

— S'il l'avait fait, je serais tout de même venu pour t'emporter avec moi…

Il goûta le sel de sa peau du bout de la langue, surpris de se sentir aussi rapidement prêt pour elle. Il était ensorcelé…

— Un vrai maraudeur, murmura-t-elle.

Rurik ne put réprimer un sourire. Ce jeu l'amusait et, comme souvent, il appréciait la facilité avec laquelle leur complicité s'installait.

— Mes derniers pillages remontent à si longtemps… Tu risques de me trouver plus rouillé et plus brutal.

Il pinça le téton d'Annis entre ses lèvres et l'aspira, lui arrachant un petit gémissement de plaisir. Les doigts fins de la jeune femme se crispèrent dans ses cheveux, et elle l'attira à elle. Il ne la laissa pas freiner ses ardeurs et poursuivit son lent cheminement le long du corps de son épouse.

— Qu'est-ce que tu fais ? murmura-t-elle d'une voix paniquée quand il atteignit son ventre.

Au lieu de lui répondre, Rurik se cala entre ses cuisses, s'avançant jusqu'à ce qu'elle soit obligée de les écarter pour lui. Il glissa les mains sous ses fesses et la maintint immobile devant lui. L'ombre qui régnait dans la chambre cachait les recoins les plus secrets de son corps, mais il aperçut néanmoins un soupçon de rose tendre au milieu des boucles auburn.

— Rurik…

Elle se redressa sur les coussins et le dévisagea d'un air confus.

Le parfum de son désir fit battre le cœur de Rurik plus vite, et il perçut la pulsation fiévreuse de son sang sous sa peau.

— Je veux goûter ta chair, Annis. Je veux sentir à quel point tu as envie de moi. Je te veux tout entière.

C'était vrai. Après la longue journée qu'il avait eue, une part de lui qu'il ne comprenait pas vraiment le poussait à posséder Annis par toutes les fibres de son corps. Parce qu'elle était sienne, à présent. Quoi que le Jarl décide à leur sujet, ils étaient liés l'un à l'autre pour le reste de leurs vies.

Il s'enivra une nouvelle fois du parfum de sa chair, puis la caressa du bout de la langue. Elle poussa un petit gémissement étouffé, et ses cuisses se crispèrent autour des épaules de Rurik. Il lécha l'entrée de cette fente secrète qui l'avait enserré la veille et découvrit la petite perle sensible nichée entre les plis de chair. Calant le genou d'Annis sur son épaule, il lui lâcha la cuisse et glissa les doigts entre les jambes de la jeune femme pour mieux l'atteindre. Elle émit un cri quand il l'embrassa.

Chaque soupir, chaque grognement le traversait comme une vague brûlante. Il attendit qu'elle se laisse aller contre le matelas et que les hanches de sa femme épousent le mouvement de sa langue avant de glisser un doigt en elle. Elle se tendit de nouveau, et il inséra un second doigt entre ses chairs. Il aimait tant la sentir en son pouvoir, abandonnée. Il aimait entendre son nom murmuré dans le silence tandis qu'il contrôlait le plaisir de son épouse à sa guise. Une partie de son esprit se réjouissait à l'idée que cela, au moins, puisse être nouveau pour Annis. Que personne ne l'eût encore fait jouir de cette manière.

Il n'aurait pas dû se sentir aussi puissant, et pourtant… Rurik avait l'impression d'être un dieu descendu sur Terre dans l'unique but de donner du plaisir à cette femme. Et il le fit, guidé par un instinct aussi irrésistible que la potion qu'elle avait versée dans sa bière le soir de leur rencontre, à la taverne.

— Rurik ! cria-t-elle soudain en agrippant ses cheveux.

Il aurait pu grimacer sous la douleur, s'il n'avait pas été aussi ravi de l'entendre jouir. Il voulait qu'elle crie encore et encore avant de lui faire l'amour et de ressusciter son plaisir une fois de plus.

Quelques instants plus tard, un nouveau gémissement bestial lui échappa, et elle se crispa sous lui, tremblante. Son antre se referma sur les doigts de Rurik, et il put goûter la saveur de sa jouissance. Il attendit qu'elle eût repris son souffle avant de s'étendre sur elle. Les yeux embués d'Annis se perdaient dans le vide, mais ses bras se refermèrent immédiatement sur lui. Elle se laissa embrasser sans protester. Il trouva bien vite l'un de ses tétons du bout des doigts et le pinça, doucement mais avec insistance. Elle gémit contre les lèvres de Rurik et se cambra, frottant ses hanches contre lui.

— Est-ce que tu veux me sentir en toi ? murmura-t-il entre deux baisers.

— Vite, répondit-elle dans un souffle.

Rurik n'eut pas besoin qu'elle insiste. Il se redressa sur elle et la pénétra d'un puissant coup de reins qui leur arracha des cris. Leurs corps se correspondaient si bien, comme s'ils avaient été façonnés l'un pour l'autre. Rurik fit de son mieux pour garder son mouvement régulier, posé, afin de prolonger l'instant le plus possible. Mais sentir le corps d'Annis offert ainsi, c'était trop… Quand elle passa les jambes autour des reins de Rurik, ouvrant un peu plus les portes de son corps pour lui, il perdit le contrôle. En quelques instants, il s'abandonna à la montée du plaisir, bougeant plus vite, plus fort, le front recouvert d'un voile de sueur. Il ne pouvait résister au corps de cette femme, offerte, et qui le suppliait de continuer. À l'instant même où elle se mit à trembler sous lui et à se crisper autour de lui, il poussa un rugissement de jouissance.

Puis, reprenant son souffle, Rurik se pencha à l'oreille d'Annis et murmura son prénom sans s'arrêter, le visage enfoui dans ses cheveux. Elle le serrait fort contre elle, comme si elle craignait de le laisser s'éloigner, ne serait-ce qu'un instant. Il se laissa donc emporter par cette sensation de bien-être et resta là, encore enfoui en elle. Jamais il n'avait été aussi obsédé par une femme, aussi fasciné… Ses poings s'étaient refermés dans les longs cheveux d'Annis, et il déposa une série de baisers dans son cou, sur sa joue et ses lèvres. Il était ivre et avait l'impression qu'il n'arriverait jamais à étancher sa soif d'Annis.

Finalement, quand la force lui revint, Rurik se redressa sur les coudes pour la regarder. Elle lui sourit d'un air un peu intimidé, comme si elle aussi était stupéfaite et émerveillée par ce qui venait de se passer. Était-il possible qu'il ait voyagé aussi loin pour se venger, poussé en avant par sa colère, et que la seule personne qui l'ait attendu au bout du chemin, ce fût elle ? Cette femme qui semblait sur le point de voler son cœur… Était-ce la volonté des dieux ?

Annis lui caressa la joue du bout des doigts, et il déposa un petit baiser au creux de sa paume.

— Je ne pensais pas rencontrer une femme comme toi dans ma vie, chuchota-t-il.

Elle poussa un petit soupir qui ressembla étrangement à un sanglot, mais embrassa Rurik sans lui laisser le temps de lui poser la moindre question. Ce baiser fut suivi par un autre et encore un autre, jusqu'à ce que la nuit entière se perde dans un brouillard de plaisir.

Annis sentit son cœur bondir, le lendemain, quand Rurik la prit par la main – et ce n'était pas désagréable. Un petit frisson d'excitation remonta jusqu'à son poignet, et elle serra un peu plus ses doigts dans les siens. Il ne lui sourit pas en l'entraînant dans la cour, mais ses yeux en disaient beaucoup plus long que n'importe quel discours.

Il l'avait fait jouir deux fois encore dans la nuit, et une fois vers le matin, avant leur déjeuner. Il avait pris son temps, tranquillement, pour la réveiller. Il avait été méticuleux, c'était le seul mot qu'Annis avait trouvé pour décrire sa manière de la caresser, de l'embrasser. Ils ne s'étaient même pas arrêtés quand on avait discrètement frappé à la porte ou quand un serviteur timide avait déposé un plateau garni pour eux sur le seuil. Rurik ne s'était détourné d'elle que lorsqu'ils avaient tous les deux été rassasiés, épuisés et comblés. Il l'avait ensuite aidée à s'habiller, un geste qui lui promettait de nouveaux plaisirs avant la fin de la journée.

Alors qu'ils se dirigeaient vers la cour, un fracas d'armes monta jusqu'à eux. Le Jarl était manifestement déjà levé et devait superviser l'entraînement de ses hommes. Sans doute attendait-il Annis et son époux avec impatience, mais Rurik ne se pressa pas. Deux hommes du château ouvrirent la grande porte et, avant de sortir dans la cour, Rurik serra les doigts d'Annis un peu plus fort pour la rassurer. C'était bien plus efficace que la seule présence de la main de son mari dans le bas de son dos, et elle était ravie de voir à quel point leur relation avait évolué depuis la veille. Si la destinée leur ouvrait la moindre porte, cette affection pourrait les emmener si loin !

Annis ravala la culpabilité qui lui remontait une fois de plus à la gorge. Elle avouerait son secret à Rurik le plus tôt possible, dès le départ du Jarl. Son époux souffrirait – une douleur hélas nécessaire – mais, avec le temps, il parviendrait peut-être à pardonner ce qu'elle avait fait à Maerr… Annis n'était pas naïve. Elle savait que ce ne serait pas une épreuve facile à surmonter. Seulement, elle était aussi convaincue qu'une belle vie les attendait, tôt ou tard. Il fallait simplement que Rurik accorde une chance à leur mariage.

Elle lui adressa un grand sourire et serra à son tour la main de son mari. Un soupçon de joie passa sur le visage de Rurik et fut vite réprimé. Il lui avait montré son affection pour la rassurer, mais sans doute ne voulait-il pas trahir la moindre émotion devant Eirik.

Une très légère tension persistait entre les jambes d'Annis, souvenir de leurs ébats du matin. Surprise par sa propre réaction, elle se demanda vaguement quand ils pourraient s'isoler pour un moment, tous les deux. Pourtant, leur journée allait être bien chargée. Ils avaient promis au Jarl de l'emmener explorer Glannoventa et ses environs. Sans doute pourraient-ils trouver un bosquet, un buisson discret qui leur permettrait au moins d'échanger quelques baisers…

Alors qu'ils passaient le seuil de la grande porte, le visage de Rurik se métamorphosa. Un hurlement de rage lui échappa et, sans prévenir, il plongea devant Annis en la repoussant d'un geste protecteur. Il tira sa dague de sa ceinture et se tassa, prêt à bondir, dans une posture d'attaque. Annis eut conscience du bruit d'une épée heurtant la pierre. Il lui fallut quelques instants pour comprendre que l'arme avait manqué Rurik de peu, s'abattant à la place sur le mur, derrière lui. Elle avait été tellement emportée par ses pensées qu'elle n'avait pas vu le danger approcher !

Tirant sa propre lame courte de sa botte, elle se redressa et tenta de contourner son époux.

— Reste derrière moi, ordonna-t-il en l'arrêtant d'un geste.

Rurik raffermit sa poigne sur son arme.

Hors d'elle, Annis dévisagea le Jarl Eirik et les quelques hommes qui l'entouraient. Qu'est-ce que tout cela voulait dire ? Ils étaient une dizaine, immobiles et tournés vers eux. Plus loin, les autres n'avaient pas cessé leur entraînement.

— Que faites-vous, mon oncle ? cria Annis.

Le Jarl fronçait les sourcils, couvant Rurik d'un regard calculateur, comme s'il le jaugeait.

— Si cet homme a la prétention de prendre la place de Wilfrid, je dois m'assurer qu'il sera capable de vous protéger et de protéger ses terres.

— C'est injuste ! Vous n'aviez pas le droit de l'attaquer comme cela ! Et si vous nous aviez blessés ?

Elle étouffait de rage. Les dents serrées, elle se retourna vers le guerrier qui avait porté l'attaque. Elle ne l'avait pas remarqué, la veille ; et pourtant il était difficile de l'ignorer. Sa crinière emmêlée était repoussée de son front sans ménagement, et ses traits semblaient taillés à même le granit le plus dur. Il était plus grand que tous les hommes qu'Annis avait pu rencontrer. Le bras de cet homme était presque aussi large que sa propre taille.

Le Jarl, lui, n'avait pas quitté Rurik des yeux.

— Vous n'étiez pas en danger, Lady Annis. L'attaque visait votre époux. S'il s'était laissé tuer, alors nous aurions eu la preuve qu'il ne vous méritait pas.

— C'est à moi de décider qui me mérite, Jarl Eirik, répliqua sèchement Annis.

Cependant, voyant qu'elle n'était pas immédiatement menacée, Rurik se redressa et posa doucement une main sur son épaule.

— Il a raison, dit-il. Je dois prouver ma valeur.

Annis jeta un nouveau coup d'œil au géant qui attendait près d'eux puis, terrifiée, elle glissa à l'oreille de Rurik :

— Tu n'as pas besoin de faire cela. Je t'ai choisi. Cela devrait suffire.

— Pour toi, peut-être. Pas pour eux.

Il lui indiqua d'un geste la cour qui s'était lentement remplie. Annis vit ses propres hommes s'approcher entre les bâtiments, l'air curieux.

— Nos guerriers ont besoin de savoir que je peux les diriger. Tôt ou tard, il aurait fallu en arriver là.

Rurik lui caressa la joue du dos de la main avant de se tourner vers le Jarl.

— Je combattrai l'homme de votre choix, Jarl Eirik, annonça-t-il.

Une clameur s'éleva parmi les Danois tandis que les guerriers de Glannoventa suivaient la scène en silence, excités par la promesse d'un duel. Visiblement, ils étaient incapables de résister à l'envie d'assister au spectacle – et nul ne se souciait d'Annis ni de l'angoisse qui l'engloutissait. Rurik avait peut-être raison. Leurs hommes avaient besoin de voir de quoi il était capable sur un champ de bataille avant de le respecter…

— Valgautr ! appela Eirik de sa voix puissante.

Le géant qui avait failli décapiter Rurik l'instant précédent salua son maître, et Annis sentit son cœur s'arrêter de battre. Rurik n'allait tout de même pas devoir combattre ce monstre ? Valgautr leva haut son arme pour déclencher un nouveau tonnerre d'acclamations parmi ses compagnons, mais Annis n'arrivait toujours pas à croire ce qu'elle voyait – d'un seul coup de poing, cet homme pouvait briser le crâne de Rurik —, et elle confia ses craintes au Jarl à mi-voix dès qu'elle l'eut rejoint.

Il ne daigna pas répondre mais *rit*, bruyamment. Il rejeta la tête en arrière et lâcha un éclat de rire comme Annis n'en avait encore jamais entendu. Elle serra nerveusement la garde de sa dague, envahie par une envie soudaine de la plonger dans la gorge du Jarl. Pas pour le tuer. Juste pour qu'il arrête de rire. Bien sûr, ça n'en valait pas la peine. Annis avait déjà retenu sa leçon, en matière de vengeance. Néanmoins, l'idée avait de quoi la tenter…

— Pourquoi riez-vous ? demanda-t-elle.

Elle guetta Rurik du coin de l'œil. Il s'était lentement écarté du château pour atteindre un coin plus dégagé de la cour.

— Parce que vous avez sans doute raison, répondit le Jarl.

Il croisa les bras, bien campé sur ses jambes, et couva son guerrier d'un regard fier. Remarquant sans doute qu'Annis écumait de rage, il s'adoucit un peu.

— Ne vous en faites pas : je ne laisserai pas le combat aller jusque-là. Valgautr a seulement besoin de se défouler un peu, sans quoi il devient désagréable…

Voyant que cela ne suffisait pas à la calmer, Eirik soupira et se tourna franchement vers elle pour la regarder gravement.

— Si vous souhaitez réellement que Rurik reste votre époux, je crains qu'il ne doive surmonter quelques épreuves pour prouver sa valeur… aux yeux de vos hommes comme des miens. Sans cela, personne n'acceptera de lui obéir, et tout Glannoventa se révoltera.

Annis prit une profonde inspiration, non sans trahir sa frustration. Elle vit soudain Cedric, qui avait disparu depuis quelques instants, passer l'angle du mur une épée à la main. Annis reconnut immédiatement la vieille arme de guerre de Wilfrid. Elle était restée cachée au fond de l'armurerie depuis des années… Rurik rengaina sa dague, murmura quelques mots à Cedric et prit l'épée pour donner quelques coups dans le vide.

Annis se tourna de nouveau vers son oncle.

— Que voulez-vous dire : si je veux qu'il reste mon époux ? Nous sommes mariés. La chose est conclue.

Le Jarl lui adressa un regard peu convaincu, puis se concentra sur les deux hommes qui se préparaient au combat. Le géant faisait de grands moulinets au-dessus de sa tête avec son épée, s'attirant les acclamations de ses compagnons.

— Vous n'êtes pas obligée de le reconnaître comme votre mari si vous n'en avez pas envie, murmura Eirik. Nous pouvons nous débarrasser de lui s'il vous a forcée ou intimidée de quelque manière que ce soit.

Il prononça ces mots d'un ton qui se voulait presque doux, comme s'il essayait de deviner ce qu'Annis pensait vraiment. Touchée par l'inquiétude de son oncle, elle s'empressa de le rassurer :

— Il ne m'a pas forcée.

— Et Wilfrid ? Cedric ? Je sais qu'ils peuvent se montrer…

Il s'interrompit un instant comme s'il cherchait les mots justes.

— … Acharnés dans leur haine des Danois.

Choquée par tant de sincérité soudaine, Annis répondit :

— Ils n'apprécient pas votre manière de prendre les commandes ni votre autorité tyrannique. Pouvez-vous sincèrement affirmer que vous n'êtes pas venu dans l'idée de *m'obliger* à épouser l'un de vos hommes ?

— Vous devez vous marier, Lady Annis. C'est un fait. L'avenir de Glannoventa doit être assuré. Cependant, je ne veux pas vous voir souffrir sans raison à cause de cela. L'homme que j'avais choisi vous aurait bien traitée ; non seulement parce que c'est un homme bon et honorable, mais aussi parce qu'il aurait eu à répondre de ses actes devant moi. Nous ne savons rien de ce Norrois…

Jamais Annis n'avait songé qu'épouser un homme du Jarl lui aurait apporté ce genre d'avantages.

— Je ne pensais pas que vous vous souciiez à ce point de moi, dit-elle aussi légèrement que possible.

— Je vous ai connue toute petite. Maintenant que vous êtes une femme, je veux vous voir heureuse.

Eirik la regarda d'un air sincèrement inquiet.

— Rurik ne ressemble pas aux hommes que j'ai pu connaître. Il est à la fois courageux et bon. Je suis certaine que je serai très bien avec lui.

Bien ne suffisait pas à décrire le bonheur qui envahissait Annis depuis qu'elle s'était réveillée à ses côtés, le matin même… Avec un peu de temps, elle espérait que cette graine de joie prenne racine et s'épanouisse dans son être tout entier. Et elle était convaincue que Rurik partageait ses espoirs.

Le Jarl haussa les épaules avec un grognement peu convaincu et se concentra sur les deux hommes qui avaient commencé à se tourner autour. Le géant fut le premier à bouger. Son épée mortelle fendit l'air et s'abattit en sifflant dans le silence. Annis se crispa involontairement, et son cœur cessa de battre pendant une seconde ou deux. Il ne reprit son rythme que lorsqu'elle vit Rurik esquiver l'attaque en souplesse et la parer d'un geste vif. Les deux lames se percutèrent dans un bruit de tonnerre.

Valgautr poussa un rugissement féroce et se servit de son poids pour repousser Rurik. Celui-ci feinta d'un côté, tout en contre-attaquant. Le coup, qui atteignit le géant à l'épaule, aurait dû être dévastateur ; mais l'homme bougea presque aussi vite que son adversaire et para l'attaque à la dernière minute. Annis aurait voulu se couvrir les yeux, se détourner de ce spectacle atroce, mais elle ne pouvait pas se permettre de montrer la moindre faiblesse. Elle s'obligea donc à regarder, les poings serrés et le souffle court.

Comme s'il avait senti sa détresse, le Jarl posa doucement une main sur son épaule.

— N'ayez pas peur. Valgautr ne me désobéira pas : la loyauté est l'une de ses plus grandes qualités.

Venant d'un homme aussi accompli, ce compliment en disait long. Annis acquiesça, mais osa à peine respirer en voyant le combat se poursuivre au milieu de la cour. On n'entendait plus que le bruit des lames qui se rencontraient, ainsi que les soupirs et les grognements des deux guerriers. Même les Danois avaient cessé de s'entraîner et regardaient, fascinés, ce duel de titans. Ils en oubliaient presque d'acclamer leur champion. Les adversaires semblaient de force égale, bien que le géant fasse une bonne tête de plus que Rurik. Ce qu'il gagnait en force brute, Rurik le récupérait en grâce et en rapidité. D'attaque en esquive, ils traversèrent la cour et descendirent peu à peu la colline, obligeant leur public à s'écarter sur leur passage comme une mer fendue par la proue d'un navire.

Enfin, les deux adversaires s'éloignèrent l'un de l'autre pour reprendre leur souffle. En dépit du froid, des gouttes de sueur roulaient sur leur front. Ils avaient envahi la route pavée qui conduisait au village, et les guerriers s'étaient placés tout le long de la chaussée pour ne rien rater du spectacle. Si personne ne mettait fin à l'affrontement, Rurik et Valgautr atteindraient bientôt Glannoventa, voire la mer. Aucun d'entre eux ne semblait décidé à rendre les armes. On aurait presque pu croire que le duel allait durer toujours. Annis les observait depuis le mur de soutènement qui embrassait la courbe de la route, au sommet d'une côte abrupte. Si les combattants passaient ce point, ils risquaient de perdre pied et de faire une chute mortelle…

— Assez ! clama soudain Eirik de sa voix puissante.

Il dut répéter son ordre deux fois avant que les combattants l'entendent.

Le géant fut le premier à s'immobiliser et à chercher, les sourcils froncés, la silhouette de son maître sur les remparts. Rurik, lui, ne quittait pas son adversaire des yeux ; manifestement, il avait peur que ce ne soit qu'un piège destiné à lui faire baisser la garde. Annis sentit une bouffée de fierté monter en elle : son époux avait su combattre et se défendre dignement. Quelques jours plus tôt encore, elle priait pour que son talent à l'épée ne soit pas ce qu'il prétendait ; à présent, elle était heureuse de constater qu'il était encore plus doué que ce qu'elle avait imaginé.

— Norrois, vous avez su prouver votre valeur, déclara le Jarl avant de se tourner vers son guerrier. Et toi, Valgautr, tu t'es bien battu. Nous voulions mettre cet homme à l'épreuve, pas le tuer… Pas encore.

Le géant acquiesça et tendit la main à Rurik qui lui donna une tape sur l'épaule. Ils se félicitèrent mutuellement, et les autres guerriers se pressèrent autour d'eux pour les acclamer. Annis vit immédiatement que Rurik s'était attiré le respect des troupes de Glannoventa. Ce duel avait peut-être été une étape nécessaire pour lui permettre de trouver sa place parmi eux.

Au milieu de toute cette agitation, Rurik leva les yeux sur elle. Son regard était lourd de sous-entendus, et il lui adressa un demi-sourire. Annis sentit un frisson de plaisir la parcourir en comprenant qu'il attendait son approbation. Le cœur battant, elle le vit traverser la foule pour la rejoindre, s'arrêtant tous les quatre ou cinq pas pour serrer des mains. Il se dressa enfin à ses pieds, au bas du mur où elle trônait en compagnie du Jarl. D'un mouvement rapide et inattendu, il se hissa sur le parapet et grimpa jusqu'à elle.

— Bien joué, dit-elle à mi-voix quand il se campa à ses côtés.

Le sourire de son époux s'élargit, et il lui prit la main, devant la foule rassemblée. C'était un moyen pour lui d'asseoir son autorité, certes, mais c'était aussi un signe de solidarité. Il était sien, et elle était sienne. Quoi qu'il arrive, ils seraient toujours ensemble.

Chapitre 20

Le Jarl Eirik passa finalement un bon mois au château, ne reprenant la route que lorsque le temps changea. Pendant toutes ces semaines, il avait imaginé divers tests et obstacles pour prouver à sa nièce que Rurik n'était pas un bon choix. Qu'il n'était pas digne d'elle ou de Glannoventa. Il y avait eu des épreuves physiques pendant la journée – il avait dû combattre à mains nues le meilleur lutteur du Jarl, parcourir la mer glacée plus vite que son meilleur nageur – et des tests d'intelligence le soir. Eirik l'avait affronté à plusieurs jeux de plateau ou de dés pour voir s'il était capable d'établir une stratégie victorieuse. Il l'avait mis au défi de faire preuve de plus d'éloquence que lui-même ou ses hommes.

Toutes les nuits, on avait poussé Rurik à boire pour voir s'il tenait l'alcool et on l'avait obligé à participer à des concours de chant ou de poésie. Après tout cela, il montait souvent dans sa chambre épuisé et se laissait tomber sur le lit à côté d'Annis. Parfois, ils se déshabillaient mutuellement et trouvaient la force de faire l'amour. Mais, la plupart du temps, Rurik était tellement fatigué par ses épreuves perpétuelles qu'il s'endormait avant même qu'Annis puisse remonter les couvertures sur lui. Quoi qu'il en soit, il trouvait toujours un moyen de se rattraper dès l'aube… Il imaginait sans cesse de nouvelles manières délicieuses de la réveiller. Ses mains et ses lèvres adoraient découvrir les endroits les plus sensibles du corps de sa jeune épouse, ceux qui la faisaient gémir de plaisir.

Durant cette période, plus les jours passaient, plus Rurik avait hâte de voir le Jarl quitter le château. Il avait besoin d'être enfin seul avec Annis… Il avait encore du mal à croire qu'il avait trouvé une femme aussi semblable à lui et il était pressé de pouvoir réellement commencer cette nouvelle vie à deux. Régner ensemble sur Glannoventa… Ce serait un défi nouveau, qu'il n'aurait jamais cru avoir à relever, et cette perspective l'excitait beaucoup.

Cependant, alors que le départ du Jarl approchait, Rurik sentit Annis s'éloigner peu à peu de lui, devenir de plus en plus discrète et silencieuse. Son changement de comportement était particulièrement visible à certains moments – par exemple, quand ils se retrouvaient seuls de manière imprévue. Elle se crispait soudain, et ses regards devenaient plus vagues, comme si elle se perdait dans de lointains souvenirs. Puis, au bout de quelques minutes, elle lui souriait. La douleur que Rurik avait vu naître au fond de ses yeux s'évanouissait, et elle l'embrassait ou lui glissait quelques mots tendres à l'oreille.

Son ancienne vie lui manquait-elle ? Son premier mari et cet enfant qui n'avait jamais vécu ? Non, sans doute pas : souvent, Annis le cherchait des yeux au milieu des autres guerriers, et un sourire amoureux illuminait son visage. Il devait s'agir d'autre chose… Annis ressentait de l'affection pour lui, il en était certain, et cette tendresse devenait plus évidente chaque jour. Bientôt, Rurik fit vœu de lui donner un bébé à aimer le plus vite possible

– et tant pis pour son désir égoïste de la garder quelques mois pour lui seul.

Le Jarl était parti depuis quelques jours à présent, et Rurik se retrouvait dans la cour pour superviser l'entraînement des hommes. Il avait d'abord été surpris par les capacités de ses nouveaux guerriers, mais avait vite compris qu'il n'aurait pas dû : Cedric était un bon chef et un bon maître d'armes. Ce matin-là, Rurik se concentrait sur l'enseignement du combat à mains nues ; en particulier une nouvelle technique très simple qui permettait de mettre à terre un ennemi plus lourd que soi. Il venait de corriger le mouvement d'un des soldats quand un éclat roux attira son regard dans un coin de la cour. Il vit la silhouette de sa femme apparaître à l'angle des baraquements, suivie de près par un Cedric au visage grave. Annis marchait d'un pas assuré et rapide, comme quelqu'un qui vient d'avoir une conversation pénible.

À propos de quoi avaient-ils bien pu se disputer ? Rurik laissa l'un de ses hommes poursuivre la leçon à sa place et rattrapa son épouse, qui s'approchait de la maison.

— Annis, appela-t-il en arrivant à sa hauteur.

Elle essuya hâtivement ses yeux humides et se tourna vers lui.

— Rurik…

Son regard semblait troublé, mais elle lui adressa un sourire qui lui parut sincère.

Depuis des jours, quelque chose n'allait pas, et Rurik avait espéré voir la tristesse de son épouse passer comme un orage d'été. Hélas, elle semblait au contraire s'être installée comme les froids d'hiver qui ne s'en vont jamais avant d'avoir anéanti toutes les récoltes. Rurik préférait ne pas lui poser de questions ici, à la vue de tous, et il passa un bras autour de sa taille pour la guider derrière l'un des bâtiments. Là, ils auraient un semblant d'intimité.

Au lieu de parler immédiatement, il se laissa aller à l'un de ses passe-temps favoris : l'embrasser et lui mordiller tendrement les lèvres.

— Tu ne vas pas bien ? demanda-t-il au bout d'un moment, après avoir senti la bouche d'Annis céder sous la sienne et lui rendre ses baisers.

— Non, il ne s'agit pas de cela, répondit-elle avant de l'embrasser de plus belle.

Elle l'enlaça et enfouit le visage dans les plis de la tunique de Rurik.

— Comment est-ce possible ? Comment peux-tu être mien ?

Il sourit et lui caressa tendrement le dos en la serrant un peu plus contre lui.

— C'est le destin. Nos vies étaient faites pour se croiser dès le départ. Nous ne le savions pas, c'est tout…

Annis s'écarta soudain et le dévisagea, les sourcils froncés. Sans comprendre ce qui la troublait à ce point, Rurik effleura son front du bout des doigts pour effacer les rides qui s'y étaient creusées. En général, ce geste la faisait sourire.

Mais le regard d'Annis s'assombrit de nouveau, et Rurik sentit encore une fois que quelque chose n'allait pas. À chaque fois qu'il avait vu cette expression se dessiner sur son visage, pendant ces dernières semaines, la peur l'avait saisi. Il avait craint pour leur avenir, leur mariage, sans pouvoir l'expliquer. Non, c'était même pire : cela allait au-delà de la peur.

— Qu'est-ce qu'il y a ? demanda-t-il avec douceur.

Il prit une profonde inspiration, se préparant pour une réponse qui changerait sans doute tout pour eux.

— Qu'est-ce que Cedric t'a dit pour te contrarier à ce point ?

Si jamais Annis refusait de se confier à lui, il irait voir le maître d'armes lui-même et lui arracherait la vérité.

— Te souviens-tu de notre nuit de noces ? Je voulais te dire quelque chose, alors…

Sa lèvre se mit à trembler imperceptiblement, et Rurik sentit son estomac se nouer. Il lui caressa la joue, incapable de résister à l'envie de toucher sa peau.

— Oui, je m'en souviens.

— Je voulais t'en parler plus tôt… Mais le Jarl Eirik est arrivé, et nous avons dû faire front ensemble.

— Tu peux tout me dire, Annis.

Soudain, une ombre furtive passa devant ses yeux, et il serra la taille d'Annis un peu plus fort.

— Est-ce au sujet des assassins ?

Il avait fait l'effort de ne plus en parler, ces derniers temps. Non pas qu'il ait renoncé à l'idée de les traquer et de se venger… Il avait simplement trouvé une forme de paix, de bonheur depuis le départ du Jarl, et il avait du mal à laisser le monde extérieur briser cette bulle. Il aurait bien le temps de se remettre en chasse plus tard, quand l'hiver prendrait fin et que les routes redeviendraient plus sûres.

Annis acquiesça.

— Oui, d'une certaine manière. Mais il y a aussi autre chose.

Ses yeux dorés brillaient trop, comme s'ils le suppliaient de lui pardonner. Pardonner quoi ? Que pouvait-elle bien avoir fait de mal ?

— Qu'y a-t-il ? Je t'écoute.

Si seulement il pouvait la soulager enfin du fardeau qu'elle avait l'air de porter depuis des jours…

Annis prit une profonde inspiration et ouvrit la bouche, mais aucun son n'en sortit. Rurik soupira, s'étonnant lui-même, et déposa un baiser sur son front pour la rassurer. Elle plaqua la paume sur le cœur de Rurik, comme si elle cherchait à percevoir ses battements.

Soudain, une voix inquiète de femme s'éleva dans la cour :

— Lady Annis ! Lady Annis !

Annis s'écarta rapidement et contourna le bâtiment. La guérisseuse du village était là – une vieille femme au regard doux qui venait une fois par semaine s'occuper de Wilfrid.

— Je suis là, répondit Annis.

— Lord Wilfrid vous demande. Il a l'air très agité.

— Comment va-t-il ? A-t-il eu une nouvelle attaque ?

La guérisseuse la rassura bien vite.

— Non, ce n'est pas une attaque, mais il est plus confus que d'habitude. Je vous en prie, ne perdons pas de temps !

Annis adressa un regard inquiet à Rurik, qui passa une main dans son dos pour la réconforter. Il se pencha à son oreille et murmura :

— Vas-y. Je te rejoins bientôt.

Elle effleura sa joue du bout des doigts, puis se détourna pour suivre la guérisseuse dans la maison. Rurik la regarda s'éloigner, hanté par son inquiétude. Quand elle eut disparu à l'intérieur, il chercha Cedric des yeux, mais celui-ci s'était éclipsé également. Sans doute était-il monté au chevet de son maître. Soudain, Alder s'approcha de Rurik en courant, essoufflé.

— Mon seigneur, venez vite ! Un homme est arrivé au château et il dit être votre frère…

— Mon frère ?

Ces deux mots lui échappèrent dans un murmure

choqué. Il n'eut pas le temps de se demander de quel frère il pouvait s'agir : Alder lui apporta la réponse sans se faire prier.

— Il se fait appeler Sandulf.

Chapitre 21

Rurik se précipita dans la grande salle où l'attendait son frère. Il avait du mal à croire que Sandulf puisse vraiment s'y trouver. Des dizaines de pensées se bousculaient dans sa tête, sans jamais se fixer. Si Sandulf avait fait tout ce chemin, ce n'était sans doute pas pour lui apporter une bonne nouvelle. Rurik n'avait pas revu son cadet depuis le massacre et leurs adieux près du navire qui devait conduire Sandulf à Constantinople. Il se souvenait encore des paroles si dures qu'il avait lancées à son jeune frère. Une partie de lui avait été convaincue de ne jamais le revoir, et il avait passé des mois à regretter ses mots, persuadé qu'il n'aurait jamais la chance de s'amender.

Comment son frère l'avait-il retrouvé ? Avait-il réussi à remonter la piste, comme lui, et à découvrir le rôle que Wilfrid avait joué dans le drame de Maerr ?

Deux hommes gardaient la porte, rappelant à Rurik les soldats qui erraient constamment dans les couloirs avant son mariage. Sans doute devait-il être reconnaissant qu'on n'ait pas enfermé son frère dans la cellule du sous-sol… Il fit signe aux deux gardes de le laisser passer, ouvrit la porte et se retrouva face à un homme penché sur le feu pour se réchauffer. Rurik reconnut immédiatement les épaules de Sandulf, avant même que son hôte se retourne pour le saluer. Seulement, le visage qu'il découvrit n'était plus celui du garçon à peine entré dans l'âge adulte dont il se souvenait. Les traits doux et souples de l'adolescence avaient été remplacés par le masque dur et froid d'un combattant aguerri.

— Sandulf ?

Les yeux de son frère étaient restés les mêmes, et pourtant Rurik avait encore du mal à y croire. Il reconnut pourtant la fossette familière au milieu du menton – mais la mâchoire, elle, était plus lourde, plus carrée.

Sandulf répondit par un demi-sourire, comme s'il avait oublié comment on faisait.

— Frère, dit-il d'une voix plus solennelle que celle que Rurik avait connue.

La dernière fois qu'ils s'étaient vus, le massacre récent pesait encore dans leur esprit ; mais cela n'avait pas empêché Rurik de se montrer trop sévère avec Sandulf. À présent, une bouffée de joie lui montait à la gorge. L'arrivée de Sandulf était comme une brise de son pays venue l'envelopper au cœur de cette terre lointaine.

Rurik s'approcha de son frère et le prit dans ses bras, l'embrassant à la manière des guerriers du Nord.

— Sois le bienvenu, s'exclama-t-il en lui donnant une grande tape dans le dos. J'ai du mal à croire que tu sois vraiment là…

Cette fois, le sourire de Sandulf se dessina plus clairement, mais il n'était pas chaleureux pour autant et, quand il s'écarta, un trouble flottait dans ses yeux.

— Quand j'ai accosté, je ne savais pas que j'allais te trouver là, expliqua-t-il. Je n'ai appris la vérité qu'en entendant des villageois mentionner ton nom.

— Tu sais donc tout au sujet de Wilfrid ? Est-ce pour cela que tu es venu ?

Sandulf acquiesça. Il entraîna Rurik jusqu'à la table et jeta un rapide coup d'œil autour de lui comme pour s'assurer qu'ils étaient bien seuls.

— Il n'y a personne, le rassura Rurik. Juste mes hommes qui gardent la porte. Alors, comment s'est passé ton voyage ?

— Il a été long.

Le jeune homme s'assit et accepta la bière que Rurik venait de lui servir. Il but une longue gorgée, non sans grimacer.

— L'hydromel de la maison me manque.

Beaucoup de choses manquaient aussi à Rurik, mais plus il passait de temps avec Annis, plus il commençait à voir Mulcasterhas comme son nouveau foyer.

— J'ai beaucoup de travail à accomplir ici, tu sais, dit-il avec un petit sourire d'excuses.

Sa remarque parut attiser la curiosité de Sandulf qui fronça les sourcils.

— Comment as-tu fait pour arriver dans cette demeure ?

Rurik réprima une moue embarrassée. Il avait encore du mal à admettre publiquement l'affection qu'il ressentait pour la belle-fille de son ennemi. D'ailleurs, s'il devait être parfaitement honnête, sa haine pour Wilfrid lui-même commençait aussi à faiblir. Mais Sandulf serait-il capable de comprendre cela ?

Il passa un long moment à raconter à son cadet son périple en Irlande avec Alarr. Il lui parla du roi Feann et lui apprit comment il avait découvert la vérité au sujet de sa mère. Enfin, il lui dit ce qu'il savait de Wilfrid de Glannoventa et détailla les événements qui l'avaient conduit au château.

Sandulf le dévisageait d'un air perplexe.

— Dois-je comprendre que tu as épousé sa belle-fille, Lady Annis ?

— Wilfrid est gravement malade, et il méprise *vraiment* les Danois.

Rurik sentit un nouveau sourire se dessiner sur ses lèvres, provoquant une moue plus sombre chez Sandulf.

— Je ne t'ai jamais autant vu sourire de ma vie. Tu t'es entiché d'elle, s'exclama-t-il d'une voix presque accusatrice.

Rurik prit une profonde inspiration et chercha un moyen de faire comprendre à son frère ce qu'il ressentait. Au final, mieux valait s'en tenir à la vérité.

— Oui, j'ai de l'affection pour ma femme. Je m'étais trompé au sujet de Wilfrid : ce n'est pas lui qui a conspiré pour attaquer notre famille. Son unique cible était notre père, et il a envoyé des assassins pour le tuer. Nous l'ignorions, mais Sigurd a accosté dans la région il y a quelques années. Il y a eu un… désaccord, et le fils de Wilfrid a été tué dans des circonstances très douteuses.

— Tout est bien qui finit bien, donc ? As-tu oublié ce qui s'est passé à la maison ? Ce n'était pas un acte justifié ! C'était un massacre brutal, sanglant…

— S'il y a bien une chose que je suis capable de comprendre, c'est la soif de vengeance.

Il avait sacrifié deux ans de sa vie à cette quête. Avant de rencontrer Annis.

— Mais Wilfrid peut à peine sortir de son lit. Le tuer ne vengera pas les nôtres.

Dans l'espoir de détourner la conversation, Rurik demanda :

— Et toi ? Que t'est-il arrivé après ton départ ? As-tu réussi à atteindre Constantinople ?

Sandulf courba la tête.

— C'est là que j'ai passé ces deux dernières années. Tu te souviens que j'ai combattu les assassins d'Ingrid ?

Le temps avait passé, certes, mais la blessure restait vive pour eux deux. Un éclat de douleur traversa le regard de Sandulf, et Rurik acquiesça, la gorge nouée.

— Jamais je n'oublierai ce jour, murmura-t-il.

— Eh bien, ils étaient quatre. Deux d'entre eux se sont enfuis à Constantinople. Je les ai retrouvés et je les ai tués, mais pas avant de leur avoir fait avouer tout ce qu'ils savaient des deux autres. C'est comme cela que j'ai su où les trouver.

— À Glannoventa, acheva Rurik à la place de son frère.

Les meurtriers avaient-ils donc été là, à sa portée, depuis tout ce temps ?

Sandulf hocha la tête.

— Oui, l'un d'entre eux est ici. L'autre semble avoir disparu, mais j'ai bon espoir de découvrir son nom pour le traquer.

— Tu dois te tromper : les mercenaires n'étaient que trois. Wilfrid a admis qu'il les a payés pour tuer notre père, mais il est très ferme sur un point : il n'a pas accompagné ces hommes à Maerr. Je le crois. Sa santé déclinait déjà à l'époque, et il aurait été incapable de faire le voyage.

Sandulf soupira, les sourcils plus froncés que jamais. Sa moue sévère lui donnait un air menaçant, féroce. Jamais encore Rurik n'avait vu son frère dans cet état.

— Je ne suis pas venu pour Wilfrid, confirma Sandulf. Mais ils étaient bien quatre, Rurik. Deux d'entre eux se sont battus contre les gardes de père. Le troisième a tué Ingrid.

— Et le quatrième ? demanda Rurik.

— Elle a suivi le meurtrier d'Ingrid. J'ai essayé de les affronter, mais l'homme était vicieux : il m'a échappé.

Si je n'ai pas pu l'arrêter, j'ai au moins eu le temps de marquer la femme…

— La femme ?

Le sang se mit soudain à gronder aux oreilles de Rurik. Il y avait donc une femme parmi les assassins payés par Wilfrid. Pourquoi ne lui avait-on pas parlé d'elle ? Une part de lui commençait à sentir ce que Sandulf essayait de lui dire, mais Rurik refusait de l'accepter. Il ne pouvait pas.

— Non, protesta-t-il. Tu te trompes.

— Avant de mourir, les deux hommes de Constantinople m'ont dit que je pourrais la trouver ici.

Rurik secoua la tête, les poings serrés.

— On m'a dit que l'un de ces hommes se faisait appeler Wilfrid et, au final, c'était un mensonge. Comment savoir si ces mercenaires t'ont dit la vérité ?

Il était prêt à se raccrocher à n'importe quel argument pour trouver une justification, une explication plausible.

— Tu penses qu'il s'agit d'Annis…

Sandulf lui jeta un coup d'œil surpris, comme s'il venait de se rendre compte qu'il était face à une bête sauvage sur le point de rompre ses liens. Il leva les mains en signe d'apaisement.

— C'est une possibilité.

Son Annis. Rurik la revit telle qu'elle avait été le matin même, nue, le souffle court, si douce dans son abandon sensuel. *Sa* femme.

— Annis n'est pas la personne que tu cherches. Elle n'a joué aucun rôle dans toute cette histoire.

Rurik ferma les yeux, mais cela ne lui évita pas d'entendre les paroles de son frère, qui l'atteignirent en plein cœur.

— La femme dont je me souviens, ce jour-là, avait les cheveux roux sombre et la peau claire. Je l'ai marquée de ma lame : deux estafilades qui se croisent. Juste là.

Sandulf se leva et indiqua le bas de son dos, au-dessus de sa hanche.

— Non !

Rurik se leva d'un bond et rugit comme un fauve blessé. Il leva les mains à son front et agrippa d'épaisses touffes de cheveux, comme s'il avait pu arracher cet aveu de sa mémoire. Comme s'il avait eu le pouvoir de remonter le temps pour empêcher Sandulf de parler.

Était-ce cela qui avait tant inquiété Annis pendant ces dernières semaines ? Elle avait voulu lui dire quelque chose, dans la cour – et ce n'était pas la première fois. Lors de leur nuit de noces, elle avait essayé de se confier à lui, mais Rurik l'avait arrêtée, de peur de perdre le bonheur qu'il venait de découvrir…

Il réfléchit encore, songea à la soirée pendant laquelle elle lui avait parlé de l'implication de sa famille dans les événements de Maerr. Elle avait laissé échapper qu'elle avait du sang sur les mains, mais Rurik avait pensé que ce n'était qu'une forme de mauvaise conscience liée à son désir de vengeance. Il avait cru qu'elle s'en voulait de ne pas s'être opposée au projet de son beau-père d'engager des assassins, rien de plus.

La femme qu'il commençait à aimer – qu'il aimait déjà de tout son cœur, même – avait-elle pu prendre part à une expédition aussi barbare ? L'image du corps d'Ingrid, sanglant, et de son visage déformé par la peur et la douleur, lui revint. Et l'enfant qu'elle portait… Quel monstre pouvait faire subir une chose pareille à une femme innocente ? Que Sigurd ait commis ou non les crimes dont on l'accusait à Glannoventa, Ingrid, elle, n'avait pas mérité ce destin atroce.

Rurik ne se rendit compte qu'il pleurait que lorsque l'un des gardes ouvrit la porte pour l'appeler. Sans doute avait-il tenté plusieurs fois d'attirer son attention, alerté par son cri de désespoir, car il pénétrait à présent dans la grande salle, épée au poing.

— Ne bougez pas ! ordonna Rurik d'une voix forte.

Sandulf ne lui aurait pas menti – pas sur un sujet aussi grave. La description qu'il avait faite de la femme était trop détaillée et ressemblante pour qu'il s'agisse de quelqu'un d'autre qu'Annis. Rurik l'avait reconnue, depuis ses cheveux jusqu'à la cicatrice qui barrait le bas de son dos. Il avait remarqué cette trace depuis longtemps et s'était plusieurs fois demandé comment son épouse avait pu être blessée de cette manière. Quand il lui avait posé la question, elle avait vaguement répondu que c'était un accident ; et il avait été trop aveuglé par son propre désir, par ses sentiments, pour insister…

Seulement, la femme qu'il aimait pouvait-elle vraiment avoir pris part à un massacre aussi inhumain ? Surtout après ce qu'elle avait enduré en perdant Grim et le bébé qu'elle portait ? Cela paraissait impossible, et pourtant les preuves étaient là. Annis lui avait-elle menti depuis le premier jour ? Il n'y avait qu'un seul moyen de le savoir.

Ravalant ses larmes, Rurik se tourna vers le garde.

— Escortez Lady Annis jusqu'ici.

Annis contempla longuement le cher visage de Wilfrid. Serrant sa main ridée dans les siennes, elle avait enfin réussi à le calmer, et il dormait profondément, à présent. Il n'avait pas trouvé le sommeil la nuit précédente et avait passé la journée dans un état de confusion et de panique dans lequel on ne l'avait encore jamais vu. Wulfwyn, la guérisseuse pourtant d'habitude si calme, paraissait très inquiète.

— Je crains qu'il ne nous quitte bientôt…

Wulfwyn n'avait pas l'habitude de voiler la vérité pour ménager les familles. Elle leur adressa à tous deux un dernier regard affectueux, puis les laissa seuls.

Annis resta longtemps au chevet de Wilfrid, guettant sa respiration à présent plus lente, plus profonde. Il dormait. L'avait-il reconnue quand elle était venue le calmer ? Elle n'en savait rien, mais sa seule présence avait paru l'apaiser. Dès le matin, Cedric était venu lui rendre compte de la nuit agitée de son beau-père. Les deux hommes étaient aussi proches que des frères, et Cedric n'avait pas réussi à masquer sa douleur. Lui aussi savait que Wilfrid ne vivrait plus longtemps… Quelques années à peine les séparaient, mais Cedric paraissait plus jeune de dix ou quinze ans.

Annis avait essayé de réconforter le maître d'armes, mais aucune de ses paroles apaisantes n'avait pu le rassurer. Elle craignait même d'avoir empiré les choses. Au lieu d'attendre le bon moment pour aborder le sujet, elle n'avait pu s'empêcher de penser à Rurik et à la vérité terrible qu'elle lui cachait. À présent que Wilfrid déclinait, elle avait suggéré de tout avouer à son époux. Le Jarl Eirik était parti, et le mariage ne serait plus contesté, après tout. Mais Cedric n'avait pas voulu en entendre parler. Il l'avait suppliée d'attendre encore, après la mort de Wilfrid, quand l'avenir de Glannoventa serait assuré.

Annis n'avait pu s'empêcher de protester.

— Rurik doit tout apprendre maintenant, tant que Wilfrid est là pour répondre à ses questions.

Hélas, Cedric n'avait pas paru touché par ses scrupules.

— Quelles questions ? Vous y étiez. Vous pourrez lui répondre vous-même.

Ces quelques mots avaient glissé entre ses dents, comme une accusation voilée.

— C'est vrai, mais s'il a des questions au sujet de la dispute entre Sigurd et Wilfrid ? S'il y a quelque chose qu'il devrait savoir à ce propos ?

— Quoi ? Que pourrait-il avoir besoin de savoir ?

— Je ne sais pas. Cela pourrait être n'importe quoi…

Annis avait haussé les épaules, consciente que cette dispute n'apaiserait pas Cedric mais forcée de prendre la défense de Rurik.

— Nous avons gardé le silence pendant trop longtemps. Nous devons lui dire la vérité.

Le maître d'armes s'était campé devant elle, droit et sombre.

— Et vous êtes certaine qu'il restera, une fois qu'il saura ce que vous avez fait ? Vous ne pensez pas qu'il pourrait vous quitter, ou pire… ?

L'estomac d'Annis s'était noué à cette idée.

— Pire ?

— Il est venu ici pour se venger, avait répondu Cedric d'une voix plus douce qui ne rendit néanmoins pas ses paroles moins cruelles. Qu'est-ce qui l'empêchera de se retourner contre vous ? Il pourrait vous traîner jusqu'à Maerr et vous livrer à son roi. Ou même à sa famille.

Le malaise qui avait fait tressaillir Annis quand elle avait entendu cela ne l'avait dès lors pas quittée. Depuis son mariage, elle avait acquis la certitude que Rurik ne lui ferait jamais de mal – physiquement en tout cas. Ce n'était pas dans sa nature. Mais risquait-il de se venger d'une autre manière ? Allait-il la haïr ou bien lui laisserait-il une chance de s'expliquer ? La croirait-il ? Accepterait-il ses remords quand elle lui dirait qu'elle avait commis une erreur tragique ? Annis voulait croire que l'homme qui la serrait tendrement dans ses bras chaque soir allait être capable de la comprendre, de lui pardonner ; mais elle ne pouvait pas en être certaine…

Elle avait déjà failli lui parler plusieurs fois depuis le départ du Jarl Eirik – en particulier après sa dispute avec Cedric, le matin même. Il était peut-être temps de cesser de s'inquiéter de sa réaction et de tout lui dire. Quoi qu'il décide de faire après cela, elle aurait la force de l'affronter la tête haute. Elle ne pouvait pas mentir plus longtemps à l'homme qu'elle aimait.

Déposant un baiser sur le dos de la main de Wilfrid, Annis la reposa doucement sur son torse et sortit de la chambre. À sa grande surprise, l'un de ses hommes l'attendait dans le couloir.

— Bonjour, Ealdred. Avez-vous vu mon mari ? J'aimerais lui parler.

Le soldat hésita un instant, ouvrant et fermant plusieurs fois la bouche avant d'annoncer :

— C'est justement lui qui m'envoie. Il veut vous voir.

Intriguée, Annis le dévisagea un instant.

— Où est-il ?

— Dans la grande salle, milady.

Il s'effaça pour la laisser passer, puis lui emboîta le pas. Annis eut soudain la désagréable impression d'être escortée comme une prisonnière.

Elle jeta un petit coup d'œil à l'homme qui la suivait.

— Il y a un problème ?

— Je…

Il hésita de nouveau, guettant du coin de l'œil la porte qui menait à la grande salle.

— Je ne saurais pas vous le dire, milady.

Un frisson glacé parcourut Annis de la tête aux pieds. Il s'était passé quelque chose pendant qu'elle était au chevet de Wilfrid, et tout le monde sauf elle semblait savoir quoi. L'autre garde posté devant la porte n'osa même pas croiser son regard.

— Laissez-moi entrer, dit-elle dans un souffle.

La porte s'ouvrit, et Annis passa le seuil avec un grand sourire, prête à saluer son époux. Rien n'aurait pu la préparer à ce qu'elle découvrit dans la salle. Rurik se tenait près de la cheminée, le visage ravagé par une douleur qu'elle n'avait encore jamais vue chez lui. De l'autre côté de l'âtre se dressait un homme qui lui parut vaguement familier. Sa coiffure et ses vêtements étaient ceux d'un Norrois.

Et il la connaissait. Il la dévisageait intensément, les yeux remplis de rage et de mépris. Annis ravala son émotion et s'avança, entendant la porte claquer dans son dos. Soudain, elle se souvint. C'était le jeune Norrois de Maerr ! Celui qui avait combattu Lugh, juste après qu'il eut assassiné la femme enceinte. Celui qu'Annis avait affronté à son tour et qui avait laissé sa marque sur elle…

Un rapide regard en direction de Rurik lui confirma qu'il savait tout.

Chapitre 22

Un courant glacé la traversa et la fit frissonner. En un instant, Annis réalisa ce qui allait se passer. Rurik ne la comprendrait pas. Comment le pourrait-il ? Elle n'aurait jamais dû lui cacher sa présence à Maerr ; c'était impardonnable. L'ombre qu'elle sentit se poser sur son cœur à l'idée de le perdre l'empêcha presque d'avancer.

Le jeune Norrois la contemplait avec tant de haine et de mépris qu'elle put presque percevoir le poids de son regard sur sa peau. Et celui de Rurik n'était pas moins douloureux. Une main de fer se referma soudain sur le cœur d'Annis.

— Rurik, je t'en prie. Laisse-moi t'expliquer…

— Oui, explique-moi comment tu as pu me mentir pendant tout ce temps. Comment as-tu pu me cacher que tu étais à Maerr ?

La voix de Rurik était plus froide et plus dure que jamais. Même enfermé dans son cachot, quand il jouait à la provoquer, il n'avait pas été aussi amer…

Annis eut le souffle coupé par cet accueil glacial, comme si elle venait de sauter à pieds joints dans un lac de montagne, au moment de la fonte des neiges.

— Je voulais t'en parler, mais…

Elle s'interrompit. Il était inutile de se servir de Cedric

comme d'une excuse. Certes, il lui avait dit de garder le silence, mais elle avait toujours été libre de suivre son conseil ou non.

— Au début, j'avais peur que tu me fasses du mal.

Comme Rurik fronçait les sourcils avec dédain, elle s'empressa d'ajouter :

— Juste au début. Je sais, à présent, que tu ne lèverais jamais la main sur moi… J'ai donc voulu te l'avouer avant notre nuit de noces. Tu ne m'as pas laissée parler.

Il se détourna, et Annis eut peur qu'il prenne cela pour une accusation. Elle joignit les mains pour s'empêcher de le toucher, de le réconforter. Il n'aurait sans doute pas apprécié le moindre geste tendre de sa part. Peut-être même qu'il ne la laisserait plus jamais l'approcher. Cette perspective lui brisait déjà le cœur.

— J'aurais sans doute dû insister. Mais le Jarl Eirik approchait, et nous avions tant de choses à régler que le moment m'a paru mal choisi. Glannoventa avait besoin de toi, et je ne pouvais pas prendre le risque de te voir partir. Je t'en supplie, crois-moi quand je te dis que je voulais…

Elle s'interrompit de nouveau. Toutes ses excuses paraissaient pitoyables. Aux yeux de Rurik, rien ne pourrait justifier son long silence. Il n'accepterait pas ses arguments : elle l'avait blessé trop profondément pour cela. Elle s'en rendait compte, maintenant.

Rurik ne la regarda même pas en répondant, préférant se concentrer sur les flammes dans la cheminée.

— Tu as comploté pour détruire ma famille, Annis.

Elle aurait tant voulu poser une main sur son bras, apaiser sa douleur ! Elle aurait voulu glisser les doigts dans les cheveux de son époux et lui caresser le dos comme il l'aimait tant…

— Il est vrai que je voulais venger Grim, admit-elle.

Il était vrai aussi qu'elle avait été dévastée par la perte de son mari et de son fils.

— Mais ma colère ne visait que Sigurd. Jamais je n'ai voulu provoquer la mort de qui que ce soit d'autre.

Quelle naïveté ! Comment avait-elle pu croire que personne, en dehors de Sigurd, ne serait en danger ? Avec le recul, Annis voyait bien que sa tristesse l'avait empêchée de réfléchir rationnellement – seulement, même son deuil n'était pas une excuse valable. Elle avait choisi sa route et devait assumer les conséquences de ses actes.

— Mensonge ! lâcha le jeune Norrois.

— Sandulf ? demanda-t-elle.

Il acquiesça, les dents serrées.

— Vous vous souvenez de moi. Vous vous rappelez que j'étais là quand votre assassin et vous avez massacré Ingrid !

Une violente nausée monta à la gorge d'Annis. Elle avait fait tant d'efforts pour oublier cette journée et les cris de douleur de la pauvre femme quand Lugh s'était jeté sur elle…

— *Je* n'ai jamais commis une atrocité pareille.

Elle se tourna vers Rurik et découvrit qu'il la dévisageait à présent d'un air presque intrigué. Elle préféra donc s'adresser à lui. Que Sandulf la croie ou non n'avait aucune importance. Elle avait juste besoin de convaincre *Rurik* qu'elle n'avait jamais tué d'innocents.

— Il est vrai que j'étais au mariage avec des assassins payés par Wilfrid. Je pensais que le plan consistait à attendre la fin de la fête, isoler Sigurd et l'affronter seul. Le combat s'est déclenché dehors, et quelqu'un a soudain fermé les portes de la grande salle. En un instant, tout le monde a paru perdre la tête. Nous n'étions pas les seuls à vouloir tuer Sigurd, ce jour-là. Mais le mercenaire qui m'accompagnait, Lugh, avait une autre cible en tête. Je l'ai perdu de vue au milieu de la bataille et, quand je l'ai enfin aperçu, il marchait droit sur cette malheureuse femme. Je jure que j'ignorais qui elle était avant cette journée. Je ne l'avais jamais vue et je n'avais aucune raison de lui faire du mal. Lugh a uniquement été payé pour tuer Sigurd. C'était comme si un démon avait pris possession de lui et l'avait soudain dirigé sur elle. Dès que je l'ai vu, je me suis précipitée pour l'arrêter.

— Mais vous ne l'avez pas empêché de la tuer, accusa Sandulf en s'avançant d'un pas.

Annis soutint son regard.

— J'ai essayé. Croyez-moi quand je dis que je ne voulais pas que cette femme meure !

Elle se tourna de nouveau vers son époux.

— Je ne voulais pas non plus que son bébé souffre. Oh ! Rurik, tu sais à quel point la perte de mon propre enfant m'a hantée ! Jamais je n'aurais levé la main sur une femme enceinte.

Rurik se contentait de la dévisager avec une froideur qui la glaça jusqu'aux os.

— Vous m'avez attaqué, reprit Sandulf avec force, refusant clairement de renoncer à sa rancœur.

— Seulement pour me défendre. J'ai essayé d'arrêter Lugh, et vous avez fondu sur moi avant même de vous intéresser à lui.

Les quelques instants qui avaient suivi restaient flous pour Annis. Elle savait que Lugh l'avait écartée brutalement et qu'elle avait percuté un mur. Le choc l'avait presque assommée. Sandulf avait affronté Lugh, mais l'assassin était plus grand et plus fort que lui. Elle s'était jetée sur eux pour les séparer et avait – sans comprendre comment – fini allongée par terre, étouffant sous le poids de Sandulf, pendant qu'il gravait une marque honteuse au bas de son dos. Enfin, elle avait réussi à se libérer, et Lugh l'avait entraînée loin de la demeure.

Le jeune Norrois fronça les sourcils en l'écoutant d'un air confus.

— Dit-elle la vérité ? demanda Rurik.

Annis retint son souffle, le cœur battant.

— Peut-être. Je ne l'ai pas vue attaquer Ingrid, mais elle était là, avec l'assassin, répondit Sandulf de mauvaise grâce.

— Pour l'écarter ! Pour la défendre ! cria Annis. Elle n'aurait jamais dû se retrouver prise au milieu des combats !

Rurik se détourna de nouveau, sans l'écouter. Comment lui en vouloir ? Les meilleures intentions d'Annis n'avaient aucun poids, face à la mort de tant d'innocents. Elle ferma un instant les yeux, pour ravaler la pointe de douleur qui lui déchira le cœur. Sa poitrine se serrait tant qu'elle arrivait à peine à respirer. Elle le perdait... C'était donc cela qu'elle avait tant craint de ressentir, ces dernières semaines. Elle avait l'impression de retrouver le vide qu'elle avait dû affronter à la mort de Grim – mais en pire. La tristesse était plus vive, plus insoutenable, car Annis savait qu'elle était l'unique cause de ce drame, cette fois.

— Où est ce Lugh ? demanda finalement Rurik. Où pouvons-nous le trouver ?

Annis ne répondit pas tout de suite. Elle aurait tant voulu tirer un trait sur toute cette histoire. Elle avait causé assez de morts et de malheurs comme cela !

— Dis-le-moi, insista Rurik en s'approchant d'elle.

Une aura de colère vibrait autour de lui. Annis aurait presque pu la toucher tant elle était dense.

— Je ne veux pas être responsable d'un nouveau massacre. Je t'en supplie, Rurik, mettons fin à tout cela. Maintenant.

Elle posa la main sur le bras de son époux, mais il s'écarta brutalement, comme si le contact de ses doigts l'avait brûlé. Ou pire : comme si sa seule présence lui répugnait. Une nouvelle vague de douleur envahit Annis et faillit la terrasser.

— Dis-moi tout, Annis, répéta-t-il, les dents serrées. Ou bien je serai obligé de t'enfermer dans les cachots à ton tour.

Était-il réellement capable d'ordonner une chose pareille ? Impossible à dire. Elle méritait cette fureur, certes, mais cela ne rendait pas la situation plus facile à accepter. La violence des paroles de son époux arracha un petit cri à Annis, et elle recula.

— Il a choisi de prononcer ses vœux et d'expier ses péchés.

— Et *où* est-il allé pour se repentir ainsi ? demanda Sandulf d'une voix moqueuse.

Rurik ne dit rien, mais ses yeux froids ne quittaient plus Annis. Il ne céderait sans doute pas tant qu'elle ne lui aurait pas donné de réponse.

Ravalant sa terreur, elle finit par murmurer :

— Il est dans un monastère de Nrurim, dans la vallée de Strathallan.

Les deux frères échangèrent un rapide regard.

— Et que pouvez-vous nous dire de plus concernant les événements de Maerr ? interrogea Sandulf. Si vous n'y êtes pas allés pour tuer Ingrid, pourquoi ce Lugh l'a-t-il attaquée ?

Le jeune Norrois paraissait toujours convaincu qu'il

valait mieux la punir immédiatement, que la discussion n'apporterait rien.

Rurik, de son côté, semblait décidé à ne plus lui adresser la parole. Il avait croisé les bras, et son visage était de marbre. Annis sentit d'amères larmes lui monter aux yeux, mais elle les retint. Elle ne pleurerait pas devant eux.

— Je me suis souvent posé la question. J'ai presque eu l'impression qu'ils se connaissaient. La seule chose dont je me souvienne, c'est que Lugh s'est absenté de notre camp, la veille du mariage. J'avais du mal à dormir et je me suis réveillée en pleine nuit pour constater qu'il n'était plus là. Il est revenu peu avant l'aube.

— Il a donc pu rencontrer quelqu'un en secret, conclut Sandulf.

— Oui, c'est possible.

Le jeune homme acquiesça, perdu dans ses pensées. Sans doute essayait-il de comprendre ce qui s'était vraiment passé cette nuit-là. Annis en profita pour jeter un coup d'œil à Rurik. Si la douleur qu'elle avait lue dans les yeux de son époux à son arrivée l'avait inquiétée, ce masque inconnu et distant la terrifiait encore plus. C'était comme s'il était redevenu un étranger pour elle.

Allait-il accepter qu'elle le touche, cette fois ? Elle leva une main pour lui effleurer la joue.

— Je t'en supplie, accorde-moi au moins…

— Laisse-nous, coupa-t-il en détournant la tête.

La tristesse et la peur d'Annis se muèrent en panique. Si jamais elle quittait cette salle, elle risquait de ne plus revoir l'homme qu'elle aimait. Elle risquait de se retrouver face à cet étranger pour toujours.

— Rurik, je t'aime. Nous pouvons…

— Va-t'en.

Il n'éleva pas la voix, mais son ordre était clair.

— N'essaye pas de fuir Mulcasterhas. Je n'ai pas encore pris de décision concernant ton avenir.

En dépit de ses efforts, Annis sentit une larme brûlante rouler sur sa joue. Rurik la méprisait. Elle l'aimait plus que tout, et il la haïssait. Aucune punition n'aurait pu être pire que celle-là.

Les jours qui suivirent s'écoulèrent sans que Rurik les voie passer. Il tenta d'organiser la suite de sa quête avec son frère. Dès que le temps le permettrait, ils iraient ensemble vers le nord, sur les traces de Lugh. Quoi qu'il en soit, il n'avait pas la force de songer à Annis ou de statuer sur son sort. Il ne l'avait pas enfermée dans sa chambre, mais il aurait certainement dû. À chaque fois qu'il la croisait dans l'un des couloirs, une douleur nouvelle venait enserrer son cœur et ses poumons. La trahison de son épouse l'avait blessé trop profondément ; il ne pouvait la supporter. Il préféra donc se concentrer sur son entraînement et ses projets de vengeance.

Certes, il avait cru l'aimer, et elle l'avait trahi. Et alors ? Ne savait-il donc pas que c'était ainsi que le monde fonctionnait ? Il aurait dû l'apprendre des années plus tôt, pourtant.

— Voilà : je les ai trouvées, annonça Cedric en entrant dans la grande salle avec une pile de parchemins sous le bras. J'ai dû fouiller dans plusieurs coffres, mais je crois que c'est ce dont vous avez besoin.

Rurik se leva de son siège, en bout de table, évitant de poser les yeux sur la place qu'Annis avait l'habitude d'occuper. Elle prenait ses repas dans la chambre de Wilfrid, depuis quelque temps, et c'était sans doute mieux ainsi. Il était plus facile de ne pas la voir, plutôt que de devoir étouffer le désir qui l'animait encore en dépit des mensonges de la jeune femme.

— Est-il vraiment difficile de mettre la main sur des cartes du nord ? demanda-t-il tandis que Cedric étalait ses parchemins au milieu des miettes du souper.

Un souper auquel Rurik avait à peine touché. La moindre bouchée de pain avait du mal à passer, ces jours-ci, et il préférait de loin se contenter d'un peu d'hydromel et d'eau.

Le maître d'armes haussa les épaules.

— Nous avons toujours eu à nous soucier du sud et de l'est, jusqu'à présent. Alba et les Pictes ont été trop occupés par leurs propres conflits pour nous menacer.

Sandulf se tenait près de Rurik et déroulait la première carte.

— Vous êtes sûr qu'elles sont précises ?

De nouveau, Cedric haussa les épaules.

— Elles datent de plusieurs années. Cela fait bien longtemps que personne ici n'a voyagé vers le nord. Je suis sûr qu'il y manque quelques villages.

Rurik examina la carte dont l'encre avait pâli avec le temps. Du bout des doigts, il suivit les tracés, à la recherche de noms, de routes.

— Où est Nrurim ? Je ne le trouve pas.

Cedric se pencha, puis déroula les deux autres parchemins et les étudia un moment.

— Voici la vallée de Strathallan, dit-il en faisant glisser l'index sur une zone de la carte. Je pense que Nrurim doit se situer par ici.

Ils débattirent pendant un long moment de l'emplacement du monastère et du meilleur chemin pour s'y rendre. Rurik espérait que le temps se dégage suffisamment, dans les semaines à venir, pour leur permettre de partir. Ce qu'il ne dit pas, en revanche, c'est qu'il hésitait à revenir une fois leur besogne accomplie. La douleur de côtoyer Annis sans pouvoir la toucher était insoutenable. Et il ne pouvait plus lui faire confiance, maintenant qu'il connaissait l'étendue de ses mensonges. Il s'était convaincu qu'elle commençait à l'aimer, et son aveu inattendu l'avait presque brisé… Mais, si les sentiments d'Annis étaient réels, elle ne l'aurait certainement pas trompé comme elle l'avait fait. Rurik savait que la liaison de ses parents était bâtie sur un amour faux, superficiel, et que cela ne leur avait attiré que des malheurs. Saorla était morte triste et amère.

Tout à coup, Sandulf quitta la table pour monter se coucher, et Rurik se rendit compte qu'il s'était laissé emporter par ses réflexions. Il lui souhaita une bonne nuit et s'apprêtait à quitter la grande salle à son tour quand Cedric l'arrêta en posant une main sur son épaule.

— Puis-je vous parler un instant ? demanda-t-il.

— De quoi ?

— Annis, répondit le maître d'armes sans donner plus d'explications.

Rurik se crispa. Il n'avait aucune envie d'avoir ce genre de conversation.

— Sandulf la savait coupable. Elle ne pouvait pas garder le secret plus longtemps.

Cedric, qui l'avait lâché, baissa les yeux.

— Je dois vous avouer que je connaissais déjà la vérité. Annis m'a tout raconté le soir où elle vous a capturé, au village. C'est moi qui lui ai conseillé de se taire.

Rurik serra les dents.

— Je m'en doutais un peu.

En effet, l'aveu de Cedric ne le surprenait pas vraiment.

— Dans ce cas, pourquoi n'êtes-vous pas en colère contre moi ?

— Parce que Annis est ma femme. Elle a prononcé

ses vœux de mariage, mais a continué à me mentir. Je la connais assez bien, maintenant, pour savoir qu'elle n'aurait pas suivi vos conseils si elle n'en avait pas eu *envie*. Si elle s'est tue pendant tout ce temps, c'est par choix.

Étonnamment, Cedric sourit.

— Vous avez raison, répondit-il. Elle prend ses décisions sans demander l'avis de personne, et c'est comme cela qu'elle s'est retrouvée à Maerr. Si j'avais su ce qu'elle prévoyait de faire, je l'en aurais empêchée.

Une violente vague de colère monta à la gorge de Rurik, inattendue et soudaine. Oui, il était révolté par la trahison d'Annis ; mais il avait fini par l'accepter, bon gré, mal gré. Cependant, en parler ne faisait que raviver la plaie, comme un vêtement qui frotterait sur une peau brûlée par le soleil.

— Qu'essayez-vous de me dire ? lâcha-t-il entre ses dents. Si vous êtes venu pour me supplier de lui pardonner, vous perdez votre temps.

Le visage de Cedric se fit plus grave.

— Non, je ne recherche pas votre pardon. Je veux juste que vous compreniez. Annis s'est toujours souciée de Glannoventa, dès son enfance. Comme elle savait qu'elle serait un jour châtelaine, elle a tout de suite compris ses responsabilités vis-à-vis de ses gens.

— Et ?

Rurik avait envie de partir, de mettre fin à cette pénible discussion, à cette torture, mais il ne put s'y résoudre. Sans doute pour les mêmes raisons que celles qui le poussaient à s'arrêter un instant à chaque fois qu'il croisait le parfum d'Annis dans un couloir. Une partie de lui – qu'il méprisait de plus en plus – avait encore envie d'elle, en dépit de sa trahison.

— L'été, nous organisons une foire au village. Il y a

un tournoi et des jeux pour les enfants. Des marchands viennent de partout vendre leurs bijoux et leurs bibelots.

— Où voulez-vous en venir, Cedric ? Faites vite : il est tard.

Et il était hors de question que Rurik passe la moitié de la nuit à écouter les réminiscences du maître d'armes.

Cedric accusa le coup, mais poursuivit :

— Annis a assisté à cette fête pour la première fois à l'âge de huit ans, ou neuf tout au plus. Wilfrid lui a promis de lui offrir une babiole. Elle est passée d'étal en étal, prenant son temps pour choisir ; je le sais car j'étais chargé de l'escorter. Finalement, elle s'est décidée. Je lui ai tendu une pièce, et elle s'est précipitée pour la donner à un enfant du village en haillons, visiblement affamé.

Cette fois, Rurik se leva.

— Je n'ai pas de temps à perdre avec tout cela.

Cedric ne se laissa pas congédier et le suivit.

— Je pourrais vous raconter des dizaines d'autres anecdotes pour vous montrer à quel point elle prend ses responsabilités au sérieux. Il y a plusieurs années, avant la mort de Grim, la maladie s'est abattue sur le village. Risquant sa santé et sa vie, Annis a fait entretenir les feux nuit et jour pour nourrir les victimes. Elle a même remplacé quelques mères pendant leur convalescence. Je pourrais aussi vous raconter les séances de doléances qu'elle a présidées à la place de Wilfrid, réglant des différends qui s'envenimaient depuis des générations…

Rurik en avait assez. Sa patience s'épuisait, et il interrompit brusquement le maître d'armes.

— Oui, j'ai conscience de sa loyauté envers les gens de Glannoventa. Quel est le rapport avec ses mensonges ?

— C'est à cause de cette loyauté qu'elle ne vous a pas parlé de sa présence à Maerr. Nous étions tous terrifiés à l'idée que les Danois s'installent au château. Le Jarl Eirik peut être juste, à sa manière, mais ses intérêts ne sont pas les nôtres. Il aurait été un étranger ici.

— J'en suis un aussi, lui fit remarquer Rurik.

— Peut-être, mais vous n'avez pas fait vœu d'allégeance au Jarl. Vous êtes un homme libre. D'après ce que je sais, vous n'obéissez à aucun seigneur.

— Mais je suis fidèle à ma famille.

Devait-il se sentir insulté par les paroles de Cedric ou flatté ?

— Votre famille est éparpillée. Votre seul foyer, désormais, est Glannoventa. Que vous l'acceptiez ou non, vos intérêts et ceux de vos gens sont les mêmes.

— Est-ce pour cela que vous m'avez choisi comme prétendant pour Annis ? Parce que vous pensiez pouvoir me *contrôler* ?

N'était-ce pas ce qui était arrivé, d'ailleurs ? Il s'était laissé mener à la baguette par Annis… Un nouveau flot de colère envahit Rurik, et il aurait facilement pu frapper le premier homme à se présenter devant lui.

Cedric recula en secouant la tête.

— Non, je ne cherchais pas à vous contrôler. Comme je l'ai dit, vous êtes libre, et je savais que vous feriez ce qu'il faut pour vos gens. De plus, Annis vous a *choisi*. Pendant des années, je l'ai vue s'étioler petit à petit. Avec vous, elle a retrouvé ses couleurs et sa joie.

— Cela ne l'a pas empêchée de me trahir.

Cedric le dévisagea un instant avant de répondre :

— Nous nous sommes souvent disputés à ce sujet. Je suis le seul à blâmer.

— Non, je ne blâme que la personne responsable : Annis.

Hélas, Cedric poursuivit son argumentation comme s'il ne l'avait pas entendu.

— Si elle ne vous a rien dit, c'est par loyauté envers eux, déclara-t-il en indiquant la direction du village. Nous nous disputions même à ce propos l'autre matin, juste avant que votre frère arrive.

C'était donc cela, la conversation tendue qui avait tant intrigué Rurik. C'était bon à savoir… Mais cela ne changeait rien.

— Je vous dis cela pour que vous compreniez ses raisons. Attendez un peu avant de fermer votre cœur. Elle ne mérite pas votre haine.

— J'en serai le juge.

Sur ce, Rurik contourna le maître d'armes et sortit de la salle. À sa grande surprise, Sandulf attendait sur le seuil, lui barrant le passage. De toute évidence, il avait entendu leur conversation à travers la porte.

— Si tu la veux, tu peux encore l'avoir, mon frère, déclara-t-il d'une voix étrangement solennelle. Je ne verrais aucune déloyauté à cela.

— Comment pourrais-tu encore me regarder en face ? C'est *elle* qui a conduit les assassins à notre porte.

À chaque fois qu'une partie de lui voulait s'adoucir, tirer un trait sur le passé, Rurik se répétait cela.

— Wilfrid les a payés. Ils seraient venus de toute manière. Avec ou sans elle.

— Tu as parlé à Cedric ?

Sandulf acquiesça.

— Oui, hier. Je voulais des détails. J'avais besoin de comprendre. Je ne dis pas que je pardonne à ta femme ou que je pourrai tirer un trait sur ce qu'elle a fait un jour, mais je comprends ses motivations. Et je sais que les choses peuvent vite échapper à notre contrôle en plein combat. Je l'ai vu plus d'une fois et je la crois quand elle dit qu'elle ne voulait pas faire de mal à Ingrid.

Rurik se passa une main dans les cheveux. Ce geste familier lui permettait souvent de raviver sa colère, surtout quand l'attendrissement et la tristesse semblaient vouloir reprendre le dessus.

— Je suis d'accord sur le fait qu'elle n'avait aucune intention de s'attaquer à Ingrid ; inutile de me convaincre sur ce point. Mais cela ne change rien au résultat.

Elle lui avait *menti*. C'était peut-être le plus douloureux.

— J'ai beaucoup repensé à ce qui s'est passé, ce jour-là. Quand j'ai affronté l'assassin, ce Lugh, Annis a tenté de s'interposer entre lui et moi. Il l'a violemment repoussée, mais son geste m'a au moins laissé le temps de reprendre mes esprits et de réagir.

— Est-ce que tu essayes de me dire qu'elle t'a sauvé la vie ?

— Elle m'a aidé, en tout cas, répondit Sandulf dans un haussement d'épaules. Je te laisse seul juge de son sort. Pardonne ou punis, c'est à toi de décider. Mais il est évident que tu as des sentiments pour elle…

Rurik eut l'impression qu'un immense gouffre s'ouvrait soudain en lui et menaçait de l'engloutir tout entier. Aurait-il réellement la force de pardonner à Annis ? Il ruminait sa vengeance depuis tellement longtemps qu'il n'était plus certain de savoir vivre sans. À une époque, peut-être, il avait cru cela possible…

Mais plus maintenant. Pas en sachant qu'Annis avait assisté au massacre de Maerr et qu'elle avait choisi de ne rien lui dire. Non, jamais son cœur ne pourrait s'ouvrir de nouveau. Jamais plus il ne lui ferait confiance.

Chapitre 23

Wilfrid mourut au petit jour, une semaine plus tard. Annis avait passé la nuit à son chevet avec Cedric. Elle s'était sentie tellement impuissante pendant sa longue veille. Elle n'avait pu que contempler le visage de cet homme qui était devenu son second père, l'entendre respirer de plus en plus péniblement, alors même qu'il ne savait plus où il était. Cela faisait quelque temps, déjà, que le souffle du vieillard devenait plus laborieux, et la fin de son agonie ne fut pas une surprise. D'une certaine manière, c'était même peut-être un soulagement. Durant les jours qui suivirent, tous les habitants du château et du village portèrent le deuil.

Ce que Rurik ressentit quand il apprit la nouvelle, Annis l'ignorait. Il était venu dans la chambre du mort pendant la matinée pour offrir ses condoléances, mais c'étaient les seules paroles qu'il avait prononcées. Depuis, elle ne l'avait même pas croisé dans les couloirs. Elle avait pourtant besoin qu'il la prenne dans ses bras, qu'il fasse tout son possible pour adoucir la peine qui l'avait envahie… Mais c'était impossible, bien sûr. La destinée lui avait accordé une chance d'être heureuse, et elle l'avait laissée échapper. L'affection que son époux avait pu éprouver pour elle avait disparu pour toujours. Ce fut cette certitude qui donna à Annis la force, après la mort de Wilfrid, de prendre la décision qui arrangerait tout – pour tout le monde.

Sandulf se préparait à partir pour le nord du pays dès le lendemain matin. Rurik avait d'abord envisagé de l'accompagner, mais la mort de Wilfrid avait tout changé. On avait enterré le vieil homme, mais une cérémonie plus formelle était prévue au cours des semaines suivantes, quand le Jarl et les seigneurs du voisinage arriveraient pour lui rendre hommage. Rurik serait alors officiellement reconnu comme le maître de Glannoventa. Il ne pouvait plus se permettre de quitter le château.

Tard dans la soirée, Annis se présenta à la porte de la grande salle, dans laquelle Rurik et son frère s'étaient enfermés pour faire leurs derniers préparatifs. Elle frappa et entra sans attendre leur réponse. Les deux hommes s'interrompirent et levèrent sur elle un regard surpris. Annis s'assura rapidement qu'ils étaient bien seuls.

— J'aimerais vous parler, dit-elle d'une voix qu'elle voulut rendre claire et assurée.

Elle restait bien droite, le menton levé pour contrôler ses tremblements. Les deux frères se levèrent, et Sandulf eut un mouvement pour quitter la salle.

— Restez, je vous en prie. Je vous ai apporté ceci.

Elle déposa sur la table le parchemin roulé qu'elle avait préparé. Le jeune guerrier s'en saisit et lui adressa un regard interrogateur.

— C'est un récit des événements de Maerr, tels que je m'en souviens, et de toutes les actions de Lugh. Je l'ai signé et j'y ai apposé le sceau de notre famille au cas où ce document pourrait vous être utile.

Sandulf ne cacha pas sa surprise. Baissant les yeux sur le parchemin, il marmonna :

— Merci…

Quand il la regarda de nouveau, ce ne fut pas avec dégoût. Les choses progressaient.

— Soyez très prudent quand vous parlerez à Lugh, reprit Annis. Il était très dangereux, à l'époque ; et, si son repentir n'est pas sincère, mieux vaut ne pas lui faire confiance.

Sandulf acquiesça. Il avait l'air de ne pas savoir quoi dire. Ce parchemin et les quelques conseils qu'elle venait de lui donner n'étaient pas grand-chose, mais Annis n'avait rien trouvé de plus pour l'aider dans sa quête. Cela ne l'absolvait pas – elle le savait —, mais peut-être que le voyage de Sandulf en serait facilité.

Elle se tourna ensuite vers Rurik. Il n'avait pas bougé et la regardait, les dents serrées. La froideur de son époux faillit lui faire monter les larmes aux yeux.

— J'ai pris une décision et je voulais en discuter avec toi, annonça-t-elle.

— *Tu* as pris une décision ? Il me semble que c'est à *moi* de réfléchir à l'avenir, lâcha-t-il.

La réponse de Rurik frappa Annis de plein fouet, mais elle ne tressaillit pas. Du coin de l'œil, elle vit Sandulf s'éloigner en direction de la porte. Cette fois, elle ne le retint pas. Si elle devait subir toute la colère de son époux, elle préférait que cela se passe en privé. Comme elle n'avait plus rien à la main, elle se mit à tirer nerveusement sur sa manche.

— Si tu as pensé à une manière de me punir, j'aimerais la connaître ; mais je doute que ta décision soit prise puisque tu n'as encore rien dit.

— Je prends peut-être mon temps.

Sa voix restait glaciale, comme si Annis ne représentait plus rien pour lui. Elle sentit son cœur se déchirer. C'était justement pour ne pas avoir à subir l'indifférence de son mari qu'elle l'avait évité, ces derniers jours.

— Je crois que j'ai une solution, si tu veux bien l'entendre.

Rurik parut hésiter pendant une seconde ou deux, puis lui fit signe de parler.

— Je pense qu'il vaut mieux que l'un de nous quitte ce château. Puisque tu en es devenu le maître, il est évident que c'est à moi de partir. Je ne veux pas mettre les gens de Glannoventa en danger et je crains que notre dispute ne leur apporte que de la souffrance. Non seulement cela donnerait à nos ennemis l'impression que nous sommes faibles, mais cela provoquerait aussi une confusion gênante au village. J'ai déjà entendu des habitants de Glannoventa parler de nos problèmes dans notre dos.

Sans compter le fait qu'elle serait incapable de survivre près de lui, de subir son mépris en permanence. Chaque jour qui passait était une torture de plus.

— Où iras-tu ? demanda Rurik avec un calme déconcertant.

— L'une de mes grandes sœurs vit près de Wexborough, où je suis née. Je pourrais habiter chez elle.

Elle avait sept frères et sœurs d'âges variés. Pour la plupart, Annis ne les avait pas revus depuis qu'elle était venue vivre à Mulcasterhas, mais c'était la seule solution qu'elle avait trouvée. N'importe quoi valait mieux que l'indifférence de son époux… S'il le fallait, elle irait même de maison en maison.

Rurik parut réfléchir sérieusement à ce qu'il allait dire. Enfin, il parla.

— Cedric m'a longuement expliqué l'importance que

tu accordes à tes responsabilités. Tu serais vraiment prête à abandonner ton foyer ?

Incapable de soutenir son regard d'acier plus longtemps, Annis fit semblant de se plonger dans l'étude de la carte restée déroulée sur la table.

— Je ne prétends pas le faire uniquement par altruisme… Mais je veux apporter le meilleur à Glannoventa et, sans réconciliation entre nous, je suis convaincue que c'est la bonne solution.

— En quoi est-ce un signe d'égoïsme ?

Se faisait-elle des illusions ou bien la voix de Rurik paraissait-elle soudain plus proche ? De nouveau, des larmes traîtresses perlèrent au coin des yeux d'Annis, et elle n'osa pas regarder son époux de peur de se trahir. Elle ravala tant bien que mal la boule qui l'étouffait et répondit :

— La partie égoïste n'est pas celle-là.

Maudites larmes. Elle *ne voulait pas* pleurer devant lui.

— Dans ce cas, explique-toi.

Il avait parlé si bas qu'Annis fut incapable de deviner ce qu'il ressentait.

— Ce qui est égoïste, c'est que je ne supporterai pas de rester ici en sachant que je t'ai perdu.

Un hoquet étranglé lui échappa, et elle sentit ses sanglots monter. Elle tenta de fuir, mais se heurta à lui. Il était là. *Juste* en face d'elle. Il la touchait presque. Annis réprima un petit cri et serra les poings dans l'espoir vain de s'empêcher de pleurer.

— Tu m'as menti.

La voix de Rurik tremblait – de colère ou d'autre chose ? Annis leva les yeux et fut frappée par son regard brûlant.

— Je suis désolée de ne pas t'avoir dit la vérité plus tôt.

Il la dévisageait comme si… comme s'il était prêt

à la dévorer. Une bouffée de tendresse envahit Annis. L'étincelle qui brillait à présent dans les yeux de son époux marquait-elle le début d'un pardon ?

— Je ne sais pas comment arranger les choses, reprit-elle, mais il serait injuste de te faire souffrir plus longtemps. Alors, prends Glannoventa. Prends Mulcasterhas. Prends tout et sache que je passerai ma vie à regretter le mal que je t'ai fait. J'ai déjà demandé à Cedric de m'escorter. Je partirai demain matin.

Rurik parut surpris par la soudaineté de son départ, et Annis profita de cet instant de choc pour quitter la grande salle. Pourvu qu'elle atteigne sa chambre avant de fondre en larmes ! songea-t-elle. Le cœur battant, elle traversa le château en courant.

Annis partait. Elle abandonnait la seule chose qui comptait à ses yeux pour expier son mensonge. Pour aider les gens qu'elle aimait tant. Sigurd avait menti aussi souvent que cela lui avait été utile, mais toujours pour servir ses propres intérêts. Pour obtenir Saorla. Pour s'enrichir. Pour gagner en pouvoir. Jamais, à la connaissance de Rurik, il n'avait menti pour protéger quelqu'un d'autre que lui-même. Annis, elle, avait voulu dire la vérité, mais elle s'en était empêchée pour ne pas faire de mal aux gens qu'elle s'était juré de protéger.

Au final, tous les mensonges n'étaient pas égaux, et Rurik ne pouvait pas les traiter comme tels. Il ne pouvait pas mépriser Annis comme il avait méprisé son père. En cédant à la colère, avait-il été injuste ? Cette question le troubla. Il lui fallut quelques secondes pour reprendre ses esprits ; et, quand il regarda de nouveau autour de lui, sa femme avait disparu.

— Annis ! cria-t-il en lui emboîtant le pas.

Hélas, en entendant son nom, elle se mit à courir plus vite. Rurik la poursuivit dans les couloirs, craignant qu'elle ne s'enferme dans sa chambre, et atteignit la porte à l'instant où elle la refermait sur elle. Il cala un pied dans l'embrasure pour l'empêcher de tirer les verrous et poussa un grognement quand une douleur aiguë remonta jusqu'à sa cheville.

— Annis, laisse-moi entrer.

— Va-t'en ! cria-t-elle en repoussant le battant de bois de toutes ses forces.

Rurik perçut cet effort qui était inutile : il avait déjà réussi à glisser une épaule dans l'ouverture pour l'élargir. Annis recula d'un bond, chancelante et pâle. De grosses larmes inondaient ses joues.

Rurik referma la porte derrière lui, sans doute plus fort qu'il ne l'aurait voulu. Le claquement résonna dans la chambre immobile.

— Tu ne partiras pas demain matin, ni aucun autre matin, gronda-t-il.

Par les dieux, la simple pensée qu'elle puisse disparaître de sa vie à tout jamais le tétanisait…

— Mais je ne peux pas rester !

Annis plaqua le dos de sa main contre ses lèvres et étouffa un sanglot misérable. Sa poitrine se soulevait au rythme de sa respiration saccadée. Il était évident qu'elle faisait de grands efforts pour contenir sa douleur.

— Rurik, je t'en supplie, ne m'impose pas cela.

Plus Rurik la regardait, plus il voyait son beau visage se décomposer sous le coup de la douleur et de la tristesse, et plus la tension insoutenable qui montait en lui depuis des jours semblait sur le point de se rompre. Elle brisa ses digues et le parcourut comme un raz-de-marée. Elle le laissa plus seul que jamais, tremblant et faible.

Il s'approcha d'Annis, mais elle recula instinctivement jusqu'à se retrouver dos au mur.

— Tu n'as qu'à considérer que c'est ton châtiment, déclara-t-il avec une froideur qu'il ne se connaissait pas.

Annis pâlit, mais ravala un nouveau sanglot et se redressa fièrement.

— Pense à toutes les personnes qui comptent sur nous. Cette décision ne sert pas leurs intérêts. Je ne peux pas rester et provoquer de nouveaux conflits. Je refuse.

Rurik s'appuya au mur, une main posée de chaque côté de sa tête, et se pencha sur elle.

— Je ne te laisse pas le choix, femme. Tu resteras et tu me laisseras une chance de t'aimer chaque jour de ma vie.

Il ne se rendit vraiment compte de la sincérité de ses paroles que lorsqu'elles flottèrent entre eux comme un écho.

Annis écarquilla les yeux. Pendant un instant, l'espoir illumina son regard, mais il disparut tout aussi vite, et Rurik sentit son cœur se serrer. Il prit le visage de son épouse dans sa main, caressant la ligne de ses lèvres avec le pouce.

— En fait, je me rends compte que je ne pourrais plus vivre sans toi.

— Rurik… Tu veux dire que… ?

Sa voix s'étrangla, comme si elle avait peur de le croire. Peur d'être déçue.

— J'ai fini par comprendre que tu ne voulais pas voir les choses prendre ce tour sanglant à Maerr. Il m'a fallu du temps… J'ai laissé ma colère me guider, d'abord. Puis, quand elle s'est éteinte, j'ai su. Malgré tout, je n'arrivais toujours pas à accepter ton mensonge, ta trahison.

— Je ne devrais…

Rurik plaqua un doigt sur les lèvres de son épouse pour la faire taire.

— Je comprends pourquoi tu as gardé le silence, Annis. En toute honnêteté, je ne sais pas comment j'aurais réagi si tu m'avais tout dit le soir de notre mariage. J'aurais été incapable de l'accepter ; au début, en tout cas.

Elle soupira contre son doigt.

— Si le Jarl Eirik n'avait pas été en chemin…

— S'il n'avait pas été en chemin, l'interrompit Rurik avec un petit sourire, nous n'aurions pas été obligés de nous marier si vite. Je ne peux pas oublier cela, tout comme je ne peux pas ignorer le bonheur que tu as su m'apporter.

— Penses-tu vraiment ce que tu dis ?

— Oui, même si je ne me l'étais pas avoué jusqu'à ce soir. Jusqu'à ce que tu décides d'abandonner ce qui compte le plus à tes yeux pour moi.

Il glissa les mains dans les cheveux de son épouse et put enfin contempler à loisir ce visage qu'il adorait.

— Je t'aime, Rurik.

Une larme coula sur sa joue, et Rurik l'écrasa du bout des lèvres.

— Je ne veux pas te faire de mal et je ne veux pas non plus faire souffrir les gens de Glannoventa. Si tu veux que je parte…

— Chut…

Le cœur de Rurik gonflait, ému par tant d'abnégation.

— Reste. Dans mon lit. Dans ma vie. Dans mon cœur. Reste avec moi.

Il déposa quelques petits baisers sur sa joue, descendant jusqu'au coin de ses lèvres. Il n'osait pas encore donner libre cours au désir qui brûlait en lui.

Un dernier sanglot échappa à Annis, et il l'embrassa pour l'étouffer. Bien vite, elle lui rendit ses baisers. Au bout de quelques instants, ils se retrouvèrent tous les deux essoufflés. Elle avait glissé les mains sur sa nuque, et Rurik sentait les doigts de son épouse emmêlés dans ses cheveux.

— Tu es certain de pouvoir me pardonner ? demanda-t-elle dans un murmure.

Il laissa descendre sa main le long du dos d'Annis pour l'attirer contre lui et sentir enfin tout son corps – ce corps qui lui avait tant manqué. Dans la douce lumière des bougies, elle le dévisageait, et ses yeux prenaient des reflets d'or.

— Ces dernières semaines ont été une torture. Je ne veux pas vivre sans toi, Annis. À partir d'aujourd'hui, plus rien ne devra nous séparer. Jure-le-moi.

Elle sourit, pleine de cet espoir contre lequel elle avait semblé lutter jusque-là, se hissa sur la pointe des pieds et l'embrassa de nouveau.

— Je te le jure.

Elle crispa les doigts sur la nuque de Rurik, tirant presque ses cheveux, mais il était prêt à supporter cette petite douleur si cela lui permettait de sentir les mains de sa femme sur sa peau.

— Tu sauras toujours ce que je ressens à chaque instant de chaque jour, reprit-elle, et tu sauras tout ce à quoi je pense parce que je serai incapable de taire mon amour pour toi !

Il éclata de rire – sans doute était-ce ce qu'elle avait espéré – et la fit virevolter dans ses bras. Ils atterrirent sur le lit en riant. Jamais encore Rurik n'avait entendu son épouse glousser de bonheur ainsi. Elle s'écarta, joueuse, et le laissa s'étendre au-dessus d'elle. Il la contempla un long moment, émerveillé. Qu'est-ce que cette femme, *sa* femme, lui réservait encore pour l'avenir ? Il n'eut pas le temps de se poser d'autres questions : elle l'enlaça et l'attira à elle pour l'embrasser avec une telle fougue que Rurik en eut le souffle coupé.

Ses mains se glissèrent d'elles-mêmes entre eux, redécouvrant d'abord la poitrine d'Annis déjà tendue, ses tétons durs. Puis elles descendirent jusqu'à sa taille et retroussèrent sa jupe. Il avait tant besoin de sentir la peau nue de sa femme contre la sienne ! Elle lui arracha sa tunique avec fièvre, l'obligeant à se redresser un instant pour la passer par-dessus sa tête. Il sentit des doigts fins dénouer les liens de son pantalon et se glisser dans les plis de tissu pour s'emparer de son sexe. Il était déjà dur, dressé pour elle, et le premier contact arracha à Rurik un gémissement pressé. Le souffle court, il repoussa les jupes d'Annis sans se soucier du reste de ses vêtements. Il avait besoin d'elle, de sentir de nouveau leurs deux corps unis. Ce n'était pas le moment de prolonger le plaisir…

— Vite, murmura-t-elle en le guidant entre ses cuisses.

Elle était brûlante et déjà humide pour lui.

— Annis…

Il la pénétra lentement et rit quand elle se cambra sous lui. Son épouse était aussi pressée que lui… Rurik lui prit les mains et les plaqua sur le matelas, au-dessus de sa tête, avant de donner un puissant coup de reins. Leurs bassins se touchaient enfin. Le soupir de satisfaction qui passa les lèvres d'Annis lui donna le vertige. Il plongea dans ses yeux dorés, déjà envahis par la brume de la jouissance.

— Je t'aime, ma femme, chuchota-t-il.

Pour la première fois, il prenait conscience que son cœur appartiendrait à Annis jusqu'à la fin des temps.

Il se mit en mouvement avec lenteur, l'emplissant puis se retirant, enivré par la chaleur de son corps sous lui. Au bout d'un moment, Annis se crispa, ses muscles se refermèrent sur lui comme s'ils étaient faits pour rester ensemble. Comme si elle n'allait jamais le libérer. Rurik se laissa aller jusqu'à ce que le raz-de-marée les saisisse, les emporte ensemble et les abandonne rassasiés, heureux. Ils étaient liés à présent, plus forts et plus résilients ensemble que séparément…

Épilogue

Quelques mois plus tard

Rurik repoussa les volets et laissa le soleil se déverser à flots dans l'ancienne chambre de Wilfrid. Ce dernier était mort depuis des mois, mais Annis n'avait pas encore trouvé le courage de trier ses affaires. Rurik ne l'avait pas pressée : il savait à quel point le deuil était important. La chambre était donc restée fermée depuis qu'on en avait retiré les parchemins et documents nécessaires à la bonne marche du château.

Annis s'agenouilla par terre, près d'un petit coffre qu'elle venait de tirer de sous le lit. Adossé au mur, Rurik la contempla, le sourire aux lèvres. Ses cheveux auburn s'embrasaient dans la lumière comme une cascade de feu le long de son dos. Il l'avait convaincue de ne plus les attacher pendant la journée, pour avoir le plaisir de glisser quand il le voulait les doigts dans leur masse soyeuse.

Prenant conscience de son regard, Annis leva les yeux et rougit en le voyant si concentré.

— Tu n'es pas obligé de rester, tu sais. Tu as beaucoup d'autres choses à faire.

— Rien n'est aussi important que toi.

Elle sourit et recommença à fouiller dans le coffre.

Des tintements de métal accompagnaient ses mouvements au fur et à mesure qu'elle en tirait des objets variés pour les poser par terre.

— Je suis pourtant sûre de t'avoir entendu dire à Danr que vous iriez ensemble au village, ce matin, pour voir quels dégâts l'orage a fait dans le port.

Danr les avait surpris en accostant à Glannoventa quelques semaines après avoir appris leur mariage. Rurik avait été ravi de voir que son jumeau avait accepté Annis sans difficulté et ne lui avait pas demandé pourquoi il restait avec sa femme après ce qu'elle avait fait. Ainsi, ces derniers mois avaient été les plus beaux de sa vie. Il avait enfin l'impression d'appartenir à un lieu. D'avoir un foyer.

— Il rentre à peine de sa promenade matinale et il déjeune. Nous partirons après, ce qui veut dire que nous avons encore le temps de nous éclipser dans notre chambre, suggéra-t-il avec un sourire.

Mais Annis ne lui prêtait plus aucune attention. Elle était en train de déballer une babiole enveloppée de lainage et retenue par un lacet de cuir. Surpris – et contrarié – par son indifférence, Rurik s'approcha, bien décidé à insister. Elle fronçait les sourcils et tournait entre ses mains un pendentif, apparemment en forme de flèche, pour mieux l'examiner.

Intrigué, Rurik s'accroupit près d'elle.

— Qu'as-tu trouvé ?

— Je n'en sais rien.

Elle retourna une nouvelle fois le bijou.

— Je n'ai jamais vu cet objet de ma vie, mais cela n'a pas l'air anglais. Un présent des Danois, peut-être ?

Un éclair glacé traversa Rurik quand Annis lui montra l'objet de plus près. C'était bien un pendentif en forme de flèche, en or ciselé. Un bijou simple, à l'exception d'une incrustation d'argent qui dessinait une ligne fine en son centre. Hilda, la femme de son père, en avait porté un semblable. Sigurd lui en avait offert un à la naissance de chacun de ses fils. Si cette idée n'était pas aussi absurde, Rurik aurait pu jurer qu'il s'agissait d'un de ces bijoux tant il leur ressemblait. Il les connaissait mieux que personne, car il avait souvent contemplé ces objets les dents serrées. Sa haine et sa jalousie l'avaient étouffé pendant des années, car son père n'avait jamais rien offert de similaire à Saorla pour la naissance des jumeaux…

— Tu sais ce que c'est ? demanda Annis.

Rurik secoua la tête. Il ne voulait pas y croire. Pourtant, si ce n'était pas le même pendentif, c'en était une copie parfaite…

— Depuis combien de temps crois-tu que Wilfrid possédait cet objet ?

Annis posa doucement la main sur son épaule, sentant sans doute que quelque chose n'allait pas.

— Je ne sais pas. Depuis plusieurs années, en tout cas. Mon beau-père n'a plus quitté Glannoventa après la mort de Grim. Tu reconnais ce bijou ?

— Oui, mais ce serait impossible…

Rurik se leva d'un bond et alla rejoindre Danr dans la grande salle, suivi de près par Annis. Il devait montrer le pendentif à son frère, ne serait-ce que pour être sûr de se tromper. Pour qu'il lui confirme son erreur.

Depuis la mort de Wilfrid, on avait installé des tables supplémentaires dans la salle, et Rurik avait laissé ses hommes y circuler librement. Ainsi, à n'importe quelle heure, on pouvait y retrouver des groupes de soldats attablés. Danr était installé au bout de la plus grande table et discutait gravement avec Alder. Les deux hommes étaient devenus très proches depuis l'arrivée de Danr.

Loefe se tenait près d'eux, prête à remplir les chopes auxquelles ils n'avaient pourtant pas encore touché. En voyant le regard attendri qu'elle posait sur Danr, Rurik eut de la peine pour elle. Depuis plusieurs jours, déjà, les avances maladroites de la servante étaient systématiquement repoussées. Comme tous ses frères, Danr avait changé depuis les meurtres. Il était devenu plus grave et avait cessé de séduire toutes les femmes qui attiraient son attention. D'ailleurs, depuis que son jumeau avait passé la porte du château, Rurik n'avait pas entendu dire qu'il avait partagé sa couche avec qui que ce soit.

Il s'assit près de Danr et attendit que la servante se fût éloignée avant de lui montrer le pendentif.

— Que penses-tu de ceci ?

Danr contempla la flèche en or un instant, puis ses yeux s'ouvrirent en grand comme si lui aussi venait de la reconnaître. Du bout du doigt, il suivit le filigrane argenté.

— On dirait l'un de ceux d'Hilda.

Il fronça les sourcils, puis ajouta :

— Tu ne crois tout de même pas que c'est… ?

Tous deux se turent un instant, frappés de stupeur.

— Comment a-t-il pu arriver entre les mains de Wilfrid ? demanda Rurik.

De nouveau, Annis posa une main sur son épaule, et il leva les yeux.

— Wilfrid m'a dit un jour que quelqu'un était venu lui parler de Sigurd, il y a plusieurs années… quand les Norrois sont arrivés dans la région. Avant la mort de Grim.

Elle prit une profonde inspiration, comme si elle craignait de prononcer les mots auxquels Rurik s'attendait déjà.

— J'ai toujours cru qu'il parlait de Lugh, mais peut-être

que cette personne… qui lui a parlé de Sigurd… a pu lui donner aussi ce bijou.

Le regard de Rurik passa d'Annis à son frère. Danr ne le quittait pas des yeux. Ils savaient tous les deux que seuls leur famille et leurs proches auraient pu accéder aux bijoux d'Hilda.

Quelqu'un, dans leur entourage, avait donc planifié le massacre ?

Danr prit le pendentif, le contempla encore un long moment, puis ferma le poing.

— Je dois apporter cela à Sandulf. Il saura me dire si c'est bien l'un de ceux d'Hilda.

Oui, si quelqu'un pouvait en être certain, ce serait leur petit frère.

— Dis-moi de quoi tu as besoin pour ton voyage : je vais donner des ordres, répondit Rurik.

Leur quête de vengeance reposait à présent entre les mains de Sandulf.

Vous avez aimé ?
Découvrez prochainement la suite de votre série
« Les guerriers d'Odin »,
dans votre collection Les Historiques.

Retrouvez prochainement, dans votre collection

Les Historiques

Sous la protection du Viking, de Michelle Styles - N°906

SÉRIE : LES GUERRIERS D'ODIN - TOME 3

Royaume de Maerr, Norvège, IXe siècle

Depuis qu'il a assisté au massacre de son clan et à l'assassinat de son père, le roi Sigurd, Sandulf n'a de cesse de traquer tous les coupables, à l'instar de ses frères. Il a beau être le cadet de sa fratrie, il n'en est pas moins déterminé à venger sa famille ! Aussi s'empresse-t-il de quitter la Norvège pour rejoindre les terres sauvages de l'Écosse lorsqu'il est averti de la présence d'un des meurtriers dans un monastère isolé. La vengeance n'est plus très loin, Sandulf en est persuadé. C'était compter sans l'intrusion de Ceanna, une lady écossaise à la recherche d'un protecteur. Pour la première fois de sa vie, Sandulf hésite à se détourner de sa mission principale, car la belle Ceanna a emprisonné son cœur à l'instant même où il a posé les yeux sur elle…

Le chevalier aux yeux sombres, d'Ella Matthews - N°907

Pays de Galle, Moyen Âge

C'est le cœur serré qu'Ellena accepte de retourner vivre dans le château de son père, le compte d'Ogmore. Depuis la mort de son mari, un homme violent qui ne lui témoignait aucune tendresse, elle se retrouve à la merci d'individus malintentionnés, déterminés à faire main basse sur son héritage. Au château de Swein, elle sera au moins en sécurité, à défaut d'être libre… Car son père a exigé qu'elle soit escortée jour et nuit par le chef de sa garde, le chevalier Braedan Leofric, que tous surnomment « La Bête » pour sa férocité au combat. Une promiscuité dont Ellena se passerait volontiers, tant Braedan lui inspire des sentiments contradictoires. Un mélange de peur et d'attirance qui la trouble au plus haut point…

Au secours d'une damoiselle, de Meriel Fuller - N°908

Angleterre, XIIIe siècle

Désormais veuve, Lady Cecily est prête à tout pour protéger son héritage, y compris à fomenter le plan le plus dangereux. Un plan qui aurait fonctionné, si elle n'avait pas été démasquée par le chevalier Lachlan de Drummuir. Ce fidèle sujet du roi ne manquera pas de la dénoncer, elle en est persuadée. Pourtant, alors qu'elle s'apprête à se rendre à la cour pour accepter son jugement, Lachlan lui fait la plus surprenante des propositions : il la protégera elle et son héritage si elle l'épouse. Dès lors, les questions se bousculent dans la tête de Cecily. Pour quelle raison Lachlan lui soumettrait-il un tel marché ? Et, surtout, serait-elle prête à accepter, alors même que tous ses sens s'embrasent chaque fois que son protecteur pose les yeux sur elle ?

La promise de lord Trevethow, de Bronwyn Scott - N°909

SÉRIE : SEIGNEURS DE CORNOUAILLES- TOME 2

Cornouailles, 1 824

Si vous prenez ma fille, Penrose, pour épouse, alors j'accepterai de vous vendre mes terres. À ces mots, Cassian Trevethow sent une rage sourde s'emparer de lui. Le dernier obstacle qui se dresse entre lui et l'accomplissement de son projet de toute une vie se présente sous les traits d'une lady à la moue boudeuse ! Une lady qu'il se voit contraint d'épouser, même si cela signifie renoncer à un mariage d'amour. Qu'à cela ne tienne, Cassian compte bien profiter de ses derniers instants de liberté avant de s'unir à cette Penrose. Une résolution qu'il ne met guère de temps à oublier dès qu'il pose les yeux sur sa future promise. Car en plus d'être d'une beauté exceptionnelle, Pen ne semble pas insensible à ses charmes…

Les noces écossaises, de Sophia James - N°910

Écosse, 1 360

En arrivant à Belridden, Grâce nourrit le secret espoir que son nouveau et séduisant mari, Lachlan Kerr, le seigneur des lieux, saura l'apprécier pour ses qualités, et non pour sa fortune. Hélas, elle déchante bientôt, car non seulement Lachlan ne voit en elle qu'une indésirable Anglaise mais, pire encore, il a une maîtresse attitrée ! Une situation insupportable pour Grâce qui doit affronter à la fois sa rivale, le mépris de son mari et de ses sujets. Malgré tout, elle décide de relever la tête : pour conquérir sa place dans le lit et dans le cœur de son époux, elle est prête à tenter l'impossible...

La comtesse sans nom, de Carol Townend - N°911

SÉRIE : CHEVALIERS DES TERRES DE CHAMPAGNE - TOME 5

Champagne, 1 173

Francesca n'est pas dupe. Si sa dame de compagnie l'a entraînée dans cette fête costumée, sous prétexte de lui changer les idées, c'est pour qu'elle se trouve un nouveau mari. Mais comment pourrait-elle oublier Tristan, l'homme qu'elle a épousé avant d'apprendre qu'elle n'était pas la fille d'un noble, comme elle l'avait toujours cru ? Tristan était en mission lorsque la vérité a éclaté et, depuis, il n'a répondu à aucune de ses lettres. Francesca sait parfaitement que son mariage va être annulé – car pourquoi un comte resterait-il marié à une roturière ? – et que Tristan ne reviendra pas. Alors, pourquoi le regard de l'homme masqué qui l'invite à danser lui semble-t-il si familier ?

Aliénor

Authentique. Exquise. Intrépide.

Portée par des auteurs français,
Aliénor vous propose de vous glisser
dans les pas d'héroïnes
de caractère, le temps d'une
excursion dans les régions françaises
qui ont forgé notre Histoire !

2 romances inédites à découvrir tous les deux mois.